U0710436

〔美〕
蔡宗齐——著

# 唐詩所以然

中華書局

图书在版编目（CIP）数据

唐诗所以然/（美）蔡宗齐著. —北京：中华书局，2025.4. —
ISBN 978-7-101-17075-7

Ⅰ.I207.227.42

中国国家版本馆 CIP 数据核字第 2025Q3E679 号

| | | |
|---|---|---|
| 书　　名 | 唐诗所以然 | |
| 著　　者 | ［美］蔡宗齐 | |
| 责任编辑 | 孙永娟 | |
| 封面设计 | 刘　丽 | |
| 责任印制 | 陈丽娜 | |
| 出版发行 | 中华书局 | |

（北京市丰台区太平桥西里 38 号　100073）

http://www.zhbc.com.cn

E-mail:zhbc@zhbc.com.cn

| | |
|---|---|
| 印　　刷 | 北京新华印刷有限公司 |
| 版　　次 | 2025 年 4 月第 1 版 |
| | 2025 年 4 月第 1 次印刷 |
| 规　　格 | 开本/850×1168 毫米　1/32 |
| | 印张 9⅞　插页 2　字数 180 千字 |
| 印　　数 | 1-8000 册 |
| 国际书号 | ISBN 978-7-101-17075-7 |
| 定　　价 | 48.00 元 |

# 目 录

**绝句篇** 三十二首

# 序　言

　　我一直有这样的构想：写一部向广大读者介绍唐诗艺术，同时又有学术含金量的专著，这也是我对学术原创的执着追求的延伸。自从 2008 年哥伦比亚大学出版社出版《如何阅读中国诗歌：导读集》（*How to Read Chinese Poetry: A Guided Anthology*）以来，在钻研学术的同时，我一直孜孜不倦地开展推广中国古典诗歌的工作，各种集体和个人项目也越做越大。首先是完成哥伦比亚大学出版社《中国诗歌选集》系列（共三部），接着又与北京生活·读书·新知三联书店合作，于 2023 年出版此系列的两部中文扩充版。从 2022 年开始，这项穿越英语、汉语世界的工程开始从书籍出版扩展到新媒体的传播。2022 年，我与美国十多位知名汉学家合作，推出五十六集的英文播客"How to Read Chinese Poetry"；2023 年推出三十四集中文视频《唐诗之意境》；2024 年 3 月，继续推出九集中文视频《唐诗之音韵》。无论是构思设计，还是具体的讲解，无不源于我对原创的追求。我认为，做学术，不应该拘束于条条框框，应当有独立的思想，敢于大胆发挥；研究古典诗歌的学者，要敢为人之先，发表自己独特的见解。假若没有一些真知灼见，只是照本宣科地介绍他人的观点、见解，我觉得对不起读者的宝贵时间。此书就是抱着这种对读者强烈的责任感写出来的。

本书不仅精解了七十二首唐诗名作，在选诗和内容的组织上也独辟蹊径：以"纵"和"横"两个轴线来组织架构。所谓"纵横"，各自又有两个层次：其一是作为材料组织方面的"纵横"，其二是方法论上的"纵横"。

在材料组织方面，"纵"是指在诗歌解读中注重诗歌形式方方面面的演变，力图揭橥它们的历史发展脉络。本书每个主题中，绝大部分的选诗是按照时序来组织的。通过"纵"的原则，我试图找出唐诗不同时期、不同形式的文本之间，以及不同的诗人之间相互影响和互动的痕迹。"横"的方面的组织则更为复杂。传统的诗歌分类方法以诗体为板块，高棅的《唐诗品汇》、孙洙的《唐诗三百首》、高步瀛的《唐宋诗举要》都把唐诗按照古诗、律诗、绝句三种来分类，实属一种"横向"的分类。然而，三书只是以此法将诗归类，并没有深入讨论这三种诗体的表达各有怎样的特点、在不同主题书写上呈现出何种优势和劣势。在处理相同或相似的主题上，古诗、律诗、绝句其实各有其独特的写作方法。

本书亦按照传统的分类方法，把唐诗分成律诗、绝句和古诗三种，其各部分又包括五言与七言两类。但与传统的编排不同，我不只举例，更强调这三种诗体相互间的"横向"比较。在诗体的大框架之下，全书七十二首诗按照十三个主题来组织。对每一个主题之中的作品都予以串讲，做相互比较，从而彰显每位作者处理该主题的独特之处。通过这种横向的组织，我们还可以发现，在某一诗体中，哪些主题用得比较多，最有特色；哪些主题难以恰当处理，故很少问津。例如写"禅"的诗，五言为贵，七言便难以表达"禅"的精神；关于"咏史"的主题，五绝太短，七绝才更适于表达"史"的气质。特定诗体用于表达特定主题，是否具有优势或劣势？为何如此？这些都是学界较少关注的，但却是值得深入探究的重要课题。

在方法论上，"纵""横"也各司其职。在"纵"的方面，我注重和古人在"纵向"时间上的对话。古人谈诗，大多数时候是一种欣赏性的"诗话"。我们阐释唐诗、赏析唐诗，实际上都是对欧阳修《六一诗话》以来"诗话传统"的继承。我们讨论的唐诗中的大部分问题，有很多其实是古人早已讨论过的，我的解诗也深深得益于古人的真知灼见。当然，受惠于前人的同时，也应当以创新的思路延续之。诗话的核心之一就是谈诗歌的形式，涉及诗歌语言使用的特点，比如字法、句法、章法、篇法等。这些形式是如何来助力诗歌创作的，又是如何深入加强诗人和读者的审美经验的？探究这些理论问题时，我都会回归诗话传统，与古人进行沟通和交流。

方法论上的"横"，主要是指将视野横向展开，把唐诗放诸世界的文学批评（"世界诗学"）之中，以及穿梭于跨学科的不同维度之中。在分析诗歌句法、章法方面，我吸收了现代语言学研究古代汉语的成果，从主谓句、题评句两个角度，揭示了近体诗营造绚丽纷呈的艺术境界的奥秘。站在现代语言学的角度，"主谓句"指主-动-宾的词序。王力先生指出，"主-动-宾的语序是从上古汉语到现代汉语的词序"（《汉语史稿》）。这种词序呈现线性的逻辑及时空关系，配上从句，就能表达复杂的时空关系。李商隐《隋宫》名联"玉玺不缘归日角，锦帆应是到天涯"就是一个极佳的例子。名词"玉玺""锦帆"是主语，即句子中的施事者。动词"归""到"是谓语，即是句子所描述的动作或状态。名词"日角""天涯"是宾语，即动作的承受者。从主语→谓语→宾语，不仅指动作发生始末和空间关系，也点明施事、事、承事三者之间的逻辑关系。这联两行组合为一个跨行的复杂主谓句，主要是由形容动作的短语"不缘""应是"所致。"不缘"表示一种否定的假设，而"应是"表示这种假设的可能结果。这样，两行就构成了一个前后连贯、假设因果关系的复杂主谓句了。

"题评句"则由题语和评语组合而成，两者之间有逻辑和时空的断裂，故可呈现超时空的关系。例如，在杜甫《江汉》首联"江汉思归客，乾坤一腐儒"中，名词"江汉""乾坤"是题语，而名词词组"思归客""一腐儒"是评语。两行中，题语与评语逻辑上是断裂的，因为江汉与思归客、乾坤与腐儒属于完全不同的事类。就时空关系而言，一句中的前两字和后三字之间也没有必然的时空关系。在题评句中，题语是诗人观察的对象，而评语是诗人观物的情感反应。杜甫凝视江汉天地，情感反应是想到自己当今的窘境，便用评语来抒情。

在律诗和律绝中，唐代诗人在句法上可谓是绞尽脑汁，各显神通，各式各样的主谓和题评句式应运而生，目不暇接，美不胜收。本书律诗篇和绝句篇中，每一个主题、每一篇诗作的分析，无不从句法和章法的角度展开，无不试图从这两方面说明它们予以我们无限审美享受的所以然。然而，在写古诗时，唐人对炼字、炼句往往是不屑一顾的，尽管在名篇中我们偶尔可以见到精雕细琢的对句。因此，古诗篇的讨论重点自然也移到了篇法结构上。

诗人书写某一主题，为什么要选择古体诗，而不是律诗或绝句？在同一篇诗内，不同的材料、段落如何组织起来，能使表达、抒情、写意的效果是最佳的？这与诗人的诗风、篇法结构的安排息息相关。西方新批评中关于"诗人""诗中人""作品内容"之间的关系论说，对分析古诗结构有借鉴的价值。作品是用诗人第一人称直接抒情，还是采用"诗中人"代言的视角，抑或是两者混杂而用，这是很关键的，独特的叙述视角很大程度上构成了一篇古体诗的亮点。比如杜甫的《石壕吏》，就是以全知型的视角来写，他知道所有人的心情，了解所有人的话语，但他本人从头到尾也没有站出来发表过议论。再如李白的《月下独酌》，用第一人称"我"来抒情，诗的内容便只限于"我"的瑰丽想象了。古体诗允许不同的叙述角度，或对话，或坦白，或写意。这些分析都是我得益于"世界诗学"的结果。在方法论"横"的方面，"世界诗学"的确为我开辟了分析古代诗歌的新路径。

在本书中，"纵"与"横"相互交错，编织出了一个庞大的、多层次的网络。将七十二首名作放入此网络中进行精解，有助于加强微观与宏观的视野的互动。通过这种互动，我希冀引导读者跳出"就诗论诗"的窠臼，将诗篇细读与文学史知识相结合，做到"既见树木，又见树林"，既会作微观的欣赏，又能有宏观的把握。宏观，通过微观而变得有血有肉；微观，通过宏观而变得博大精深。

现在，就让我们开始在这张"纵横之网"中咀嚼欣赏七十二首名作吧！在阅读过程中，让我们细心寻绎它们之间相互影响、相互吸收的关系，探究十三个主题发展的艺术特点，从而圆览唐诗的发展。这样阅读，我们就有望把握唐诗的精髓。

此书能在较短时间完成，有赖于岭南大学中文系徐晓童和樊哲扬同学帮助整理文稿，谨此鸣谢。

是为序。

蔡宗齐

2025 年 1 月 25 日

于香港屯门满名山梦文庐

# 开篇语

当我们谈论中国古典诗歌时，通常喜欢把一种诗体和一个具体的朝代联系起来，诸如汉赋、唐诗、宋词、元曲等。这些名称中的朝代都是指该诗体兴起、繁荣的时代，只有唐诗例外。诗，作为一种诗歌类别，兴起于西周时期四言为主的《诗经》，而成熟的五言体在东汉末年崛起，到了六朝就取代四言成为统治文坛的诗体。然而，为什么诗不在六朝而是在唐代走向鼎盛呢？这个问题的答案是见仁见智的，不过我认为，诗在唐代达到艺术巅峰的原因哪怕能列出千百条，也可以归纳为天时、地利、人和三大类。

与"天时"关系最密切的应是诗歌体式的创新。唐王朝建立之时，诗已走过了一千五百多年的历史，诗体的重大变革已经箭在弦上。在六朝齐梁时期，五言诗已经有了从繁复到凝练的趋势，一些篇幅较长的诗作越来越少，十分精炼的短诗反而变多。同时，骈对的使用日趋普遍，从词类到句法，变得愈加复杂精巧，而骈化的诗歌语言又与新发现的平、上、去、入四声相结合，催生了南齐的永明体。时至盛唐初期，沈佺期和宋之问把齐梁四声音律简化为更易操作的平仄格律系统，从而将南朝永明体入律短诗发展定型为近体格律诗。五、七言律绝也随着五、七言律诗同步诞生和发展。这样，两种前所未有的入律诗体横空出世，合称为近体诗，其中律诗成了唐代最具代表性的诗体。在科举考试当中，应试诗被要求使用排律体。在律诗、律绝以及古绝风靡天下之际，历史悠久的古体诗也不甘寂寞，借初、盛、中唐复古运动，一扫六朝纤细绮丽的风气，开创了一种尽显风骨的古诗诗风。本书设立律诗、绝句、古诗三篇，希冀将唐代律诗、绝句、古诗三驾马车驰骋的雄姿展现出来。

如果说"天时"是诗体革新的纵向历史，那么"地利"则是唐代广阔的疆域为诗人提供了多元的创作环境与素材。大一统的唐朝不仅有中原文化的基石，还把疆域扩展到塞外的西域和东北，建立丝绸之路和与亚洲各国交往的海上之路，促进了与外域的文化交流。胡商、遣唐使、僧侣等群体带来多元文化元素，如佛教典籍和艺术、西域乐舞等，为唐诗创作提供了许多前所未有的题材。我们常说"行万里路，读万卷书"，而唐朝诗人可谓"行万里路，写万首诗"。在唐代开疆拓土的新局面中，诗人亲临其境，写下真真正正的边塞诗。在所选的边塞诗中，我们在王之涣的《出塞》中看到满目苍凉的塞外景色，在岑参的《白雪歌送武判官归京》中领略戍边的军营生活，也可以在高适的《燕歌行》中目睹出征东北的血腥战事。同时，唐朝诗人的足迹，不限于异域，而是遍布大唐帝国的每一个角落。唐朝驿站交通比起从前更为发达，文人的旅行活动也更为容易，这使得他们可以在较短的时间内穿梭于地理环境完全不同的区域，因而传统题材也得以大大扩展。例如，六朝谢灵运的山水诗局限于江南一隅，而唐人描写山水的范围，已东扩到长江中上游，并往北覆盖整个中原大地。唐朝广袤的地域，成为唐诗繁荣生长的泥土，为诗人拓展了人文景观的视野。这点在唐代的怀古和咏史题材上表现得尤为突出。比如杜甫的《咏怀古迹》《武侯庙》等诗、杜牧的《赤壁》《泊秦淮》等诗……，都是诗人亲访历史古迹，目睹残留文物而发出的感叹，其所咏之物是具体的，所发之志是真实的。相比之下，过往的历史题材的书写，如汉代班固和六朝左思的咏史诗，只是使用常用的意象和套语，读起来有一种很抽象的同质感，不像面对历史现场时产生的反思和抒怀那样的别样与动人。地利的因素对唐诗其他题材亦产生了深远的影响，这里就不一一论及。

讲完了"地利",我们就要讲"人和"。所谓"天时不如地利,地利不如人和",人和的确是三者中最重要的。人和的因素,主要表现在诗人身份的巨变。在六朝时期,诗歌创作基本上是宫廷集团、贵族阶层的专利。我们想想,这个时期的著名诗人有多少不是望族的成员?光琅琊王氏和陈郡谢氏两大家族就出了王羲之、王融、谢灵运、谢朓、谢道蕴等显赫人物,而很多著名的诗人又依附于王公权贵,成为宫廷文人集团的成员。到了唐代,这种诗歌文化迅速走向消亡,重要的原因是唐朝废除了六朝历代沿用的察举和征辟制度,改用科举取士,向所有社会阶层广开仕途大门,大量才德兼备的寒门士子迅速获得晋升。《唐摭言》记载唐代共取进士六千六百零三人,庶族比例超过六成,其中不少人来自边远地区,如张九龄就来自广东韶关,登进士第后官至宰相。不仅如此,唐玄宗时期,一些没有考试资格的人,也能通过个人才能而进京做事。例如李白的父辈从今天的吉尔吉斯斯坦地区迁到四川,很可能是商人背景,但李白依然能够被引荐至皇帝面前。这样一来,来自五湖四海、家庭和文化背景不同的举子、文人汇聚京城长安,形成了一个崭新、庞大的诗歌创作群体。为了练就一手写诗的绝技,他们相互切磋,相互竞争,而登第后又相互提携,通过书信交往不断提高诗艺,加深友谊。杜甫的

《梦李白》《天末怀李白》、刘禹锡的《金陵五题》等诗都是挚友书信交往中留下的千古名作。值得一提的是，唐代不仅有发达的驿站，方便诗人互赠诗作，还可以在名胜场所题壁，尽享"公共发表""公共传播""公共竞技"的空间。崔颢的《黄鹤楼》和李白的《登金陵凤凰台》之争的传说，不管是否可靠，但起码印证了唐代诗人喜用题壁形式向社会传播自己诗作的事实。元稹《白氏长庆集序》记载白居易诗歌传播的情况："二十年间，禁省、观寺、邮候墙壁之上无不书，王公妾妇、牛童马走之口无不道。"

"人和"的最大贡献是孕育了唐诗富有个性的特质。在优秀的唐诗中，处处展现出诗人的性情，我们看到他们生活、思想、感情的缩影。在下面要谈的七十二篇诗中，每一位诗人无不为自己写诗，书写自己的欢乐和哀伤、自己的理想怀抱，追求自己的艺术创新。正因如此，我们总能感受到诗人的鲜明个性和精神境界，无论他们是直抒胸臆，还是用句法、章法、篇法来营造含情无限的艺术境界。读杜甫，我们通过抑扬顿挫的句法、章法，体验到诗圣融入宇宙天地的家国情怀；读李白，我们可以跟随诗仙潇洒浪漫的豪情，激起生命的活力，找到超越世俗的勇气；读王维，我们可以领会诗佛的宁静心灵，在空寂之境中体悟精神的超越……

谈完造就伟大唐诗天时、地利、人和的因素，我想跟大家分享一下自己治唐诗、撰写这部书的心路历程。颜渊称赞老师孔子言："仰之弥高，钻之弥坚，瞻之在前，忽焉在后。"颜渊称赞孔子的话，正好描述我对唐诗的无限敬意。这部书中，我要深入分析每一首诗，必须讲出其大美的所以然，故可谓"钻之"；"弥坚"则是我深感诗篇之精深而发出的感叹。这些耳熟能详的名篇都已经谈论一千多年，但深钻进去，仍能找到前人未见的精彩之处。真是钻研越深，越能感到唐诗之伟大。"瞻之在前，忽焉在后"一句正好表达我串讲选诗和主题时的体会。在分析杜甫六首律诗时，我惊喜地发现，它们各自使用了一种极为独特的句法，从而创造出不同的审美效果；在比较主题和诗体之时，惊喜的发现同样也是目不暇接。这让我深深感到，唐诗艺术犹如一种伟大的精神，"瞻之在前，忽焉在后"！最后，"仰之弥高"一语最为贴切地表达了我对唐诗艺术的敬仰。

　　我衷心期望，读者能与我一道去探索唐诗艺术所以然，自然而然地热爱上唐诗。这一期望若能实现，我想，这本书或许也算是不负古人、不负唐诗。

# 律诗篇

唐代是中国最伟大的朝代之一，也是中国诗歌的黄金时期。诗歌，不仅是科举考试的重要组成部分，并且还成为一种全民的追求。唐代诗歌现存的数量十分惊人。彭定求等十人奉敕于康熙四十四年（1705）编校《全唐诗》，囊括了约两千两百位诗人的近四万九千首诗，大致形成古诗、律诗、绝句三足鼎立的态势。

　　据《全唐诗》数据库统计，三种诗体数量最多的是律诗以及很少量不入律的八句诗，有两万三千多首。在三种体裁中，古体诗最为自由，没有严格的形式规定。律诗在行数、句法、结构、韵律等方面均要遵守严格的规则。律诗的固定长度为八行，其变体"排律"（扩展的律诗）却更长，从十行到三百行左右不等。根据每行诗的字数，律诗可以分为两种：五言律诗和七言律诗。绝句也有固定的行数，为四行，是律诗一半，同时也有五言和七言两种。就声律而言，绝句有遵守平仄格律的律绝和不入律的古绝两种。这样，就声律方面来说，唐诗又可以两分：一是不讲平仄格律的古体诗，二是与之相对、高度格律化的近体诗。

　　律诗无疑是世界上规则最繁复的诗歌之一。写作一首律诗，诗人在行数、字数、字词选择、句法、诗行排列、总体结构乃至韵律方面都必须严格遵循规则。一种高雅格律诗的建立，无论是中文的律诗还是英语的十四行诗（商籀体），都代表着人类努力将语言愉悦的自然顺序（即韵律和意义节奏）加以形式化和理想化，使之反映出整个宇宙的秩序，而律诗的形式正是这种努力的绝佳范例。

在齐梁至初唐时期，中国诗人集体发展律诗形式的过程中，都自觉或不自觉地以阴阳宇宙论为模型，乃至于律诗的形式实际上成为该模式的缩影。确实，律诗所有的句法、结构和韵律规则均带有阴阳作用的印记，如以下众所周知的符号所示：

这个符号中，黑色部分和白色部分强烈的对比旨在表明阴和阳这两种基本宇宙力量的对立。这种基本的对立在律诗形式的各个主要方面都有所反映。律诗基本的语义节奏包含了双音节与三音节的对比；构成一联对仗往往需要以相反或迥异的形象相配（诸如，天对地、山对川）；四联之中也经常包含自然与人事、景与情之间的互动；在韵律层面上，在一句之内以及一联之间，平声和仄声形成对比反差从而形成节奏，创造出类似音乐节拍的韵律感。

位于符号的相反颜色区域内的黑色和白色小点，旨在表现出阴阳之间微妙的呼应，伴随并缓和它们之间的对立。在律诗的形式中，这样两极对立且呼应的关系同样显而易见。比如，中间两联均要求词性严格一致，而通常在词义上又是对立的。此外，在任何毗邻的两联之间还有部分声调对应（粘）的韵律规则。

这个符号里黑白部分柔和弯曲的边界线意在表明，阴和阳都有转变为自己对立面的趋势——阴成为阳，阳成为阴。阴阳之间的动态相互作用因而遵循推力与反推力，上升与下降的路径循环。在律诗韵律中，对仗的联与非对仗联诗有规律地交替，沿着类似的路径循环。最后，阴阳符号的圆圈本身表达了阴阳运行的包容性、完整性和永恒性。在律诗中，首联之"起"、颔联之"承"、颈联之"转"、与尾联之"合"，周而复始、不断复返，与永恒的宇宙秩序共鸣。

律诗引入如此复杂而相互交错的强制性规则，从根本上改变了诗歌创作的动态过程。律诗作者面临的挑战不仅是表达他自己，还要在严格的形式束缚之下去表达。拙劣的诗人极易沦为形式规则的囚徒，将自己的作品变成琐碎的文字游戏。然而，在伟大的诗人手中，律诗可以成为最有效的手段，以实现由来已久的中国诗歌最高理想，即把自己的胸襟情怀升华为一种弥漫天地的气象。

本篇中我对杜甫、李白和王维所作六首五言律诗的细读，足以证明这三位伟大的唐代诗人是如何炉火纯青地发挥出律诗形式的巨大潜力，将自我精神和儒、释、道的宇宙观融为一体，创造出无与伦比的艺术境界。本篇要分析的另外十首都是七言律诗。如果说五言律诗是最为尊贵的、科举考试规定使用的诗体，那么七言律诗则更加接地气的，从盛唐七言律诗开始就成为诗人抒发自我情感、诗坛竞技、怀古咏史的首选。七言律诗如此快速崛起，我们从崔颢、杜甫、李商隐等人句法、章法的创新中，将窥见其所以然。

# 五律气象何以成

"唐诗气象"一词，用来形容我们读盛唐名诗时所感受到的非同寻常的气场，极为恰当。唐代杰出的诗人们对于"盛唐气象"是自知且自豪的，他们在诗歌中往往自觉地、有意地描述这种宏大气象。如杜甫的《秋兴八首》中提到自己"彩笔昔曾干气象"，显赫地用了"气象"二字；李白在《古风五十九首》其一中则写到了唐代文坛的群星灿烂："文质相炳焕，众星罗秋旻。"唐代诗人们似乎可以感受到这个时代正在闪耀，自己的诗篇更是将要超越时代，照亮千古。因此，他们的诗冲破现实社会的樊篱，有一种弥漫宇宙的气象。

最让人能感受"盛唐气象"的诗体非五言律诗莫属。五言律诗延续了汉代和六朝的五言古诗，是从齐梁时期谢朓等人的短小五言诗发展而来，并配以完整的平仄格律。唐代的科举考试就用五言律诗的扩张体——通常为六韵十二句的排律体作为省试考题内容。

盛唐时期有哪些写五律的能手呢？高步瀛在《唐宋诗

举要》中说："如王、孟之华妙精微，太白之票姚旷逸，皆能自辟蹊径，启我后人。而杜公涵盖古今，包罗万象，又非有唐一代所能限者。"这段话举出四位诗人，其中最能代表"盛唐气象"的是李白、杜甫、王维。我们知道他们被尊称为诗仙、诗圣、诗佛，诗歌造诣达到了唐诗的巅峰，并在抒情的过程中传达出自己独特的道家、儒家、佛家的世界观，从不同的角度感悟人生命运与宇宙本质。那么，他们究竟是如何通过诗歌来做到这一点呢？这本书叫作"所以然"，自然就要给大家讲清楚，这些盛唐名诗究竟好在什么地方？唐朝最伟大的三位诗人是如何营造"盛唐气象"的？

盛唐诗人写律诗，必须在对偶联的句法上绞尽脑汁，才能大放异彩。例如，我们要细读的杜甫的五律《春望》《江汉》《登岳阳楼》、七律《咏怀古迹》其三和《登高》就会看到，每一首的句法都十分独特，他借助独特的句法来表达自己复杂的情感，并将其升华为弥漫天地的气象。诗仙李白性格豪爽飘逸，当然不会拘泥于诗歌的规则，自有一种独特的仙人式表达手法，其最有名气的诗歌几乎都是古诗。诗佛王维则通过以不露痕迹的手法来炼句，借以呈现自己入禅的境界，他的诗有一种宗教式的体悟。

我们习惯将杜甫称为诗圣。什么叫"圣"？孟子对圣的定义是："充实之谓美，充实而有光辉之谓大，大而化之之谓圣，圣而不可知之之谓神。"（《孟子·尽心下》）"圣"其实就是一种用个人修养改造世界的力量。杜甫在下面这三首诗《春望》《江汉》《登岳阳楼》中写出了将个人情怀、国家命运与宇宙气势相结合的艺术境界，因此读来十分真挚感人。

## 杜甫《春望》：如何化无情为有情

至德元载（756）六月，安史叛军攻进京城长安，唐玄宗携皇室要员仓皇出逃，留下一城的百姓。叛军纵火焚城，繁华壮丽的京都转瞬间变成废墟。杜甫携家人逃避战乱，先后漂泊到奉先、白水、鄜州等地。七月十三日太子李亨即位，杜甫闻此消息，大喜过望，将复兴的希望寄托于新即位的唐肃宗身上。八月洪水之后，杜甫立即北赴灵武，然叛军势力此时向北扩张到鄜州一带，杜甫陷入进退两难的境地，不幸被俘并押送至已沦陷的长安，至此已逾半载。至德二载（757）三月，诗人身在被叛军占领的长安，眼见山河依旧而国破家亡，春回大地却满城荒凉，触景生情，引起无限的感慨与伤怀，创作了这首历代传诵的五律《春望》：

国破山河在，城春草木深。

感时花溅泪，恨别鸟惊心。

烽火连三月，家书抵万金。

白头搔更短，浑欲不胜簪。


五律只有四十个字，诗人要清楚地表达自己的思想和情感，就要将每个字物尽其用，因此在五律中"实词"居多，如名词、动词、形容词、副词等，因为这些"实词"有自身的意义，而仅有句法功能作用的"虚词"则很少出现。《春望》中几乎全是实字，仅是最后两句用了"更""浑""欲""不"四个虚词。这四十个字，分为四联，即首联、颔联、颈联、尾联。根据宋人的总结，四联在诗中各自发挥起、承、转、合的独特功能。这种分工，在杜甫的律诗之中尤为显著。

首联"国破山河在，城春草木深"担负着"起"的功用。一般来说，首联确定了整首诗的主题，介绍时间、地点和事件，基本不使用对偶。此联每句用 2+3 的节奏，精练地写出几组对比。把沦陷的"国"与"城"相对，把人间之"破"与自然之"在"作强烈对比。"城春"往往让人想到熙熙攘攘的闹市和生机盎然的花草，但诗人却用了"草木深"来指野草丛生的荒凉状态，打破了人们惯常的联想。

颔联和颈联，按律诗创作的要求必须对仗，一联中两句之间词类必须相同，而词义也必须对称。《春望》的对仗就非常工稳。颔联表达情感的动词"感"对"恨"，表达时空的名词"时"对"别"，表达自然生命的名词"花"对"鸟"，表示情感反应的动词"溅"对"惊"，与情感有关的名词"泪"对"心"。在颈联中，与传递消息有关的双音节词"烽火"对"家书"，表时空联系的动词"连"对"抵"，数量词"三月"对"万金"。这些词语相互匹配，非常工整。

　　颔联"感时花溅泪，恨别鸟惊心"执行"承"的功能，将首联的景物进行具体化。用词方面，"承"是由大到小：离开宏大的"国破""城春"，用具体细小意象的组合，"花""鸟"来承接上句。但从主题意义发展来说，"承"的作用恰恰相反，是从实到虚、从小到大：此联是写由景物所引发的感受，因此构成一种虚的象征空间。从审美的角度来看，就有由小入大，由具体的山河、草木进入这个超越时空的"永恒现在"，唤起无限的艺术想象。"感时花溅泪，恨别鸟惊心"这一句是如何带领我们进入想象世界的呢？下面我们从四种不同的解读方式来看杜甫的出神入化的句法。

　　首先，按照五言诗句 2+3 的停顿读，视诗人（我）同为"感时"和"溅泪"的主语，故得此解：

> （我）感时 | 花（使我）溅泪，
>
> 我对这个不幸的时代深感难过，因此连花都令我掉泪，
>
> （我）恨别 | 鸟（使我）惊心。
>
> 我是如此地痛恨分别，乃至于鸟的鸣叫声也令我心惊。

这种理解方式将"溅"和"惊"看作使役动词，诗人（我）是流泪心惊的真正主体，而"花"和"鸟"这组和谐的自然意象只是名义上的主语，单纯引起诗人情感反应的，而没有与诗人的情感共振，显得自然无情而人类多情。

如若我们稍微展开一下想象，将"时"作为"花"、"别"作为"鸟"的修饰，这样就产生了两个词组，意为按时而开的花和离群失路的鸟，这就产生了第二种解读：

> （我）感时花 | （我）溅泪，
>
> 感情受到按时而开之花的影响，我流下眼泪，
>
> （我）恨别鸟 | （我）惊心。
>
> 痛恨看到离群失路之鸟，我的心被其鸣叫声惊动。

这种解读的语义节奏是 3+2，虽说和五言句传统的 2+3 语

义节奏不同，但因为杜甫常常有意违反既定的语义节奏来达到特殊效果，因此这种解读也是可以接受的。

同时，我们还可以将"花"和"鸟"都当作"溅泪""惊心"的主语，得出第三种解读：

（我）感时 ｜ 花溅泪，

当我感到时代的不幸，花也流下了眼泪，

（我）恨别 ｜ 鸟惊心。

当我痛恨别离，鸟的心也被惊动了。

不同于第一种的情感互动，这种解读，诗人仍是"感时""恨别"的主语，而"溅泪""惊心"的主语则更换成了"花"和"鸟"，大自然被人类的情感牵动，会随着人类的悲伤情绪而一起流泪难过。

最后，我们还可以将"花"与"鸟"当作整句的主语。因此有了第四种解读：

（花）感时 ｜ 花溅泪，

感受到时代的不幸，花都流下眼泪，

（鸟）恨别 ｜ 鸟惊心。

痛恨着离别，鸟的心都被惊动了。

这种解读，能看到人类、自然之间深刻的情感共鸣。自然被人类世界的悲欢离合打动，主动替人们溅泪、惊心。

这四种不同的读法，呈现了关于人类苦难的不同的视角：前两种解读，是诗歌传统的主题——人有情与自然无情的对照。纯粹从人的视角看人的苦难，无情的自然对人类的苦难无动于衷，周而复始的盎然春意，只是令人"触目惊心"，感到无助与悲哀。但后两种解读就完全不同，人类与自然被视为一个整体，人类与花鸟存在着感人的共振，自然与人类同悲，甚至为人类的遭遇掉泪和痛心。仅仅十个字，就将诗人个人的情感深化为自然宇宙的共感，而与这四种读法共生的艺术化境，就是我们通常所说的"意境"。

此诗的"变"在颈联。颔联已经把个人的情感投射到自然，延展到了终极的宇宙，再往下也写无可写，所以颈联就必须要有变化。因此，"烽火连三月，家书抵万金"急"转"，笔锋从自然转向人类社会。这一联的用词也同样的精练。"连""抵"两个动词对得很工整；"烽火""家书"不仅表面对仗，从深层意义上来说这两个名词，也有战争与和平、自然现象与人文符号的对照之意，同时点亮烽火和传递家书也意味着在空间上和他人的联结。"三月"表明战火连绵。按古人的注释，"三"既指三个月的激烈战斗，也可以暗指秦朝首都咸阳被项羽军队焚烧了三个月的历史典故。另一种解释，"三月"指杜甫创作此诗之际，战争已经横跨两个年头的"三月"，持续一年之久。表面看，"连"表示这些事情都在持续，但其实要传递的深层意义却是"断裂"："烽火"导致"家书"无法抵达亲人的手中。杜甫巧妙利用"烽火"一词的双关义，"烽火"传递消息与"家书"传递信息相对，这个是意义上的暗对。"烽火"又可代指"战火"，揭示了山河破碎、家人离散的原因，和下一句"家书抵万金"构成了因果关系。烽火传递连绵不断，而造成了家书传递中断，而这种中断又造成了另一种连接，即家书抵万金的价值。"连"和"抵"这两个具有"连接"属性的动词，经诗人别出心裁的对仗，又彰显了时间和空间上的断裂，读起来会显得讽刺而震撼，进而我们就能领略，杜甫笔下的战争带来的灾难是何等的痛苦与沉重。

尾联"白头搔更短，浑欲不胜簪"是"合"，但实际上也蕴含一个小"转"，即从颔、颈两联抒情的"永恒现在"又回到诗人生活的现实时空。此联是围绕"白头"展开的，不仅是为了描述诗人身躯的衰老，更反映他内心深处的痛苦。当诗人的悲痛已经急速毁坏身体，那描写身体摧残的状况，无疑最能表达痛苦之深。诗人的稀疏白发和第一句里破碎的山河互相照应，个人衰老与"国破"相吻合，从而创造了循环往复、圆融完美的艺术境界。

# 杜甫《江汉》：诗圣法宝之题评句

　　唐代宗大历二年（767），杜甫已五十六岁，身居夔州，处境艰难。受其弟杜观的劝导，加之夔州气候潮湿，不宜居住，杜甫于大历三年（768）正月离开夔州（今重庆奉节）前往江陵（荆州），此时面前有两条路线可以选择，一为北归长安，二为沿江东下。受突如其来的北方战乱影响，杜甫决定沿江东下，但在江东的姑母与弟弟杜丰却无消息。杜甫乘舟辗转于湖北江陵、公安等地，北归无望且生活日益困窘，又饱受疾病折磨。他感慨万千，写下此诗：

> 江汉思归客，乾坤一腐儒。
> 片云天共远，永夜月同孤。
> 落日心犹壮，秋风病欲苏。
> 古来存老马，不必取长途。

《江汉》的成诗时间比《春望》晚十一年，此时杜甫的生命只剩下了一年的时间。《江汉》《春望》两首诗都是通过物、我互动将个体的情感投射到整个宇宙，诗人茕茕孑立于广阔的天地之间，通过天地之广阔来凸显个体命运的渺小。不同之处在于两首诗使用了不同的笔法来化实为虚，铸造出感人至深的境界。两首诗均用了较多名词，名词质实易板滞，为克服此缺陷，《春望》选择在动词上下功夫，锤炼"诗眼"以使诗篇灵动，如"感"与"恨"、"溅"与"惊"等；《江汉》则是在句法上下功夫，使用题评句来化实为虚，推动自己情感的升华和抒发。

赵元任名著《汉语口语语法》阐述了题评句的特征，其中的题是话题，而评就是对此话题加以评价的评语。赵先生举了一个现代汉语的例子加以说明："这瓜吃着很甜"，此句看似是一个主谓句，其实不然。如果我们把"这瓜"当作主语，"吃"是谓语，那并不符合逻辑，"瓜"是被人吃的，主语应该是说话人，而不是"瓜"。因此赵先生认为这是汉语中特有的题评句，这类句子实际上是说话人对主题所做的评论。"这瓜"是主题，说话人的评论是"吃着很甜"，这就是典型的题评句。

凭着对古诗的阅读经验，我发现《古诗十九首》已经出现了此类题评句，只不过"题""评"倒置，句末是主题，前面是评语。如《其二》中"青青河畔草，郁郁园中柳。盈盈楼上女，皎皎当窗牖。娥娥红粉妆，纤纤出素手"，三联前面两个字是抒情的联绵词（评），是用来表达观物人对这些物象的情感反应。这种五言题评句又可以上溯至《诗经》中含有联绵词的四言比兴句，如"关关雎鸠"，"关关"是观物人对于"雎鸠"的评语。杜甫很擅长使用抒情潜力很大的题评句，常在对偶联中使用，如名联"清新庾开府，俊逸鲍参军"，"清新""俊逸"是前置的评语，形容李白继承庾信和鲍照而形成的两种诗歌风格。

下面从此诗独特的结构入手解读，看看这首诗如何将题评句发挥得淋漓尽致。

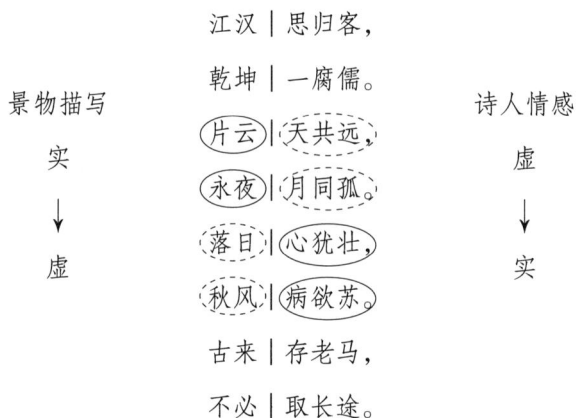

首先，将五言句按照2+3结构分为左右两栏，中间这条竖线将意象群分成了颇为工整的两部分。竖着读，左侧双音节部分，"江汉""乾坤""片云""永夜""落日""秋风"全部是名词；右侧三音节部分，第一联是名词词组："思归客""一腐儒"。第二联开始才有动词出现，"共""同""苏""存"等。首联全部都是名词，直译过来就是"江汉想归家的游子","乾坤一位老儒"。名词的堆叠虽使得表意最大化，但也未免让诗歌显得呆滞。为了盘活这些过于厚实的名词，杜甫就采用了十分灵活、特别的句式——题评句。

"江汉|思归客""乾坤|一腐儒"这种2+3的组合，其实就是题评句。前两字"江汉"是题语，后三字"思归客"为评语。相较以往的诗歌的题评句句型，此两句有两点创新：第一点是以往的"评"大多为两个字的形容词，如"青青""郁郁"，这里杜甫却扩展成三个字的名词或词组，如"思归客""一腐儒"。第二点创新，是"题"与"评"的联系。"江汉"（题）是怎么样的？常人可能以为杜甫要说"江汉"很广阔、很壮观，但他别出心裁，紧接着"江汉"说"思归客"，江水边上有一个想回家的游子。"江汉"和"思归客"这两个意象完全没有联系，一个极大、极广阔，一个很小、很孤单。两个意象看上去，就像电影中的远景急速被拉近，空间张力无限大。杜甫没有用一个形容词作评语说"江汉"很辽阔，我们却已经从一个江边的思归客的身上瞬间想象到了；杜甫也没有说"思归客"很孤单，有广阔的江汉做对比，我们已经能够感同身受。"乾坤""一腐儒"也是如此。这两组实词"江汉"与"思归客"、"乾坤"与"一腐儒"是杜甫精挑细选，用灵活的

题评句把它们连接在一起的，从而形成宏大与渺小的对比。在这空间张力中表现杜甫自嘲中的坚持与无奈。

如果杜甫仅止步于此的话，他只能称得上是一位优秀的诗人，还不能称作伟大的诗人。从整体结构来说，《江汉》不仅有线性的时间叙事，还有强烈的空间思维。中国古典诗歌有严格的字数限制，比如这首诗总共就四十个字，这不仅使得诗人在写诗时要字斟句酌，读者品读的时候，也要发挥想象力，反复咀嚼、玩味字句，将诗歌中的世界在脑海中空间化、立体化。

首联，"江汉""乾坤"都是宏大的景象，相比之下，"思归客""一腐儒"就显得可悲和渺小。杜甫诗中很多这样的对比，比如"飘飘何所似，天地一沙鸥"（《旅夜书怀》），天地的广阔和一只小小的沙鸥形成强烈对比。这可能是由于杜甫晚年对宇宙与自我的关系十分关注，他越发感受到自己在庙堂之中、天地之间的渺小。颔联"片云""永夜""月"等意象说明此诗应该是作于夜晚。奇怪的是，接下来第三联，竟然又出现了"落日"这个本该属于下午的意象，何解？实际上，这是一个景物描写由实入虚的转折，颔联的"永夜""月"是实写，是描述实在的时间；颈联的"落日"和"秋风"是虚写，并不是现在的时间，诗人只是通过这些充满衰颓意味的词语，象征自身的状态。"落日心犹壮","心犹壮"省略的主语应该是"我",侧面证实了"落日"就是"我"衰老的象征,而非真实的景物描写。景物描写从颈联开始由实入虚,但情感描写却从颈联开始由虚转向实。

竖线左边的双音节词是"题",为景物描写,而竖线右边的三音节词则是"评",为情感描写。"题"和"评"的部分都有一个虚实的变化过程,而且是反向而动的。前面讲了左边景物是如何由实到虚的,右边的情感描写是如何从虚到实的呢?先看颔联,虽然延续了首联全用纯粹的意象,但与《春望》的颔联一样由于主语的模糊性,这句话有三种解读方法,这种多义性也造就了此句之"虚"。

第一种,"我"是隐藏的,或说只作为一个观察者存在,"片云"和"天"是主语,"永夜"和"月"也是主语。翻译过来就是:

片云(与)天丨共远,
一片云与天空在一起十分遥远,
永夜(与)月丨同孤。
漫长的夜与月亮同样的孤独。

这种理解方式类似于李白《独坐敬亭山》"众鸟高飞尽,孤云独去闲"，诗人看到鸟都飞尽了，云也慢悠悠地离开，言下之意是只剩下自己和敬亭山了。"片云天共远，永夜月同孤"也一样，诗人观察到"云""天"都远离自己，"永夜"和"月"也在共同忍受孤单。言下之意就是在广阔的空间和无限的时间中，唯独诗人被忘却和抛弃，孑然一身。

此联还有另外两种相似的读法，即是：

片云天（与我）｜共远，

一片云和天空与我一起远离，

永夜月（与我）｜同孤。

漫长的夜和月亮与我一道孤独。

或者：

片云｜天（与我）共远，

一片云下——天空与我一起远离，

永夜｜月（与我）同孤。

漫长的夜里——月亮同我一样孤独。

这两种读法可以类比孟浩然的"野旷天低树，江清月近人"，同样是孤单的人与月亮相伴。"天""月"同情诗人，所以一起度过"永夜"，共同营造了自然与人类的共存，颇有诗人与天地融为一体的感觉。乾坤有情，和诗人"共远""同孤"。这样一来，个人的孤单升华为天地的孤单，这种普遍的共存，一方面放大了诗人的孤独，同时这种孤独又因为天地星月的陪伴而有所减弱。颔联这种虚写，衍生出三种读法，不论我们怎样去理解，都能感受到这种情感表达的复杂与细腻。更巧妙的是，这种孤独感为接下来颈联戏剧性的"转"做了一个铺垫。

一般来说，杜甫的律诗起承转合都很明显，《江汉》这首诗的转折却有些模糊。如果单从景物摄取上来看，也许很难发现这首诗的"转"。但若从情感书写上观察，就能够发觉颈联是极大的转折——从极度孤凉悲伤的情绪，一下子转到积极向上、不屈不挠的决心。前面讲颔联有多种理解方法，其中一种是说"永夜月同孤"指天地万物给予了诗人陪伴，减轻了诗人的孤独感，让他有了振作的力量，这其实就是颈联"转"的契机。"落日心犹壮""秋风病欲苏"，"落日"和"秋风"是两个很衰颓萧索的意象，是虚写；杜甫这里巧用了"心犹壮""病欲苏"两个实实在在的词组，来凸显自己虽已是暮年，仍有壮志。他在衰颓的意象中传达着自己的乐观，一张一弛之间，诗篇意味深长，境界也随之提高。

尾联延续这种乐观，就像曹操说的"烈士暮年，壮
心不已"，或者《韩非子·说林上》讲"老马之智，可用
也"，"老马"也许跑不快，但贵在知道正确的路途。他用
这个隐喻，来表达自己作为一个老而多病的腐儒的珍贵价
值，并完整地收束全篇。

杜甫巧妙运用题评句，使得这首诗达到了个人的情
感、家国情怀和自然宇宙融为一体的艺术境界。短短四十
个字，高情远志，诗人的精神力量超越时空。"腐儒"是自
嘲，也是坚持。就像他《自京赴奉先县咏怀五百字》说的
"老大意转拙"，"拙"和"腐儒"是杜甫很准确的自我写
照，他永远用满怀期许和关怀的眼光看着自己的国家，执
着得近乎笨拙。

## 杜甫《登岳阳楼》：一转再转，转即是合

大历三年（768），杜甫离开夔州，冬十二月，他离开
公安，一路漂泊至岳州，登上了闻名的岳阳楼。岳阳楼是
岳阳城西门楼，濒临烟波浩渺的洞庭湖，诗人登楼凭轩远
眺，纵目遥望洞庭湖，壮丽的景观将这位老人衬托得更加
渺小，他的思绪不由得转向自身的浮沉，随即又从家事上
升到国事。是年郭子仪将兵五万屯奉天，防御吐蕃，战事

又起，社会混乱，国事、家事少有佳讯。壮阔的景观、困顿的个人生活、忧国忧民的情怀一起涌现心头，杜甫挥笔写下了这首意境浑厚、气势磅礴、情感悲壮的诗篇《登岳阳楼》：

> 昔闻洞庭水，今上岳阳楼。
>
> 吴楚东南坼，乾坤日夜浮。
>
> 亲朋无一字，老病有孤舟。
>
> 戎马关山北，凭轩涕泗流。

开元四年（716），宰相张说被贬为岳州刺史，他喜欢在洞庭湖边眺望，所以召集名工巧匠将岳阳楼进行扩建、翻修。许多文人骚客慕名而来，题诗写字，久而久之，岳阳楼就成为一个书写地标。这种有丰富文化内涵的地理标志在唐代很常见，如黄鹤楼、滕王阁、寒山寺等地方，本无特别之处，但因为有很多诗人在此题诗，或者某一首出名的诗歌中写过它，它就被赋予了一些超越空间的文化想象。因此，当大诗人杜甫登上岳阳楼，他作诗不光是为了抒发情感，还要和古人进行对话，暗暗和以往作诗的人较量文采。这种文人竞技十分常见，传说李白登上黄鹤楼就说"眼前有景道不得，崔颢题诗在上头"（计有功《唐诗纪事》），他认为崔颢已经将黄鹤楼题诗写到极致，担心自己不能胜过他。杜甫《登岳阳楼》和范仲淹的《岳阳楼记》是古今题咏岳阳楼最有名的两部作品。在他们这一诗一文之后，往后的文人为岳阳楼题诗备感压力，几难超越。明代李东阳有诗说："吴楚乾坤天下句，江湖廊庙古人情"，即是歌颂杜甫、范仲淹这两篇名作的。

临水抒情的传统自古有之，流动的水似乎特别容易激发古代文人的遐想和思考，这种抒情方式主要分为三种：第一种是临水发思，引发富有哲学性的思考，如孔子面对河流发出"逝者如斯夫，不舍昼夜"的感叹；第二种是临水咏志，三国时期曹操的《步出夏门行·观沧海》中的"东临碣石，以观沧海""幸甚至哉，歌以咏志"，虽然没有明白地说所咏何志，但我们知道他寄托了自己的政治抱负；第三种是临水抒情，大多是抒发自己失意的情感，比如谢朓的名句"大江流日夜，客心悲未央"（《暂使下都夜发新林至京邑赠西府同僚》），就是面对江水抒发自己的悲伤之情。杜甫也有很多临水抒情的诗篇，比如前面读过的《江汉》，在题材方面与《登岳阳楼》很相似，都是眺望着水景，抒发自己与亲人隔绝、飘零孤单的情感，但两首诗的写法却很不一样。《江汉》里面的水景是很开阔的静景，但在《登岳阳楼》中，水景是磅礴而富有动态的，这与诗的句法有很大的关联。

接下来，我们从句法、抒情两方面，看杜甫《登岳阳楼》是如何创造出震撼人心的艺术效果的。"昔闻洞庭水，今上岳阳楼"，杜甫登临在开元盛世所修建的岳阳楼，看着气势磅礴的洞庭湖，心中不免感慨万千。

颔联"吴楚东南坼，乾坤日夜浮"十分精彩。首先，我们将每句的第五个字"坼""浮"理解为及物动词，再将省略的主语"洞庭湖"补充上去，这句话的语序就应为"洞庭湖在东南坼吴楚""洞庭湖于日夜浮乾坤"，意思是，洞庭湖劈开了吴楚，托起来整个乾坤，天下都在洞庭湖的掌握之中。

吴楚东南坼——（洞庭湖在）东南坼吴楚
乾坤日夜浮——（洞庭湖于）日夜浮乾坤

五十多年前，孟浩然有题岳阳楼的名句"气蒸云梦泽，波撼岳阳城"，气势磅礴，但也只是，气掩盖着云梦泽，波涛撼动着岳阳城罢了。杜甫此诗中，"吴楚"大地被洞庭湖劈开了，"乾坤"也浮于洞庭湖之上，洞庭湖显现出更加惊心动魄的气势。蔡绦《西清诗话》中说此诗"不知少陵胸中吞几云梦也"，就是说杜甫比孟浩然技高一筹，营造的气势更加雄伟。总结来说，通过将"坼""浮"理解为句尾的及物动词、此联两句为倒装句式，我们可以更好地感受到杜甫塑造的壮阔场面与气势，且能领略到大诗人出神入化的艺术想象。

这联最巧妙的是，诗人将动词放置在此句最后，"吴楚""乾坤"是主语，"东南""日月"是状语，"坼"和"浮"是谓语后置，是动词。他用这种句法表达宏伟的景物，这在盛唐诗中比较常见，比如说王维"大漠孤烟直，长河落日圆"，"直""圆"放在最后，创造出一种十分震撼人心的动感。

此联的倒装句也极精彩。如谢朓的"大江流日夜"也是倒装句，这句的正常语序应为"日夜大江流"，日夜之中大江在流动，若如此写诗，仅仅是对实际现象的直接描述，那么会非常普通；语序变为"大江流日夜"，就是一个富有动态的想象描述，高下立见。基于谢朓的句法，杜甫进一步发明，把句末的最后一个字作为及物动词，这个句法是他"语不惊人死不休"的一大创新。

这首诗的"转"也十分精妙。古人讲，起承转合，"转"是在第三联，即"亲朋无一字，老病有孤舟"。此联，从前面开阔的景色转到小我的个人经历，不仅景色被衬托得更加宏伟，个体也有"渺沧海之一粟"的落寞伶仃之感，对比之下，诗人的身世遭遇便显得更加凄惨。这种由大到小的"转"，格外打动人心。

这首诗除了颈联的"转"，在尾联还有一"转"，这也是杜甫语言的高绝之处。"戎马关山北，凭轩涕泗流"，杜甫把个人层面转到了国家层面。整首诗从个人写到家庭，最后再落脚到国家，层次分明且丰富。而最让人动容的是，杜甫虽身居江湖、穷困潦倒，却依然在诗歌最后，把内心最深处的情感给了国家，这时他的抒情自我与家国完全重合了。对比孟浩然《望洞庭湖赠张丞相》的尾联"坐观垂钓者，徒有羡鱼情"，似乎是画蛇添足，与颈联"欲济无舟楫，端居耻圣明"所表达的意思重复了。且从立意上来讲，孟浩然此诗有非常强烈的求官之意，相比之下，杜甫心怀家国的悲怆慷慨之情，显然比孟浩然的气节更高。

上面分析了《登岳阳楼》整体结构的顿挫有致，而从语言上来讲，杜甫这首诗也有很多细针密线的严谨之处。比如颈联出现了"孤舟"，回扣了他首联的洞庭湖，他很可能是乘舟而来，又乘舟而去；最后一联"凭轩涕泗流"中"凭轩"二字，又回扣了首联第二句的"今上岳阳楼"，整首诗的结构可以说是天衣无缝。颈联"亲朋无一字"，"无一字"，他不是没有亲友，他期待帮助，却没有任何消息，诗人落寞的情感更是无处可依。

读《登岳阳楼》此诗，完全可以感受到杜甫诗歌语言技艺的精妙，以及他人格之伟大。他是一个真诚的诗人，即便自己已经穷途困境，还心系唐王朝的命运与脚下这片疮痍大地。杜甫"诗圣"、李白"诗仙"这些称号都是名副其实的。"仙"或许是超越人世的，但"圣"却永远在人民之中。无论处于江湖之远，还是庙堂之上，杜甫永远秉持着"位卑未敢忘忧国"的赤忱之心。

## 李白《与夏十二登岳阳楼》：拟人只为找玩伴

乾元元年（758），李白因永王李璘一案受到牵连，被流放夜郎。此时李白已经将近六十岁，年老体衰，经此一行，不仅人生理想已经无望，可能还要身死蛮荒异地，再难见到中原天日了。第二年的春天，他刚抵达白帝城，准备动身前往夜郎之际，突然传来皇帝的赦令。在人生至暗之时，李白意外获赦，心情好不亮丽。他与好友夏十二由江陵南游洞庭，登上岳阳楼览景。茫茫江水，汪洋无边，雁随秋风而去，月攀山影而出。美景之上，诗人与好友设宴畅饮，凉风吹入楼中，不胜惬意。他似乎又找回了自己年轻时那股飘逸潇洒的生命力，写下了《与夏十二登岳阳楼》：

楼观岳阳尽，川迥洞庭开。

雁引愁心去，山衔好月来。

云间连下榻，天上接行杯。

醉后凉风起，吹人舞袖回。

李白和杜甫的性格通常被认为是完全相反的类型。人们认为杜甫清醒、诚恳又德行高尚，而李白却沉溺于酒，洒脱自由，超然物外。他们也因那些最能展现自己性格特征的作品而被人们铭记于心。因此，杜甫为人称颂的伟大作品多为律诗，而李白绝大多数最受喜爱、最广为传诵的作品为古体诗。这样简单的二分法，不可避免地掩盖了两位诗人生活与作品的复杂性。高度限制的律诗形式似乎颇不适宜于李白狂放不羁的才情与诗风。但实际上，李白也写了不少优秀的律诗。这首《与夏十二登岳阳楼》并不大出名，但却是少有能呈现他超凡飘逸个性的律诗。

　　首联呈现出诗人正在俯瞰着的全景。在颔联中，他凝视着两个具体的形象，其一是飞翔之"雁"。"雁"是一个常见的关于思乡之情的意象，在这里却被用来表示带走了思乡之情（或曰"愁心"）。这个惯常的意象变形后，随之而来的是想象力的飞腾：山峰变成一只巨大的鸟儿正"衔好月"向我们飞来。

颈联设计的"转"正是诗仙特色：飞往天界。以诗人为隐含的主语，可以解读如下：

云间｜（我）连下榻，

在云彩间，我来到了尊贵客人之榻，

天上｜（我）接行杯。

在天上，我接过传来的酒杯。

李白并不像杜甫那样将人与自然视为平等伙伴，而是将人，或更确切地说将自己，凌驾于自然之上，以至于他成为云中仙人。

尾联出现的"凉风起"既是写夜的凉爽，也暗示诗人心情的轻松畅快；"舞袖"是动态描写，表现了诗人的自由自在、无拘无束，这些描写又进一步丰满了诗人的仙人形象。

李白和杜甫一样也善于利用拟人化，但是对他而言，拟人化很大程度上是一种将自然转化为快乐玩伴的手法。例如，诗中带走愁心之大雁以及衔来好月的山峰都是他想象中的玩伴。

《与夏十二登岳阳楼》这首五言律诗虽然不算有名，但能够从中看出李白逍遥自在的仙人气质。他创造出独特的诗人形象，超越时空的左右与限制，与造物者为玩伴，这与从前游仙诗低调的第三者视角截然不同。李白这种书写方式，给人的感受是他的朋友圈里全是各路神仙，无怪乎贺知章称他"天上谪仙人"，意思就是李白可能是被贬谪下凡的仙人，这一称谓也迅速被传扬开来，而谈论诗仙也成了千百年间雅俗同赏、乐此不疲的事情。

李白诗中绝大多数的拟人化动词都不是忧伤和悲叹那一类，如"感时""溅泪"，而是描绘精力充沛、活泼明快、神乎其神的行为。为了让自然听从他的指挥，转化为他的玩伴，他将自我提升至造物主或宇宙主人的地位。他将自我神化为宇宙之主的行为，被很多人视为李白最伟大诗歌的印记。这将他与早期平凡的游仙题材的诗歌区别开来，为他赢得了"诗仙"这一不朽的称号。

## 王维《终南山》：四个诗眼不寻常

王维最上乘的诗作超越人生的欲望，物我两忘，让人体悟到万物的实相，故为他赢得了"诗佛"之美名。一般来说，王维的绝句最有禅意，因为其篇幅很短，最能简练地突出情、物之间的互动，且不落言筌。王维也有五律禅诗，此类五律对景物描写十分有技巧，常常是移步换景，每两联更换一个观察景物的视角，呈现出不同的禅观体验，从而带有一种宗教性的超越。

《终南山》一诗应写于开元二十九年（741）至天宝三载（744）王维隐居终南山期间。王维作为一位著名画家，山水画中的南宗画派的创立者，其作品经常被称赞为"诗中画"。《终南山》这首诗无疑是他的山水诗里具有绘画品质的绝佳范例。

> 太乙近天都，连山接海隅。
> 白云回望合，青霭入看无。
> 分野中峰变，阴晴众壑殊。
> 欲投人处宿，隔水问樵夫。

与杜甫和李白不同，王维在诗中并没有告诉我们他的情感状态、身体状况或是想象中超越的壮举。相反，他带领我们经历了一系列强烈的视觉体验。首联，远望终南山，诗人先将我们的视线纵向从太乙峰引往天上，然后横向沿着连绵的山脉直至大海。颔联则带领我们与近距离接触的两种大气现象捉迷藏。颈联中，他观察的对象从山峰转变为山下广阔的平原。这个新的全景俯瞰，因阳光和白云的映照与遮挡效果，而有着千变万化的形貌与色彩。尾联，诗人拉回近景，为我们揭示了人的踪迹：一个樵夫，以及从河水另一侧传来的询问樵夫夜晚住处的人声。

此诗对微妙的色彩变化的描写令人愉悦——"白云"对"青霭"，表现太阳光影的明暗对比；此诗不断变换视角，移步换景——或水平或垂直，垂直的观察有的从下往上，有的从上至下，这些带着绘画特质的意象完美地交织在一起，创造出罕见的视觉盛宴。此外，诗歌随着一日游览的各个阶段来描绘风景与形象：始于首联远望，继之以颔联的登山经历，并在颈联到达山顶，以尾联黄昏时分下山收束全诗。

本诗也是王维山水诗中佛教世界观的艺术体现的完美示例。首先来看一下这首诗的结构特点。从句移至句腰似乎成为唐代五律一时的风尚。为了在句腰嵌入更隽永的原因从句，许多诗人不惜使用删字压缩法。例如，杜甫名联"名岂文章著，官应老病休"便用了三字作原因从句，以求将"岂因为文章"和"应因为老病"压缩装入句中。与杜甫压缩虚词的手法不同，王维《终南山》的颔联别出心裁，将双音动词嵌入从句。"回望""入看"不仅取得很好的陌生化效果，而且绝妙地传达了诗人禅观山水的体悟。"回望"和"入看"都是未固定的、可以拆开的双音动词，因而颔联可以有两种读法：

作 2+2+1 读：

白云｜回望｜合，

诗人回望白云，白云顿时聚合，

青霭｜入看｜无。

诗人步入青霭，青霭消失无迹。

作 2+1+2 读：

白云｜回｜望合，

诗人回首白云，以观其聚合之变，

青霭｜入｜看无。

诗人步入青霭，以观无有之境。

这两种读法，如果说前者如实地记录了诗人在云雾缭绕的山峰中跋涉的视觉感受，后者则栩栩如生地传达了诗人禅悟山水的心理活动。此联有此两读，完全可以看作诗人有意为之。

读到颈联，我们会发现另一个颇不寻常的现象：颈联使用的也是句末为动词的句式。五律中颔联和颈联使用如此相似的句式的情况是不多见的。当我们将两联句末的四个动词联系在一起看，就有了一个更重要的发现：每一字正是中国佛教典籍中经常用以阐释佛家世界观的术语："合""无""变""殊"。"合"是"和合"的一部分，和合是世间万象一切因缘的总体，指所有客观或主观现象存在的根本原因；"无"指的是"无二"，是大乘佛教中一个双重否定的术语，即"既不……也不……"，旨在说明世间一切概念都不可具体化为绝对存在，防止将任何事物或概念作为本体论上的绝对存在。一切事物，不管是实物还是臆想，都源自原因与条件复合的因缘，而非本质存在，不可能拥有任何根本的实质，因此都处于"变"和"殊"之中。按照佛教的理解就是，既非实有亦非空无。王维在诗中巧妙地嵌入这四个佛家术语，显示了他作为诗人高超的想象力。这四个抽象的哲学术语，在诗人天才的笔触下一个个生动地化为每句的诗眼，赋予了每句诗灵动的生命。这些诗眼相互作用，产生了变幻无穷的、体现佛教世界观的幻境。

　　　　白云回望合，青霭入看无。
　　　　分野中峰变，阴晴众壑殊。　·隐藏的
　　　　　　　　　　　　　　　　　　佛教用语

"合"与"无"精妙地再现了"云"和"霭"如有似无的形象；"变"与"殊"写出了"峰"和"壑"变幻不定的景

色。这四个诗眼一起产生了一出感知幻觉的持续戏码。前两个诗眼"合"（汇聚）与"无"（消失）渲染白云与青霭是如此的难以捉摸，以至于他们是否真正存在都成为问题。接着，另两个诗眼"变"（改变）和"殊"（变得不同），将山谷和平原转为形状和色彩不断变换的奇观。

这出感知幻觉的戏码在尾联中达到高潮：我们被诗人引导着，如入其境，仿佛也觉得林中有可供投宿之处，然而我们又看不到它，只能隔着水雾，高声询问那远处似有似无的樵夫。也许从空旷的山谷传来的回声，才是我们能够得到的唯一答案。当这个感知幻觉达到顶点，一个敏锐的读者可能会得到佛教的启迪，或至少深刻理解到佛教对实有与空无、对宇宙与自我之虚幻本质的见解，或多少体会到佛家信奉的宇宙一切物我皆无自性，即空即色，亦幻亦真的道理。

## 王维《汉江临眺》：隐形的移步换景之法

王维的《汉江临眺》作于开元二十八年（740），正值盛唐，也是王维仕途顺风顺水之时。王维因政务赴南方，途经襄阳，他被秀丽的汉江所陶醉，写下了这首清新隽永的名篇。

楚塞三湘接，荆门九派通。

江流天地外，山色有无中。

郡邑浮前浦，波澜动远空。

襄阳好风日，留醉与山翁。

如果借用王国维的"境界说"来评价上面所谈李白、杜甫的诗，它们都是"有我之境"，在诗中能够看到诗人的影子。王维这首诗则是"无我之境"，从头到尾都在写景，有意把"我"隐藏起来。

这首诗，读来韵味深长，寓动于静，像一幅写意山水画。写意山水画和工笔山水画的区别，主要就在于"意"的塑造。工笔画栩栩如生，和肉眼见到的景色差不多；写意山水画不同，它是用艺术家的眼光来展现自然，而非常人所看到的自然风光。这里的"意"，实际上就是诗人或画家感知外物的特定方式和效果。那么接下来，我们就一起感受一下王维在这首诗中的"意"。

从观景视角来看，这首诗观景角度的转换频繁多样，从首联的俯视，到颔联的平视远眺，再到颈联的仰视，三联都变换了一个视角。我们常说"移步换景"，但这首诗作者的"移步"几乎是隐形的，叙述者的移动被悄然隐藏起来了，读者只觉得是自己在移动。

一开篇，诗人就从天帝的视角俯视荆楚大地，写下首联"楚塞三湘接，荆门九派通"，气势恢宏。这句话按照正常语序应该是，"楚塞接三湘""荆门通九派"，语意上虽然十分清晰，但读起来很普通。王维将动词"接""通"挪到每句最后一个字，就把整个荆楚地势的磅礴展现出来，给人的审美冲击更胜无人机航拍中国的效果。王维通过调整动词的位置，将干巴巴的地理位置描述变成一种美的感受。

楚塞接三湘——→楚塞三湘接
荆门通九派——→荆门九派通

颔联，"江流天地外，山色有无中"，是一个平视远眺的视角。严格来说，这句话没有动词，是很严谨的对仗。不过，此联上句用了"江流"二字，而"流"给人一种动词的错觉，远处的画面一下子就有流动感，富有活力。如果换用"江河"二字，那这一整句就失去了动态感。前面一联气势磅礴，仿佛占据了整个画面；这一联却留出了大片空白，江水似乎都在天地之外，望不到尽头，而远处的山色也若隐若现，画面极其生动。

如果说上两联都是由远处眺望，从上方和正面看江流和远处的山色，接下来的两联，诗人的距离与江水则被拉近了。正因如此，这首诗有另一个名字，叫作《汉江临泛》，即诗人在江上泛舟观景。

颈联，"郡邑浮前浦，波澜动远空"，"郡邑""远空"说明这一联描写的视角是仰视，可能是坐在或者平躺在船上，对远方和上方的景色展开描述：城市好像在浦口上下漂浮，远处的天空也摇摇晃晃的。实际上，都邑、楼宇如此稳固，怎么会动来动去的呢？上句揭示了原因，"波澜动远空"，原来是船在动，而非眼前的都邑或天空在动。船又为什么会动呢？因为波涛汹涌，江上风浪大。王维这里对波涛的描写，不像《登岳阳楼》那样浩浩荡荡，而是很隐晦地等待我们自己去发觉。"波澜动远空"，波涛明明就在身下推着船儿，近在咫尺，诗人却写撼动远方的天空，这样就会加深读者对远景的感受。

通过分析《汉江临眺》观山水视角的不断变化，我们能够感受到诗人的"意"。不过，这种"意"不单是诗人的精神自觉，更多的是诗人的精神世界和宇宙律动产生的共鸣，即"道我合一"。这里所说的"道"是广义的，在道家是天地万物运行的一种机制，在佛家则是真如、佛性、实性等。读这首诗，我们已经能够感受到王维诗中的"意"，除了视觉想象，还有几分禅意，即佛家对宇宙实相的体悟。王维十分喜欢写景物刹那间的变化，这种变化不只是视觉的享受，更是宗教的体悟。佛教中言"空有不二"，"空非断无，故言空有。有即是空，空即是有，故言不二"（《妙法莲华经玄义》），诗人超越了物质和精神的区别，体悟到万物的实相。而这些难以言传的"意"，十分玄妙，只能通过偶然闪现的幻觉来略知一二，正如我们读王维诗歌的感受。

尾联"襄阳好风日，留醉与山翁"，"襄阳"回扣了前面说的"郡邑"，又将我们又从宗教的体验拉回到现实生活中。整首诗似乎从禅意中走出来了，回到了有酒、有烟火气的人世间，让人有清闲自乐之感。这里的"留醉"，不仅是观山水的饮酒助兴，还是一种对前文所描写的山水的留恋、迷醉，韵味悠长。

作为叙述者，王维在整个画面中都处于静音状态，在这首诗中找不到"我"的影子，他只留下了一幅幅山水画，让读者用宁静的心灵来感受诗中的禅机。

# 七律何以自由纵横

　　王维的禅诗，都是五律、五绝体。要呈现禅境，文字须简短精练，绝对不可啰唆、加议论，所以禅诗极少用七律、七绝来写。相反，历史题材适合用七律、七绝来写，五律、五绝是很难写好的。不论是怀古诗还是咏史诗，诗人首先要对历史事件或人物做一个交代，要谈的是哪位历史人物？要议论的是什么历史事件？然后，再展开自己丰富的历史想象。五律、五绝篇幅短小，每行只有五个字，交代完基本信息之后，已经没有足够的余地让诗人发挥自己的想象与文采了。

　　七言，尤其是七律，可以相对自由地开创出独特的历史时空。这一点是五律难以做到的。比如《黄鹤楼》的"白云千载空悠悠"、《登高》的"百年多病独登台"，这些诗虽然并非历史题材，却已经体现了历史的时空。杜甫晚期在夔州创作的律诗《咏怀古迹》和《秋兴》八首，更是把真实的历史和虚构的历史进行了融合。诸如此类的艺术表现，都非七律莫属。到了李商隐，咏史怀古则跳出了个人对历史的情感，站在一个超越历史的角度来纵观全貌，臧否人物。这便是晚唐诗以历史维度切入才会有的气象了。因此五言咏史十分难写，较为有名的咏史诗都是七律、七绝体。

## 杜甫《咏怀古迹》其三：诗圣绝技之草蛇灰线

大历元年（766），杜甫谪居夔州，开始了他诗歌创作的巅峰时期，写下了许多著名的组诗，如大家熟知的《秋兴》八首、《八哀诗》等。《咏怀古迹》五首也是组诗，都是杜甫在夔州、江陵一带观览古迹所作。《咏怀古迹》其三是这组诗中最著名的一首，为咏王昭君所作。王昭君，西汉甫郡秭归人，其因才貌出众选入汉宫，于竟宁元年（前33）正月被汉元帝赐予属国南匈奴呼韩邪单于。王昭君出塞和亲、殒命异国的苦难人生，是历代诗人竞相书写的主题，留下的诗篇不计其数，而压轴之作非杜甫《咏怀古迹》其三莫属。清人沈德潜言"咏昭君诗，此为绝唱，余皆平平"（《唐诗别裁集》）。

> 群山万壑赴荆门，生长明妃尚有村。
>
> （转）一去紫台连朔漠，独留青冢向黄昏。

画图省识春风面，环佩空归月夜魂。

千载琵琶作胡语，分明怨恨曲中论。


此诗开篇气势磅礴，首句"赴"字有一种奔腾的气势，似乎千山万壑都要向荆门奔去。荆门汇聚群山、地灵人杰，所以孕育出四大美人之一王昭君，也就不出奇了。

按"起承转合"这个规律，颔联应是"承"。首联气势雄大，这一联也得须大场面才能接得住，比如《登高》首联的"渚清沙白鸟飞回"之后，紧接着颔联的"无边落木萧萧下"非常有气势。这是我们读杜诗惯有的阅读期待。此诗却另辟蹊径，颔联即"转"，首联气势恢弘，颔联却一片死寂，本来我们还在想象如此女子会有怎样的美丽人生，结果没想到是一场悲剧，这一联无论在气势还是情感上都是一种巨变。短短十四个字描绘了王昭君的一生，人生悲剧的轨迹全由景物勾勒出来。这些景物都具有独特的颜色，与王昭君不同时期的人生状况极为贴合。"紫台"，指昭君在汉宫里的经历，"紫"颜色暗示着富丽堂皇的宫廷生活环境。"朔漠"即北方沙漠，指昭君出塞，嫁给了匈奴呼韩邪单于，这里的颜色也转为灰淡，满目荒凉。"青冢"是说王昭君身殁匈奴之域，今内蒙古呼和浩特市南有王昭君墓，墓表呈青黛色，故名青冢。后面紧跟"黄昏"二字，画面的凄凉之感倍增。富丽堂皇的宫廷，转眼变为不毛之地中的孤冢，强烈的景物及其色彩的对比将王昭君命运多舛的一生逼真地展现在眼前，令人唏嘘不已。除了意象撷取之外，"一去""连""独留""向"这些连接词都指涉空间的无限延伸，远离汉地，不再复返，进一步增添了昭君人生的悲凉感。

颈联上句"画图省识春风面"，纯粹就词序而言，是一个典型的主谓宾句。首先出现的"画图"是主语，"省识"是谓语，而"春风面"则是宾语。然而，此句绝不可能作主谓句解。"画图"是没有生命的东西，怎么能感知和认识"春风面"呢？显然，此句只能作题评句解，"画图"是题语，指毛延寿为昭君画像之事，而"省识春风面"则是评论汉元帝未能通过画像来辨别出绝代美人。杜甫这句评语是很耐人寻味的，有三种不同的解法：一是认为杜甫是在谴责毛延寿，痛恨他没有"职业道德"，因没有从王昭君那里拿到贿赂金，就作弊将王昭君画得很丑，使皇帝无法知晓她的美貌。二是认为杜甫将批评的矛头指向汉元帝，讽刺他昏庸无知，选宫妃如此大事，竟然依赖画工的作品来做决定。三是认为毛延寿和汉元帝都是杜甫鞭挞的对象。我更倾向于第三种解释。颔联结句也应作题评句解，视为 4+3 或 2+5 结构皆可。

若作 4+3 句解，"环佩空归"是题语或话题，讲王昭君的环佩叮当地回来了，而评语"月夜魂"则给出令人遗憾的解释：月夜里回来的不是王昭君，只是一缕魂魄而已。

环佩空归｜月夜魂。
环佩叮当地回来了，只是月夜里的一缕魂魄。

若作 2+5 句解，那么"环佩"是题语，而评语则表达出极度的失望，听到环佩叮当之声，但不是王昭君真的归来，只是她的幽魂而已。

环佩｜空归月夜魂。
环佩叮当，回来的只是王昭君的魂魄。

尾联，"胡语"一说是昭君擅弹琵琶，自己作曲弹奏，或说是后人为她的故事作了琵琶曲子，这两种理解都可以。"分明怨恨曲中论"，曲中分明可以听到王昭君的怨恨。

这首诗不只写了王昭君的人生悲剧，还重现了她的思想感情。另外，诗中还融入了杜甫自己的情感。诗圣咏王昭君，也间接地抒发自己被朝廷边缘化的心情，王嗣奭《杜臆》有言："昭有国色，而入宫见妒；公亦国士，而入朝见疾，正相似也，悲昭以自悲也。"的确，杜甫这首咏昭君的诗歌，就是在对其遭遇深表同情之时，无法忘怀自己被抛弃于朝廷之外的相似处境。

对整首诗稍做梳理后，下面着重谈谈这首诗的中间两联。

此诗的结构并不是杜甫常用的律诗结构。这首诗的"转"在颔联，由首联壮观的景物转向了死寂的人生悲剧；而"承"却出现在颈联，它承接了颔联所讲的悲剧缘由。颔联和颈联中，每联上下两句都是一种递进的因果关系，也就是我们常说的流水对。颔联"一去紫台连朔漠，独留青冢向黄昏"有时间上的递进关系，而同时又呈现因果关系。有"一去紫台"之因，才有"青冢向黄昏"之果。颈联同样如此，正是因为"画图省识春风面"，最终才有"环佩空归夜月魂"的悲剧发生，这也是一种时间和因果的递进。

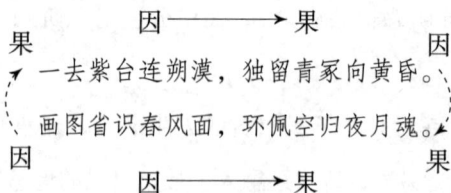

因━━━━▶果
果
因
一去紫台连朔漠，独留青冢向黄昏。
画图省识春风面，环佩空归夜月魂。
因
因━━━━▶果
果

除此之外，颔、颈两联前后连接，形成一种在律诗中极为罕见的意义对仗，即所谓"扇对"或说"隔句对"。就是说，颔联与颈联的上句、颔联与颈联的下句分别形成对仗。在此诗中，颔联的上句，"一去紫台连朔漠"与颈联的上句"画图省识春风面"在意义上是对仗的，都是写王昭君在汉宫的遭遇，且都是下面一句的"因"。同时，颔、颈联的下句"独留青冢向黄昏"和"环佩空归夜月魂"也形成意义上的对仗，全部是上一句的"果"，都是王昭君离别汉廷的悲惨结果。因此，这首诗，有横向和纵向两种不同的读法。顺着诗句先后顺序，横着来读，王昭君人生悲剧的前因后果，重复陈述了两次，从而取得更加浓烈的效果。如果我们不管诗行顺序，竖着来读，就是跳出横向推进的时序，沿着两联之间扇对的空间关联，就会有惊人的发现：先看扇对的前半部分，有了"画图省识春风面"的前因，才有"一去紫台连朔漠"的后果。与此先果后因的陈述相反，扇对后半部分是先因后果。"独留青冢向黄昏"讲的是王昭君已成孤坟野鬼，正因如此才会有"环佩空归月夜魂"，王昭君魂归故土的传说。这四重因果关系的展开不仅有横、纵方向之别，还有显隐和主次之异（用实线和虚线区别）以及先因后果与先果后因的逻辑差别。这个纵横交叠，错落有致的因果关系网，把我们带入了诗人抚今悼昔、缠绵悱恻的心境之中。这里，我们可以大胆断定，古今没有哪一首律诗在颔、颈两联中使用了如此复杂的"草蛇灰线"，出神入化，感人至深。

## 李商隐《隋宫》：别人怕用的虚字，我用

律诗作者惜字如金，尽可能多用实字、少用虚字。李商隐的《隋宫》却一口气用了七个虚字，搭建出被誉为"百宝流苏，千丝铁网"（范大士《历代诗发》）的结构。清初黄生在《诗麈》中谈道："诗必有线索，虚字呼应是也。线索在诗外者胜，在诗内者劣。今人多用虚字，线索毕露，使人一览无余味，皆由不知古人诗法故耳。"他观点是"多用虚字"会"线索毕露"，这样的诗读起来会毫无味道。

首先，我们得先搞清楚什么叫作"诗内线索"。其实它是指用虚词将一首诗中的句子勾连起来。大家知道，律诗的字数很少，因此在盛唐，诗人大都惜字如金、字字斟酌，很少会使用虚词。在这种情况下，诗歌结构就是隐形的，通常藏在意象之中，犹如草蛇灰线，就像杜甫《咏怀古迹》其三那样。然而，晚唐诗人李商隐则十分叛逆，一改盛唐诗风，在这首《隋宫》中诗意的推进和想象空间的塑造都是依赖虚词建立的。用筋骨毕露的结构来咏史，这

是对黄生观点的有力驳斥。

下面标出的诗中的这些虚词，我们一目了然了。带着对虚词的关注，我们来逐联细读《隋宫》。

> 紫泉宫殿锁烟霞，欲取芜城作帝家。
> 玉玺不缘归日角，锦帆应是到天涯。
> 于今腐草无萤火，终古垂杨有暮鸦。
> 地下若逢陈后主，岂宜重问后庭花。

·虚词构成的
千丝铁网

此诗中的虚词不仅不是累赘，还是四联诗词紧密连成一个整体的关键之处，可以说我们所有的想象都是由虚词所激发的。首联，"紫泉"和"芜城"两个地名十分有讽刺意味。"紫泉"实际上应是"紫渊"，是长安的一条河，唐代为避李渊的名讳，故改称"紫泉"。"紫泉宫殿锁烟霞"意思是长安的宫殿上方笼罩着烟霞，而隋炀帝去了哪儿呢？原来他还打算在芜城（今扬州）建立更繁华的宫殿。南朝诗人鲍照曾写过关于广陵历史的《芜城赋》，通常被解读为对南朝一位王子的含蓄批评，那位王子曾在广陵发动了一场失败的叛乱。如此，说隋炀帝"欲取芜城作帝家"等于是在含蓄地批评他没能吸取历史教训。

颔联"玉玺不缘归日角，锦帆应是到天涯"，"玉玺"

是帝国的象征，而"锦帆"是指隋炀帝南巡时张着锦帆的船队，沿着新开通的航道，连绵不绝，十分奢侈。"日角"是相面的术语，意即在前额有似角状的凸起，表明一个人命中注定会成为皇帝，这里指的是李渊。如果仅陈述这个史实，这句诗可以简化成"玉玺归日角，锦帆到天涯"，意思就是李渊当皇帝，隋炀帝的船队一直到天边。这样读来十分平淡，且不具有文学性。加上虚词"不缘""应是"后，这句诗就活了起来，产生了两种理解的可能性：

一是从第三人称的口吻去评价此事，如果玉玺不归李渊所有，隋炀帝的巡游船队应该会直抵天涯海角，而隋朝仍旧被这位昏庸奢靡的皇帝统治。

二是以隋炀帝的口吻作猜测："如果不是李渊抢了我的皇帝位置，那么我应该可以四处游览，一直到天边呢！"此种理解无疑更显得隋炀帝执迷不悟、愚蠢昏庸，也更具尖刻讽刺的意味。

颈联，"于今腐草无萤火，终古垂杨有暮鸦"，据说隋炀帝曾经在南游期间向民众收集萤火虫，仅仅是为了释放它们，以便在夜间游览时提供照明。"垂杨"实际上就是垂柳，据说运河两岸种植垂柳，全是为了给隋炀帝的游船遮阴。如今运河边的萤火虫已经灭迹，暗指是隋炀帝当年灭绝性捕捉的恶果。同样，当年的垂柳已经枯老，黄昏时分栖满乌鸦。有的诗论家认为，运河畔今昔景色的对比，影射了隋炀帝前半生穷奢极欲，到晚年孤独凄凉的境遇。

尾联提到了亡国之君陈后主。隋文帝杨坚在589年灭掉陈朝，陈后主最宠爱的妃子演唱的《玉树后庭花》便成为亡国之音，而歌名也成为陈后主奢靡淫乐的代名词，一提到《后庭花》就令人联想到陈代覆亡。而传说中隋炀帝杨广曾在梦中与陈后主相遇，并说也想听一听《后庭花》这首歌。此诗的尾联"地下若逢陈后主，岂宜重问后庭花"就是以这个传说为依托的，但诗人加上"若逢""岂宜"两个有假设意思的虚词，这句就由实变虚。诗人似乎是在与我们对话，以第三人称的视角说："你看这位隋炀帝，若是在地下遇到陈后主，他怎么还能要求听《后庭花》这首曲子呢？"言外之意，隋炀帝到了阴间仍念念不忘寻欢作乐，完全不知悔改。鞭辟入里的讽刺在这种虚设的诘问中到达了极致，虚词在这首诗中的重要性昭然若揭。

好的七律是不能减少两个字变成五律的，这首诗中的虚词这样多，是不是可以删掉虚词变成五律呢？答案是否定的。如果将此诗的虚词删掉，那么整首诗便是"七宝楼台碎拆下来不成片段"。诗歌的艺术手法在于虚构，这些历史材料要往虚处做功夫才有文学性，否则就只是一堆零散的史料而已。《唐诗三百首》中除了杜甫五绝《八阵图》，所有的咏史诗都是七言，这就说明，五言的诗体空间不足以让诗人将历史化实为虚，表达出对历史的反思。

《隋宫》是十分典型的咏史诗，李商隐塑造了一个比较丰满的隋炀帝形象，讽刺了他荒淫无度、穷奢极欲的愚蠢，但这与李商隐本身的生活与情感可能没有直接的关联，他只是就这个历史事件发表自己的看法，这就叫咏史诗。与宋代说理诗相比，此诗不是直接将大道理灌输给我们，而是通过使用虚词、问句的方式，来引导我们自己去发现这个道理。比如杜牧七绝《赤壁》的"东风不与周郎便，铜雀春深锁二乔"一句，就进行了大胆的假设，说如果周瑜打了败仗，那么吴国就灭亡了。但他没有直接说出来，而是说"锁二乔"，我们自然明白，如果周瑜和孙策的夫人都被锁起来了，那吴国不就是灭亡了吗？本是充满硝烟的战事，却被杜牧说得这么曲折委婉，将想象的空间留给读者，引人深思。

《隋宫》的成功之处，正是在于李商隐对虚词的巧用。这首诗充分说明，线索在诗内的咏史诗同样能够化实为虚，其艺术手法真是别具一格。古代诗论家将李商隐诗《隋宫》咏史法比为华贵炫目的流苏，而杜甫诗《咏怀古迹》怀古写法比作肉眼难见的草蛇灰线，极为生动贴切，可以更形象地让我们牢牢记住两首名诗的形式和审美特征。

# 七律之争谁第一

除了对诗仙、诗圣、诗佛的讨论，唐诗研究还有另一大热点，即哪首诗是唐代七言律诗第一？这是明清时期诗论家们最爱争辩的话题之一。

在诗论家眼中，初唐沈佺期的《古意》、盛唐初期崔颢的《黄鹤楼》以及杜甫的《登高》是七律夺冠呼声最高的三首诗。这三首诗代表了三种完全不同的语言风格，展现出了七律强大的开放性。《古意》以律诗之体吸收古体诗和乐府诗的成分；《黄鹤楼》把七言歌行中以抒情为主的特点融合其中；杜甫《登高》通过连用题评句和对偶句来改变句法，甚至打破了自己律诗中"起承转合"的传统。题评句的每一句都有其完整的意义，相当于两个五言句合在一起。在连续使用的情况下，便会形成如古文般的排比结构，使原有滞后效果的对偶句变得连贯而有气势，故胡应麟称此诗"精光万丈，力量万钧"（《诗薮》）。杜甫以句法的变化促进了章法的突破，达到了七律的新高峰。

古人有关哪首是七律第一的争论，给我们把握律诗丰富而精彩的艺术性提供了宝贵的视角。在这里，我们先以王维的《积雨辋川庄作》作为开篇之例，看看七律诗韵律节奏到底有怎样的变化，同时也介绍七言题评句的创意和特色。

## 王维《积雨辋川庄作》：七言不得减两字才是真功夫

就平仄格律而言，七律是五律的简单延伸。只要掌握了五律平仄变化规则，七律就迎刃而解了。在五律前面加两个字，均用与后面两个字相反的声调，便得七律的格律。五绝扩展至七绝，格律的延伸也遵循同样的规则。

但要谈诗歌意义，问题就复杂多了。王力先生认为，与平仄格律一样，七律的诗意也可以看作是五律的延长，很多七言句减掉两个字，其意义也没有太大分别。这种说法有点以偏概全。七律减了两个字而不影响诗意的只是一部分诗作，而且是通常被认为艺术性较差的一类。优秀的七律作品若减了两个字，意义往往就残缺不全，甚至不堪卒读。在这类作品中，所加的两个字与另外五字融为一体，从而引入新节奏、新句法，大大开拓诗篇的境界，因此可以说加两个字给诗体带来了质变。其实，古人早就看到这点，并以此为据，提出了五言和七言律诗有本质区别的论断。中唐白居易说："凡为七言诗，须减为五言不得，始是工夫。"（旧题《文苑诗格》）元人杨载说："七言律难于五言律，七言下字较粗实，五言下字较细嫩。七言若可截作五言，便不成诗，须字字去不得方是。"（《诗法家数》）明人皇甫汸说："诗须五言不可加，七字不可减为妙。"（《解颐新语》）

古人用不可加减的简单方法来确定五言、七言体各自的特质，究竟合不合理，结合我们已经读过的五律和往下要读的七律，我们应不难找到答案。王维五律是"诗须五言不可加"的最好例子。王维所有带有禅意的山水诗都是用五言写的。假设给"江流天地外，山色有无中""白云回望合，青霭入看无""行到水穷处，坐观云起时"这样的名句加上两个字，那效果会怎样呢？这比画蛇添足更糟糕，诗的禅境被彻底破坏了。王维喜爱静观一两个景象的瞬息变化，从中体悟宇宙实相。若多加两个字，罗列一连串景物，或插入议论言语，诗句中还哪能呈现出神入化的般若妙境？正因如此，王维只用五言来写禅观山水之作，而把七言留来写边塞诗、应制诗、农耕诗之类。

七律并非王维的最强项，在大家熟知的《唐诗三百首》中，王维的七律仅入选四首，但其中《积雨辋川庄作》的颔联"漠漠水田飞白鹭，阴阴夏木啭黄鹂"却引出了涉及五、七言的辩论。这里，我们不妨用此诗作为引子探索七律的艺术特征。这首七律写于王维晚年隐居辋川时期，很可能是天宝九载（750）到十一载（752）为母守孝期间。王维的辋川别墅从宋之问处购得，本为王维母亲持戒所用，诗人吃素静修不一定只是寻求远离官场的安宁，也可能与思念母亲有关。

> 积雨空林烟火迟，蒸藜炊黍饷东菑。
> 漠漠水田飞白鹭，阴阴夏木啭黄鹂。
> 山中习静观朝槿，松下清斋折露葵。
> 野老与人争席罢，海鸥何事更相疑。

我们试着按照白居易"七言诗，须减为五言不得，始是工夫"的标准，逐联分析此诗。首联"积雨空林烟火迟，蒸藜炊黍饷东菑"，第一句有三个双音名词，各司其职，"积雨"即点明当时的天气状况，又暗示了烟火迟迟才升起的原因。"烟火"不直接进入眼帘，而是从"空林"中缓缓升起，诗意盎然。第二句"蒸藜炊黍"四字看似不够凝练，但与上句"迟"字对读，我们就可以发现，诗人连续使用"蒸""炊"两个意义相近的动词，意在展示因雨延误而赶做午饭的忙碌景象。

颔联"漠漠水田飞白鹭，阴阴夏木啭黄鹂"是历代说诗论家都乐于谈论的名联。中晚唐之际的李肇认为王维剽窃了李嘉祐的"水田飞白鹭，夏木啭黄鹂"一句，还讽刺王维"好取人文章嘉句"。姑且不论他二人谁是原创，只看诗句，觉得谁的更好呢？宋代叶梦得评王维句说："此两句好处，正在添'漠漠''阴阴'四字，此乃王摩诘为嘉祐点化。"（《石林诗话》）他认为这两行如果是五言那就平平无奇，而王维添上的这两个联绵词，正是画龙点睛之处。但古人凭直觉论诗，知其然而不知其所以然，并没有能够揭示其背后的道理。

　　今天我们一起来解开这个谜团，我认为王维七言句胜于李嘉祐五言句，是题评句法的功劳。李嘉祐"水田飞白鹭，夏木啭黄鹂"是简单的主谓倒装句，主语是"白鹭""黄鹂"，谓语是"飞""啭"，句首的"水田"和"夏木"在句中是状语，交代白鹭和黄鹂所在之地，这句话翻译过来就是"白鹭在水田中飞""黄鹂在夏日树丛中唱歌"。而王维加上"漠漠""阴阴"四字，就从简单的主谓句变成了4+3模式的题评句。

　　题评句是汉语中独有的，在古典诗歌中大量使用。与五律中"江汉｜思归客""乾坤｜一腐儒"这样的2+3结构的题评句不同，七律中的题评句是复合题评句，头大尾小，前四个字构成一个大景，后三个字则是一个小景。比如，王维这句中的"漠漠水田""阴阴夏木"都是大景。"漠漠水田"，一片开阔的风景映入眼帘，用了两个叠字，就把李嘉祐诗中孤立的物象"水田"就变成了一片广阔的自然风光；"阴阴夏木"因"阴阴"二字，便使"夏木"由孤木变成森林。而其下三个字"飞白鹭"和"啭黄鹂"都是特写小景。大小景互相衬托，交映生辉，夏日村庄生机盎然的景色便浮现在我们眼前。另外，正如不少诗论家指出，若有剽窃，也应是晚于王维的李嘉祐抄袭诗句，他删去两字，改成五言。李嘉祐将呈现大小二景互动的复合题评句改为简单的主谓句，岂不是"点金成铁"之举？

"漠漠""阴阴"二词用得确实极妙。诗题《积雨辋川庄作》中有"积雨"二字，"漠漠"正体现出刚刚下过雨的水田映着天空，有一种广阔空茫之感，而"阴阴"也有雨后树木的清新、凉爽气息。如果我们将"漠漠""阴阴"删掉，那么这句话就失去了这种视觉效果，不能看到物与物之间瞬间的转换，更加感受不到那种大小对比的空间感、灵动感。因此，好的七律是不能够随意删减的，这不仅会改变语言结构，还会影响到诗歌整体呈现的美感。读到这里我们应该已经明白，五言、七言的结构直接影响了诗的风格和美感，古人虽没有这样的语法结构意识，但他们却直觉地把握了七言新句式的本质，并用它来创造出七律独有的意境。

诗的下半部分从宁静的外景转入写诗人的隐居生活。在颈联"山中习静观朝槿，松下清斋折露葵"中，"山中"和"松下"为诗人佛家居士生活的环境，"山中习静"是对生活方式的总写，而"观朝槿"则是对生活细节的描述；下句相同，"松下清斋"是说居士吃斋的生活，"折露葵"则是对具体动作的描写，这两句和上面"漠漠水田飞白鹭"一样都是4+3的结构模式，没有可以删去的闲字。在尾联"野老与人争席罢，海鸥何事更相疑"中，诗人巧用两个典故来表明自己所达到的精神境界：他已能像《庄子·寓言》中所载的阳子那样彻底忘却等级名分，不与他人起纷争，就连怕人的海鸥也可与他为友。

## 沈佺期《古意》: 乐府入律，何以称雄

在参与"七律第一"之争的诗篇中，成诗时间最早的是沈佺期的《古意（呈补阙乔知之）》。沈佺期和宋之问的作品普遍被视为律诗平仄音律形成的标志，《古意》就是一个平仄格律成熟的好例子，不过它的主题和艺术形式还是延续着六朝诗的特色，与盛唐中晚期的成熟七律还是有很

大分别的。我们现在来细读《古意》，领略沈佺期如何成功地用乐府的手法写七律的。

> 卢家少妇郁金堂，海燕双栖玳瑁梁。
>
> **转** 九月寒砧催木叶，十年征戍忆辽阳。
>
> 白狼河北音书断，丹凤城南秋夜长。
>
> 谁谓含愁独不见，更教明月照流黄。

沈佺期在诗歌题目中就暗示了此诗对乐府的继承。《古意》又名《独不见》，"独不见"是乐府的古题。《乐府诗集》说："独不见，伤思而不见也。"是写不能相见的凄苦。沈佺期给乐府古题穿上律诗的衣服，还能写得如此圆转动人，每一联都博得不同诗论家的赞赏，是十分成功的。

首联，"卢家少妇"即莫愁，原为梁武帝诗歌中的一个人物，后成为少妇的代名词。"郁金堂""玳瑁梁"，这两个意象十分华丽，我们感受到的并非乐府古意，而是一种对齐梁艳体的继承。其中，"郁金堂"有两解：一是，有学者如沈德潜认为"郁金堂"就是"郁金香"，古大秦国的一种香料，在《河中之水歌》中就有"中有郁金苏合香"一句。二是，按"堂"解，是指"郁金"的香味在堂屋之中。可想而知，诗中少妇应是有钱人家的，她衣食无忧，看到海燕成双而黯然神伤，她为什么而伤心呢？下文便引出了她的心理活动。

起承转合通常被用来分析律诗的结构，但这首诗并不符合这个规律。按理说，转应该在颈联，但这首诗在颔联就有一个极大的"转"。首先是风格的急转，雍容华贵的齐梁艳体一变为充满苍凉古意的乐府体。诗中的景物也随之大变。前一联还在写少妇家中的富丽堂皇，此联就将视线移到了边塞，与首联的景物描写截然不同，"九月""寒"等字眼都让人感受到秋风萧瑟、寒气逼人。巧妙的是，一、二两联如此大的转变却并不显突兀，因为一切都是由上一联"海燕双栖玳瑁梁"触发的，燕子成双成对地栖息在梁上，引发了妇人对夫君的思念，这才有了颔联对夫君边关生活的想象，以及往下的抒情。正是如此含蓄的表达，让许多诗论家认为这首诗拓新了六朝艳体，继承了《诗经》的传统。

颈联，按律诗的规律来说应该"转"，但这首诗却将此联作"承"用，上下两句分别回应颔联和首联。上句，先写丈夫戍边所在地"白狼河北"，"音书断"，写夫君盼望家书，并从他的角度讲离别之情，紧扣颔联"十年征戍"边塞景象的描写；下句则回应首联，妻子独居在"丹凤城南"，"秋夜长"写她难耐漫漫夜长，从少妇的角度写离别之苦。

尾联，"谁谓含愁独不见"，是少妇的口吻，说谁能明白我现在的孤独处境。少妇将这种思念之苦迁怒于月亮，"更教明月照流黄"，指责明月在她最忧愁的时候照着她的床帏，撩人愁思。此联被认为是苏东坡名句"不应有恨，何事长向别时圆"所本。

此诗的结构得到了很多诗论家的赞赏，称之"意脉贯通（胡应麟《诗薮》）"。实际上，这是巧妙改造乐府的顶针格的硕果。所谓顶针格，就是指每行最后两个字与下一行行首的两个字相同，用这种方法将诗歌连为一个整体。这首诗里面实际上就有一种隐藏的顶针格，如"十年征戍忆辽阳"，下面紧接着"白狼"，"白狼"就是辽阳的一条河；而"秋夜长"后面紧跟着一句"谁谓含愁独不见"，漫漫长夜下，少妇含愁思夫却不得见，也是很明显的诗意上的勾连。吴乔言："八句如钩锁连环，不用起承转合一定之法者也。"（《围炉诗话》）显然很欣赏此诗的勾连结构，认为律诗不一定要遵循起承转合，如此开合流宕，也自有气势。

这首诗的成与败，皆在于对乐府的继承。可以说，这些被各代诗论家表扬的地方，也正是被认为不足之处。沈佺期此诗杂用艳体和乐府，并非七律正格。正因如此，很多人不赞同将此诗称为七律第一，郝敬认为此诗是"冠冕初唐"（《批选唐诗》）的七律，这是比较公允的。为何这首诗难当唐人七律第一呢？这里可以用古人的方法作一判断。古人常用是否可以加减两字来确定五律和七律各自的特质，但很可惜他们没用这个方法来评选七律第一。沈佺期的《古意》删去两个字，仍能成立为一首意义完整的五律：

少妇郁金堂，海燕双栖梁。

寒砧催木叶，征戍忆辽阳。

河北音书断，城南秋夜长。

含愁独不见，明月照流黄。

去掉"十年""九月""白狼"等表示时间、地点的词，诗意非但没太大变化，反而更加紧凑。而在成熟的五律、七律里面，颔联和颈联往往把具体的时间、地点去掉，直接进入抒情。如果按照"诗须五言不可加，七言不可减为妙"的原则，能够减字成为五律的七言律诗都不算上乘之作，那么此诗显然不能作为七律第一。不过，沈佺期加上这些具体的时间、地点词也并非全无益处，这使此诗保持了乐府的风格。受口头演唱的影响，乐府中会用具体的时空变化来罗列意象，自然需要一些时、空词语的提示，加这些词能让时间、地点具体化，就像《陌上桑》中的"日出东南隅，照我秦氏楼"，诗中不断地交代具体的时间和地点，让叙事比较清晰地进行下去。

## 崔颢《黄鹤楼》：歌行入律，何以争胜

如果说沈佺期的《古意》有乐府遗风，那崔颢的《黄鹤楼》则显而易见的有七言歌行的风格，因此两者的书写方式有很大的不同。乐府重叙事，大多从第三人称视角展开描写，而歌行则常用第一人称视角，抒情更为直接和浓烈。

谈到七言歌行浓烈直接的抒情，很多读者自然会想起李白名句"君不见，黄河之水天上来，奔流到海不复回；君不见，高堂明镜悲白发，朝如青丝暮成雪"（《将进酒》）。《黄鹤楼》上半阕也是以这种古风形式来写的，完全不受律诗各种清规戒律的束缚。总的说来，此诗有三点没有遵守律诗的规则：一是"黄鹤"二字在全诗中重复了三次，这在惜字如金的律诗中是不被允许的；二是平仄的违规，"黄鹤一去不复返"一句连用五个仄声字，"白云千载空悠悠"一句用了五个平声，完全不遵守律诗音律；三

是颔联"不复返""空悠悠"没有对仗，"一去"与"千载"对仗不工，律诗中间两联是必须对仗的。

崔颢此诗已经如此不遵守律诗规则了，为什么还能成为七律第一的强劲候选？我们逐句来看看这首诗的精彩之处。

> 昔人已乘黄鹤去，此地空余黄鹤楼。
> 黄鹤一去不复返，白云千载空悠悠。
> 晴川历历汉阳树，芳草萋萋鹦鹉洲。
> 日暮乡关何处是，烟波江上使人愁。

除了在风格上的相似，《黄鹤楼》和李白七言歌行《将进酒》开头两句所表达的情感也很像，都是感叹时间的流逝、人生之短暂。只不过所用手法不同，《将进酒》开头两句是用想象对时间进行压缩，"朝如青丝暮成雪"，头发早上还是黑色的，晚上就变白了，通过将时间的流逝压缩到一瞬间来强调人生短暂，给人的感受十分强烈；崔颢用了一种正好相反的手法，他将时空拉得无限漫长，登上黄鹤楼，想到此地曾有仙人，可现在已经仙去楼空，剩下他孤单一人。仙人和普通人、永生和有限的生命、仙境和人间之间，存有无限的空间距离，两相对照就唤起一种天人永隔、极为压抑的孤独感。

首联从"去"的视角来写，仙人离开了，诗人感叹自己无法跟从仙人一起走。颔联从"来"的视角来写，期待仙人的到来，但"黄鹤一去不复返"，这种等待似乎是徒劳无望的。更无可奈何的是，不止诗人一个人失望，千百年来，仙人从来没有像传说中那样，重回人间把人带到天上的仙境去。再抬头寻找仙人，却只能看到白云飘飘，无奈叹息，千百年来都是如此空等啊。"千载"两字把令人生悲的时间注入了令人压抑的空间，折射出诗人的孤独感。

开头两联视角是往天上看，颈联则转到水平线的远处眺望。从"晴川"到"汉阳树"，从广阔的江景到小树，表现了大景、小景在凝视中的变化。"历历""萋萋"都是联绵词，使景物富有动感。此联最独特的是复合式题评句句式，即 4+3 题评句式中含着 2+2 题评句式。

崔颢使用的题评句有些与众不同。4+3 题评句可以追溯到《楚辞·招隐士》两联的作法：

桂树丛生兮山之幽，偃蹇连蜷兮枝相缭。
山气巃嵷兮石嵯峨，溪谷崭岩兮水曾波。

如果将句中用于语气停顿、无实际意义的助词"兮"去掉，这两联就成了典型的4+3式句：

桂树丛生｜山之幽，偃蹇连蜷｜枝相缭。

山气龍嵷｜石嵯峨，溪谷嶄岩｜水曾波。

这样一改，就与崔颢的"晴川历历汉阳树，芳草萋萋鹦鹉洲"的写法形似神合了。"晴川历历"为题语，而"汉阳树"则是诗人对之所做的评论（关于此句题评关系，参蔡宗齐《语法与诗境：汉诗艺术之破析》，中华书局，2021，第 67—68 页、第 362—365 页）。此联上句中，前四个字是2+2式题评句，"晴川"是题语，而"历历"则是评语，表达诗人凝视晴川而产生的感受。此联两句需对偶，自然就使用了同样的复合题评结构，但大、小景出现的秩序的相反的。"晴川历历｜汉阳树"是先大景后小景，"山气龍嵷｜石嵯峨"也是一样。相反，"芳草萋萋｜鹦鹉洲"是先小景后大景，犹如"桂树丛生｜山之幽"的翻版。由于题评结构具有内在的断裂和停顿，加上大小景象的交错变换，此联读来尤有动感、节奏感，让我们生动地体验到诗人持续的、共有四次的观物—情感反应的心理活动。这种心理活动显然是一种充满焦虑的生命意识的律动，因为此联中两个联绵词"历历"和"萋萋"无疑是颔联中联绵词"悠悠"所表达无奈之情的进一步发展。另外，"晴川"唤起了人们对众多临水嗟叹人生短暂的名句的联想，从孔子"逝者如斯夫"到曹操的《短歌行》，不计其数。然而，与这些名句不同，此联不诉诸抽象言语，而是用题评句法组织意象，将人生短暂的生命意识转化为惆怅心绪产生和渐渐发展的过程，让读者慢慢地咀嚼、体会、共情。最后值得一提的是，"晴"一字用得极为高妙，为尾联的"日暮"做了铺垫，悄悄地提示读者，末句诗人"烟波江上使人愁"一句，不是临江一刻的感叹，而是诗人在黄鹤楼上久久凝思，胸中所积无尽惆怅的最终宣泄。

尾联，诗人进一步在想象中眺望，从鹦鹉洲、汉阳树再扩大向远处去，"乡关"是肉眼看不到的地方，而从"晴川"到"日暮"，时间何等之长，表示了诗人怅惘远眺，苦苦寻找"乡关"之久。接着，映入眼帘的是浩瀚的"烟波"，犹如诗人无边无尽的愁绪。崔颢没有着意炼字，而是直抒胸臆，用粗实的语言将难以捉摸描述的生命意识、满腔乡愁表达出来。崔颢在《黄鹤楼》中把视觉经验、时空感受、生命和宇宙意识都融为一体，创造出美轮美奂的意境。

## 李白《登金陵凤凰台》：PK《黄鹤楼》为何失败

过世不久的著名文学批评家哈罗德·布鲁姆（Harold Bloom）有 *The Anxiety of Influence* 一书，中文译本名为《影响的焦虑》，讲后人面对前人伟大之作的焦虑疲惫和想要超越的野心。从我们现代人的角度来说，李白是数一数二的伟大诗人，但当他看到崔颢的题壁诗《黄鹤楼》，仍倍感压力。明代学者杨慎《升庵诗话》中有记述："李太白过武昌，见崔颢《黄鹤楼》诗，叹服之，遂不复作，去而赋《金陵凤凰台》也。"是说李白看到这首诗之后，大为佩服，便不敢再以黄鹤楼为题作诗，而是日后转写南京的凤凰台。姑且不论此传说是否可靠，单看李白的《登金陵凤凰台》，从它的用韵、诗歌结构来说，确实是对《黄鹤楼》的一种挑战或说致敬。

> 凤凰台上凤凰游，凤去台空江自流。
> 吴宫花草埋幽径，晋代衣冠成古丘。
> 三山半落青天外，二水中分白鹭洲。
> 总为浮云能蔽日，长安不见使人愁。

《黄鹤楼》的成功大部分是由于崔颢用七言歌行的方法写律

诗，七言歌行也正是李白最擅长的诗体。他用歌行体写五律《送友人》，给我们留下了千古传诵的佳句"浮云游子意，落日故园情"。倘若不是为了和崔颢竞技，李白一定能够用他自己擅长的歌行笔法写出胜过崔颢的诗篇。可惜，或许是被崔颢《黄鹤楼》所激，他这首《登金陵凤凰台》相当老实地遵守律诗的规则，但结果却是"扬短避长"，将自己无边的想象力和浪漫戴上了镣铐，没能将诗仙诗才发挥出万一。

除了从逸闻中知道李白此诗受到崔颢《黄鹤楼》影响，从诗的实际写作来看，李白这首《登金陵凤凰台》确实是与《黄鹤楼》针锋相对的。第一，两诗用同样的尾韵，比如"州""愁"等都是押平水韵十一尤；第二，两诗都有重复的字词，崔颢"黄鹤"重复了三次，李白"凤"也重复了三次；第三，两诗结构相似，首联崔颢写"空余黄鹤楼"，而李白写"台空江自流"，十分相似，尾联"使人愁"则是同样的字眼；第四，两诗从整体情感上，都是一种对历史变迁、时间流逝的感叹。

前人不乏对这两首诗优劣的评判，有学者认为两首诗旗鼓相当，如刘克庄说"今观二诗，真敌手棋也"（《后村诗话》），也有学者认为崔诗更胜一筹，如王世懋、王世贞都不喜李白诗，王世贞还称李白此诗"效颦《黄鹤楼》，可厌"（李攀龙《唐诗广选》所引），是比较激烈的评价；当然，也不乏喜欢李白诗的诗论家，如瞿佑说李诗"爱君忧国之意，远过乡关之念"（《归田诗话》），从立意上偏袒李白诗。虽无意妄评诗仙大作，但就我个人的阅读体验来说，李白此诗的每一联都难与《黄鹤楼》比肩，现在逐句对比来看。

| | |
|---|---|
| 凤凰台上凤凰游， | 昔人已乘黄鹤去， |
| 凤去台空江自流。 | 此地空余黄鹤楼。 |
| 吴宫花草埋幽径， | 黄鹤一去不复返， |
| 晋代衣冠成古丘。 | 白云千载空悠悠。 |
| 三山半落青天外， | 晴川历历汉阳树， |
| 二水中分白鹭洲。 | 芳草萋萋鹦鹉洲。 |
| 总为浮云能蔽日， | 日暮乡关何处是， |
| 长安不见使人愁。 | 烟波江上使人愁。 |

首联，李白用了"凤凰游"，"凤凰"是神鸟，"凤去"，凤凰离去和李白自身以及人类历史的变迁都关联不大，故读来欠缺情感联系；崔颢讲"已乘黄鹤去"，只有仙人才能乘鹤而去，但他用"昔人"一词，这些成仙的人，原先是和自己一样的普通人，拉近了仙人和自己的距离，将自

己的情感纳入其中，十分巧妙。此外，李白的首句，"凤凰台上凤凰游"，空间很局限，视角只是盘桓在凤凰台上空，下面一句"凤去台空江自流"又过于烦琐，七个字包含三个信息，"凤去"凤凰走了，"台空"凤凰台空了，"江自流"，江水还在流。这种写法过于满溢，给读者的想象空间不多，也难以挑起对时间流逝的感叹；崔颢首句气势开阔，"黄鹤去"一下子将镜头拉远，"空余黄鹤楼"又聚焦到一个遗世独立的小楼，非常有时间、空间的对比感。

颔联，李白也写得十分平淡，"吴宫花草埋幽径，晋代衣冠成古丘"，这句话是普通的陈述句，仅讲了朝代兴衰的变化。这里的动词"埋""成"太实，此句没有动人的诗眼，没有想象的空间，更难以见到这种时过境迁与李白情感的联系；反观崔颢进一步写仙人离去，凡人千载都无法成功地寻仙问道，更增添了人们面对时间流逝的无奈之感，引人共情。

颈联"三山半落青天外，二水中分白鹭洲"，这句景物描写很美，三山在外，被云雾遮挡，轮廓若隐若现。小洲将水分成两道支流，上有白鹭翻飞。不管从语言结构、景色气势塑造来讲，这句景物描写都十分精彩，美中不足是，这一联在诗意上的"转"平平无奇，这些景物和上一句怀古有什么必然的关系呢？这些景物触发了什么样的情感呢？我们很难品味到景与情深度的互动；崔诗颈联所产生"转"的效果是李诗颈联望尘莫及的。崔诗颈联之转，不仅仅从仰视天上黄鹤、白云转为平视江景，而且有情感的开拓，从上联中寻仙无道的感叹发展到诗人对自己愁思的书写。其中也巧妙地运用复合题评句，将诗人惆怅心绪的发展过程呈现出来。

尾联，"总为浮云能蔽日，长安不见使人愁"，李白写因为浮云蔽日，所以自己看不见长安城，"浮云"指小人，"日"就是君主、朝廷，他暗指小人当道影响朝廷，使得凤凰飞走了，他也回不到长安城，显然此诗落脚的情感和他个人仕途命运有关。这种情感过于具体、狭窄，很难引起大部分人的共鸣；崔颢在诗的尾联中抒发的思乡的情感却是普遍的、永恒的存在，绝大多数人都经历过，能够引发情感共振。

总结来说，李白此诗每一联都稍差火候。七律是李白最不擅长的诗体，他的歌行鬼斧神工，绝句也极为超绝。如果不是为了和崔颢较量，他完全可以用自己擅长的歌行体创作，但如今我们只能叹息扼腕，这首《登金陵凤凰台》真是"扬短避长"之作，没能显现出诗仙的才华和气派。

# 杜甫《登高》：当七律达到极致时

前面谈了"七律第一之争"的前两首，初唐沈佺期以乐府手法写成的《古意》和盛唐初期崔颢以歌行体写成的《黄鹤楼》，中间加了李白的《登金陵凤凰台》与崔诗做比较。李白的《登金陵凤凰台》完全不能和崔颢的《黄鹤楼》相媲美，而沈佺期的《古意》也较崔诗略逊一筹。若论七律第一之争最强劲的候选作品，当数杜甫的《登高》，在这首诗中，我们将会领略到七律这种诗体的极致之美。

《登高》作于唐代宗大历二年（767）秋，此时安史之乱结束已有四年，但地方军阀又乘势而起，相互争夺地盘。杜甫于759年定居成都，入严武幕府。然永泰元年（765）严武病逝，杜甫失却凭依，只得离开成都草堂，乘舟东下。本欲直达夔门，却因病魔缠身，于云安修养数月方抵夔州，此时已是次年（766）晚春。秋后柏茂琳为夔州都督，在其帮助下，杜甫定居此地，一住就是三个年头。在这三年里，他的生活困苦，身体饱受摧残，疟疾、肺病、风痹不断地缠绕着他，几乎成了一个残废的老人。诗人来到白帝城外的高台，登高临眺，百感交集。望中所见，激起意中所触：萧瑟的秋江景色，引发其身世飘零之感慨，渗入他老病孤愁之哀思。于是，这首被誉为"七律之冠"的《登高》便诞生了。

明代学者胡应麟对《登高》有极高的评价，用生动铿锵的语言陈述了此诗为七律第一的原因：

> 杜"风急天高"一章五十六字，如海底珊瑚，瘦劲难名，沉深莫测，而精光万丈，力量万钧。通章章法、句法、字法，前无昔人，后无来学。微有说者，是杜诗，非唐诗耳。然此诗自当为古今七言律第一，不必为唐人七言律第一也。（《诗薮》）

他认为这首诗"精光万丈，力量万钧"，有十分强烈的艺术感召力，但又如海底珊瑚深不可测，只能意会不可言传。接着，他又试图将这些抽象的赞美落到实处，把此诗的万丈精光、万钧力量归于章法、句法、字法的独创。但很可惜，他的分析戛然而止，没有进一步说明此诗章法、句法、字法的过人之处。

古人对此诗的评价，多集中在中间两联，认为这一部分最绝妙，同时有些学者对此诗的结句颇为不满，如王世贞评价"结亦微弱"（《艺苑卮言》）、王夫之认为"结句生僵"（《唐诗评选》），均认为最后一句配不上整首诗的气度。在此诗收获的批评与赞誉中，有一个至今没有得以解决的问题。很多诗论家认为《登高》全诗都是对仗，但却一气贯通到底，如吴农祥说"八句俱对，一气折旋"（查慎行《初白庵诗评》引），查慎行说"八句皆切对而不伤气，所以称雄"（《初白庵诗评》）。这就有一个明显的矛盾，若全诗都对仗的话，如何能做到一气贯通呢？大家都知道，对偶句通常产生一种滞后作用，进一步退半步，将表达情感的速度放慢，令人反复琢磨、流连忘返，而"高浑一气"则要求情感的抒发流畅紧凑、喷涌而发。古代诗论家们清晰地感知到了这个矛盾点，但却一直没能给出合理的解释。

我以为，这首诗通篇对仗，其气势又能连贯直下，究其原因是杜甫对题评句法和叠加章法的创新妙用。胡应麟称此诗过人之处在其章法、句法、字法，这三者中头两项讲得极准，但最后一项字法不应列入其中，因为此诗语言粗实，没有任何精心炼字的痕迹。徐增评杜甫顿挫云："夫顿处皆截，挫处皆连，顿多挫少。唐人得意乃在此。"（《而庵说唐诗》）"顿"是一种向前的力量，而"挫"则是一种反作用力，合在一起，就像拉锯一样，一前一后，使得诗歌节奏有力。七言中 4+3 句式的韵律和语义节奏，尤其是当它承载具有断裂感的题评句之时，正是创造顿挫效果的最佳途径。正因如此，《登高》四联都用了题评句式来打造强烈的顿挫感。我们先谈此诗的句法，逐联分析后，再讨论章法。

风急天高 | 猿啸哀，渚清沙白 | 鸟飞回。⎫

无边落木 | 萧萧下，不尽长江 | 滚滚来。⎬ 4+3 题评句

转　万里悲秋 | 常作客，百年多病 | 独登台。⎭

艰难 | 苦恨繁霜鬓，潦倒 | 新停浊酒杯。⎬ 2+5 题评句

首联，"风急天高猿啸哀，渚清沙白鸟飞回"，为 4+3 的题评句，前四字是恢宏的大景，后三字则是小景的特写。此外，从字法上来看，"风 | 急""天 | 高""渚 | 清""沙 | 白"都是一个名词加一个形容词，读来每个名词后有一小顿，接着的形容词表达诗人感官的反应，而不是描述一个普通的自然现象。两句的前四个字，视为隐性小题评句亦可。试想，如果换作"白沙""急风"，此联就失去了顿挫感。从叙述视角来看，这一联上半句是仰视，抬头向天上看；下半句则是俯视，从天空向下看，这种视角相反的张力，构成了另一种顿挫感。

颔联"无边落木萧萧下，不尽长江滚滚来"写秋景，和崔颢的诗句"晴川历历汉阳树，芳草萋萋鹦鹉洲"的题评句式一样，但境界却更为高远。前面四字"无边落木""不尽长江"是景物，后面则用联绵词形容景物的状

态，"萧萧下"是由上而下的动作，"滚滚来"则是由远到近的动作，整个画面富有动感。

　　颈联的题评句最耐人寻味。前面两联的题评句，话题和评语都有逻辑上的联系，例如，首联中从"渚清沙白"到"鸟飞回"是同一空间中的视角转换，而颔联"无边落木萧萧下"，"萧萧下"是形容"无边落木"的，是对落叶状态的补充描写。与此情况不同，颈联两句的上四与下三分别写景物和诗人的际遇，前后两部分没有时空或逻辑上的必然联系。比如，"百年多病"是诗人常年身体的状态，和"独登台"这个动作没有必然的关系；而"万里悲秋"是写诗人的此刻的情感，"常作客"则是自己往年漂泊的一种常态，两者也没有必然的关联。然而，正是时间和空间有此缝隙，才有余地让我们展开想象，体会它们之间的情感联系。"万里"，写空间上的辽阔，而紧接着"常作客"，写诗人在茫茫世界中却只能漂泊，有一种何处为家的茫然感；下半句，"百年多病"，诗人年老多病，紧接着说"独登台"，一个人登高，孤独感油然而生。所以，题语和评语在逻辑上的断裂、时空上的对比，使得诗人孤苦无依的心境更加突出。

　　到了尾联，题评句法产生了新变化。第八句很明显是2+5句式，"潦倒""新停浊酒杯"，比4+3句式的顿挫感更加明显，抒情力度进而提高。如果与此句对读，那么第七句"艰难""苦恨繁霜鬓"似乎也可当作 2+5 来读。"艰难"是生活的状态，"苦恨繁霜鬓"则是写艰难生活对诗人身心的摧残。当然，此句也可以当 4+3 解，"艰难苦恨"是题语，陈述原因，而"繁霜鬓"是评语，指示结果。此句甚至可以当作 2+2+3 来解，"艰难"是诗人的生活状态，"苦恨"是诗人的心情，"繁霜鬓"则是导致的结果。

综上所述，全诗八句无不使用题评句。首、颔、颈联使用 4+3 式显性题评句，而首联中还有隐性的小题评句。同时，尾联又引入 2+5 式隐性题评句。全诗题评句的使用，可以说是层出不穷、变化多端。

《登高》的章法也有很多创新。律诗固有的章法有两个维度，一是意义上的起承转合，二是形式上非对偶联与对偶联的轮换。在这两个维度上，《登高》都有非同寻常的创新。在意义的维度上，此诗的首联和尾联之间没有杜甫律诗中常见那种相互呼应、循环往复的"合"，像《春望》《登岳阳楼》诸篇所示。"潦倒新停浊酒杯"与"风急天高猿啸哀"难以拉扯上什么关系。另外，首联与颔联的关系与其说是"承"，毋宁说的同等的"重复"。"承"通常是指颔联从首联时空的总写演进为对个别的、具有象征意义的物象的描写。但《登高》头两联四句都是相似的外景描写，不同的只是视线方向的变化：第一句仰视长风烈烈的天空，第二句转向俯视山下青渚、白沙、飞鸟，第三句的视线再沿着水平方向延伸至无边的落木，而第四句的视线则沿着长江水从远方返回到眼前。从颔联到颈联确实有一"转"，描写的对象从秋景转至诗人自己的生活。有趣的是，此"转"中又竟然还有"起"的作用，因为第六句"独登台"补上了通常由首联交代的缘由，即登高触景而生的无限悲情。

形式维度上的创新也令人耳目一新。全诗四联都用对偶，但读来很难察觉。拿杜甫的绝句名篇做比较，"两只黄鹂鸣翠柳，一行白鹭上青天。窗含西岭千秋雪，门泊东吴万里船"。读此诗，我们没有任何前进的感觉，而是驻足于一个定点之上，从下、上、西、东四个方面眺望或想象各种景物。《登高》却不给人这种在定点上流连忘返的感觉。究其原因是五言、七言句法的不同。五言句短，如果要与下句对仗，通常需要两行才能构成一个完整的意义单位，这样必然造成进一步退半步的滞后效果；五律四联八句都用对偶，必定是板滞不堪，难以卒读。与此情况相反，七言句使用题评结构，却能造就大小景物的对比、景物和情感的对比，从而构成一个完整的意义单位。因此，句与句之间不是进一步退半步的迟缓推展，而是可以形成环环相扣，一往直前的态势。七律全用题评式对偶句这种奇特的效果，大概是杜甫首先发现的，而且他一用就达到极致，做到通篇对仗而又"一意贯串，一气呵成"（胡应麟《诗薮》）。此诗八句中叠加使用的题评句，犹如先秦唐宋的古文中的叠加排比句式，创造出律诗中罕见"力量万钧"的气势。

# 快诗、慢诗、意识流诗

讲起唐代律诗四联的结构，很多人立即会想起"起承转合"一语，但是非文学专业的读者可能不知此语出自宋人，也就是说，唐人写律诗时心中并没有"起承转合"的框架。事实上，在唐代律诗中，采用线性结构的诗篇应远多于采用"起承转合"结构的，在初唐时期尤为如此。我们在杜甫律诗中所见的那种由景到情、顿挫强烈的"转"，虽不能称为老杜专有，但在他人的诗篇中并不多见。相比层出不穷的句法创新，律诗结构革新变换的空间要小很多。正因如此，我讲律诗，重点放在句法分析，从此角度破解盛唐诗气象产生之所以然。然而，我们也不能把律诗结构撇开不谈。上面分析杜甫《登高》时，我已提及八句连用题评句而造就了律诗中罕见的排比结构。我再谈三首出自杜甫和李商隐之手、结构尤为新颖的诗篇，看看两人如何颠覆律诗的结构，分别写出极快的和极慢的诗，又如何借助诗篇节奏来展现突发的狂喜和缠绵不尽、扑朔迷离的心境的。

# 杜甫《闻官军收河南河北》: 沉郁顿挫之外

《春望》作于广德元年（763）的春天，叛军首领史朝义兵败自尽，部下也纷纷归降，长达八年的安史之乱终于结束了。此时的杜甫已经五十多岁，他听到唐军获胜，兴奋不已，一来是战争之苦要结束了，百姓的日子能稍微好过一点；二来是河南、河北都收复了，他终于可以回家乡了。无法按捺心中狂喜的他，欣然提笔，写下了《闻官军收河南河北》：

> 剑外忽传｜收蓟北，初闻涕泪｜满衣裳。
>
> 却看妻子｜愁何在，漫卷诗书｜喜欲狂。
>
> 白日放歌｜须纵酒，青春作伴｜好还乡。
>
> 即从巴峡｜穿巫峡，便下襄阳｜向洛阳。

· 虚词勾连创造出欢而快的节奏

这是一首与他"沉郁顿挫"风格迥异的诗篇。全诗从"剑外忽传收蓟北"开始，诗人快乐的情绪便一发不可收拾，犹如尾联所描述的三峡之水，一泻千里。如此抒情，诗人就自觉或不自觉地对自己惯用的章法、句法、字法进行彻底的革新。

第一，杜甫已经完全抛弃他最爱用的起承转合结构

（尤其在五律中），而改用一种无缝连接的线性结构。大家可以看到，此诗四联的内容都按时间顺序安排，不存在明显的转折。"转"的删除，令整首诗的结构十分流畅，没有诗意的大起大落，因此读起来尤为畅快。

第二，杜甫对句法也进行了重大的创新，对全诗四联统一进行了"流水化"改造。在传统诗学中，"流水对"指对偶联中上下句前后紧接，一往直前，不像一般对偶句那样，进一步退半步。律诗首联通常不需对偶，上下两句呈向前推进的态势，为了保持一往直前的态势，杜甫在颔联有意用了不工整的对仗，"却看"与"漫卷"、"妻子"与"诗书"、"愁何在"与"喜欲狂"，没有一组是工对，因此不会产生阅读的停顿。相反，这两句呈现了"流水对"态势，引导我们先睹其妻与子瞬间的情感变化，紧接着看到诗人喜若狂的样子。颈联的对仗也是不工整的，在单字的层次上，"白日"和"青春"对仗是工整的，颜色"白"对"青"，时间名词"日"对"春"。然而，在双音词组的层次，"白日"与"青春"对仗，显然不工整，不仅两者时间长度悬殊，而且"青春"一词极少用来指时节。"放歌"与"作伴"、"须纵酒"与"好还乡"的对仗都是很不工整的。然而，正是通过使用不工整的对仗，在诗行的牵引下，我们无法放慢阅读速度，而是跟着杜甫一往直前地抒情，从他当下放歌纵酒的打算，一下子进入了他对还乡旅途的想象。一般来说，诗中对颔联或颈联上下句以"流水"式来组织，多旨在呈现因果关系，加强议论说理的力度，如李商隐的名句"玉玺不缘归日角，锦帆应是到天涯"。而"白日放歌须纵酒，青春作伴好还乡"却是从现在一下跳跃到未来，流水对的这种用法是罕见的。律诗中尾联通常不用对偶句，要用则多是流水对，而"即从巴峡穿巫峡，便下襄阳向洛阳"则是经典流水对，几乎是解释流水对时必用的例子。

比较之前所讲《春望》《江汉》《登岳阳楼》《登高》四首诗，这首诗虽然已将诗人心中的沉郁之情一扫而空，但某种意义上说，"顿挫"仍存在于诗中。这首诗在章法和句法上都是不停歇地往前推进，既没有起承转合之变，也没用充满缝隙的题评句，因此没有显性的"顿挫"而言。但是，杜甫在字法层次上妙用虚字，在奔泻而下的描写中引入了许多曲折，从而创造出一种绝妙的隐性"顿挫"。明代谢杰说：

　　此诗曲尽人情，其妙皆在虚字。传之曰"忽"，闻之曰"初"，泪之曰"满"，愁之曰"何在"，卷之曰"漫"，喜之曰"狂"，歌之曰"放"，酒之曰

"纵"，伴之曰"好"，从之曰"即"，下之曰"便"，
皆极可玩。惟其闻之骤，是以喜之深；惟其喜之深，
是以悲之切；惟其悲喜之深切，是以求归之速也。

（《杜律詹言》）

这里说的虚字与分析李商隐《隋宫》时的虚字略有不同。
之前是现代汉语语法学所定义的虚字或虚词，即指自身没
有独立意义、在句子仅担任语法功能的字词。谢杰所说的
虚字，则是传统诗学的术语，定义更为宽泛，不少诗论家
把名词之外的字统统归为虚字。谢杰讲的显然是这种宽泛
的虚字，把动词和作动词用的形容词（满、狂、纵）和副
词（漫、好）都包括在内。我认为，狭义虚字与广义虚字
在此诗中起着不同的作用。狭义虚字主要用来叙事，即列
举诗人听闻喜讯之后一连串的动作和心理活动。

首联，"忽"有一种意外、不确定的感觉。他在蜀地忽
然听闻收复蓟北、平复安史之乱的消息，惊喜又不敢相信，
"初"表明听到喜讯的第一反应。

颔联从自己延伸到家人。"却"即是"再"，承接首联
"初"，喜悦之情从诗人自己蔓延到妻子和孩子，他们也不
再发愁了。此联下句"漫卷诗书喜欲狂"，又回过头来描
写自己的欢乐，用"欲"字来揭示自己炽烈情感的发展，

几乎要达到"狂"的地步，也就是说快要乐疯了，自然诗书也草草收起来不读了。"漫"字用得极为精彩，用一个无意识的动作把诗人兴奋的状态表现得淋漓尽致。

颈联上句诗人又似乎转向自问：如何庆祝这种胜利？"须"字，带有诗人强烈的主观意愿，认为只有放歌饮酒才能宣泄郁闷，表达高兴。下句，诗人又兴奋地想到，可以与青绿的春天为伴，"好"踏上还乡的旅程。"好"字是虚写，是顺势展望回乡的心情。"好"字有承上启下的作用，呼应了上句的欢畅之情，又为下句急切归程埋下伏笔。

尾联，诗人用了"即……便……"两个相互搭配的连词，引入了"巴峡""巫峡""襄阳""洛阳"四个地名，勾勒出自己喜悦中制定的一个水路为主的归家路线。他作此诗的时候在四川三台，而巴峡是重庆嘉陵江汇入长江一带，巫峡则是重庆和湖北交界的地方。也就是说，他们要从四川下重庆，然后顺着长江一路到湖北荆州，水路直下襄阳，再走陆路到洛阳。

在四联中，狭义虚字起着搭建结构的关键作用，不仅把八句勾连为一气流贯的叙述，同时还巧妙地引入一道道曲折：叙事对象和视角不断转换，而动作的实描又渐渐转为想象旅程的虚写。同时，谢杰所说的广义虚字，即

"满""漫""喜""狂""放""纵"等动词，则与狭义虚字紧密配合，极为精炼地把每个叙事细节中的情感内涵传达出来，唤起我们的无限共情。

清人浦起龙称此诗为杜甫"生平第一首快诗"（《读杜心解》），这种"快"即是诗人酣畅痛快的心情，也指此诗最显著的艺术特点。的确，这首诗形式的方方面面无不体现出"快"的特点。论篇法，无缝连接的线性结构无疑是"快诗"的基础，假若使用开合顿挫、跌宕不断的结构，怎么能快来呢？论句法，此诗八句全部都是双动词句，每句4+3结构里各有一个动词，呈现明显的递进关系。这种句子读来怎么不会让人觉得急促飞快呢？论字法，诗中所用的动词、形容词、副词都是清一色的单音字，它们密集的出现，无疑给诗篇进一步加速。

诗人妙用字词来创造"神速"的造诣，在尾联中达到了登峰造极、前无古人后无来者的地步。从巴峡到巫峡、襄阳、洛阳，有数百公里的距离，即是在我们的高铁时代，也是一个很长的路程。但诗人连接这四个地方，用的却是通常用于连接短暂动作的字眼："即……便……""从……向"。这类组合的连接词，我们通常是用来指先后紧接着发生的两件事。同样，"穿"也是一个短暂的动作。杜甫使用了这些字，让我们在想象中经历飞箭般的速度，从而深深感受到诗人急不可待的归心。

迄今为止，我们已经读了杜甫的六首诗，五律和七律各三首，而每一首都有震古烁今的艺术创新。这里我们做一个小结：

论字法，《春望》"感时花溅泪，恨别鸟惊心"、《登岳阳楼》"吴楚东南坼，乾坤日夜浮"乃是鬼斧神工之笔。

论句法，《江汉》独创五言题评句式，初试牛刀，就展现了游刃有余的神技；《登高》无论是沿用 4+3 题评句，还是引入 2+5 题评句以及隐性题评句，都写下了千古传诵的名句。

论篇法（律诗中又可称为章法），《登高》中几种题评句通篇叠加，从而又独创出一种排比式的篇法；《咏怀古迹其》其三则以连环交错的因果关系编织颔颈两联，在历代律诗史上属于独一无二的创举。

相比以上五首，《闻官军收河南河北》抒情更加直率，用词也更加朴实浅近，而且此诗在篇法、句法、字法三方面都有惊世的突破，但却又完全不露痕迹。无怪乎清人沈德潜称之"一气流注，不见句法字法之迹"（《唐诗别裁》），还被誉为"七律绝顶之篇"（刘浚《杜诗集评》卷十一引李因笃言）。

## 李商隐《无题》：结构不奇，枉称无题

和《隋宫》一样，李商隐的《无题》也用了很多虚词，不过，这首诗中的单音虚词并不像《隋宫》那样用于建构诗篇结构，而是负责构造一种更为复杂的句子。

> 相见时难｜别亦难，东风无力｜百花残。
> 转　春蚕到死｜丝方尽，蜡炬成灰｜泪始干。
> 转　晓镜｜但愁云鬓改，夜吟｜应觉月光寒。
> 转　蓬山此去｜无多路，青鸟殷勤｜为探看。

首联"相见时难别亦难"十分有新意。一般我们都说聚少离多，曹植说"别易会难"，茫茫时空中有再次相见的机会是很难的。但李商隐更进一步，在首联用了"亦"字，意思是说相见难，离别也很难。不过，这两个"难"字并非同一个意思，前面一个是说相见的机会少，后面一个是说离别的心情难过。下句接着借自然景物展现这种痛苦对身心的摧残。"东风"在古典诗歌中一般代指春天，东风没有力气，意思就是春天快要过去了，百花面临残败的命运。

领联最妙，此联之所以能成为名句，"方"和"始"这两个虚词立了大功。"方"和"始"都位于每句的第六个

字，其意义相当于英文中的not until或only when，强调了春蚕到死的时候才能吐完丝，蜡烛烧完了才能流干泪。用了"方"和"始"二字，句腰"到死""成灰"就变成了两个条件从句。走到尽头的条件是什么？是春蚕和蜡烛的消殒。短短一联，诗人用精妙的句式表达出令人动容的忠贞，人们喜欢用此句用来形容至死不渝的爱情，足以说明此联共情力量之大。

颈联是典型的主谓句，2+5结构。每一句都省略了主语，直白翻译过来就是：早上照镜子，发现只过了一夜头发却白了；晚上睡不着，吟唱诗歌，应该感觉到月下清寒；每一句都是复杂的主谓复句，而且都用了两个动词，这两个动作都是由至关重要的虚词"但""应"所连接的。

比较已读过的王维、崔颢、杜甫等人的七律，我们不难发现，李商隐七律的句法有两大显著的特点：

一是极少使用题评句。此诗八句找不到一例题评句。颈联"晓镜｜但愁云鬓改，夜吟｜应觉月光寒"，乍看起来，似乎与杜甫"画图｜省识春风面"的句式相同，但实际是本质完全不同的句子。杜句是典型题评句，"画图"不能作主语解，而是一个题语或说话题。相反，李句"晓镜""夜吟"是时间从句"晓镜之时""夜吟之时"的省略，各自与下面五字构成完整的主谓复句。

二是高频率使用主谓复句是李商隐七律的一个鲜明特点。李商隐律诗句法如此绵密，4+3 或 2+5 字词组合之间不留缝隙，那还留有"虚"的空间让我们展开想象吗？

其实，此诗之"虚"就在其松散的结构之中。这首诗几乎一联一转，第一联伤时，讲离别的事情；第二联没有继续讲下去，而是转过来写爱情的忠贞；第三联又一转，虽然还是在写女子的生活，容颜老去、长夜寂寞，但叙述视角却改变了："应觉"，"应"字说明是男子揣测女子夜晚的状态，并非女子自己的直观感受；第四联又是一转，"蓬山此去无多路"，也似从男子角度说的，因为从传统来说，只有男子外出寻找女子，女子不被允许这样做。每一联变换主题，且全诗上下两部分存在明显叙述视角的变化。

这种奇特结构的产生可能有两个原因：一是源于第一人称的回忆，人的回忆是复杂的且能自由跳跃、变换时空的，所以诗的结构自然就比较跳脱。第二种可能性是诗人从第三人称视角描述一对男女的情爱，他作为一个旁观者记录下这一段苦涩甜蜜的恋情，前两联写女子的相思心情，后两联写男子猜测女子心情，以及对她的向往，乃至奔赴幽会。不管产生的原因为何，此诗的松散结构，造就了丰富的想象空间，将相思男女的复杂感受熔于一炉，提炼成一种抽象的爱情心境。光从读者审美的角度来说，《无题》

这个题目十分恰当。

就作者而言，诗题用"无题"是为了什么呢？对此历来有各种不同的猜测。这里，可以从文学传统的角度提出两种新的猜测：

一是李商隐似乎有意挑战当时写律诗的习惯。唐人写诗很喜欢把时间、地点、事件、缘由、预定的读者等交代清楚，不是用长长的一句当作题目，就是用首联间接地传达这些信息。那以《无题》为题，自然就会产生巨大的冲击力，取得我们现在常说的"陌生化"的奇妙效果。后人纷纷仿效"无题"之体，最变成一种定体，可见李商隐在标题上的大胆创新，影响深远。

第二个猜测是，李商隐有意打破另一个历史更为悠久的且根深蒂固的传统，即对爱情诗断章取义的阅读传统。汉儒解释《诗经》《楚辞》，无不牵强附会，将爱情诗中男女双方与历史中人物事件对号入座，弃妇逐臣、香草美人等解读爱情诗的窠臼也应运而生。这种解读，随着时间推移愈演愈烈，以致文人只要一写爱情诗就必定会被穿凿索隐，与当时的政治人物或事件挂钩。

李商隐以"无题"为题，借助这块挡板，以及诗中游移不定的视角，似乎旨在打破这种糟蹋爱情诗之美的阅读陋习，阻挡人们把当时的政事对号入座，胡乱解读此诗。

李商隐就这样十分巧妙地让这首瑰丽的诗篇免受曲解，而且为自己省去不必要的政治麻烦。

当然，李商隐绝非超然于政治之上。他毕生仕途坎坷，一直在牛李党争的夹缝中求生存。他早年靠牛党政要令狐楚的提携而考上进士，但后来又成了李党重要成员王茂元的幕僚并娶其女为妻，因此处于十分尴尬的境地。《无题》据说写于唐宣宗大中五年（851），旨在向当时得势牛派领袖令狐绹陈情。鉴于李商隐已有背叛牛党的前嫌，若真是要向令狐绹陈情，自然要十分含蓄委婉，因此，《无题》为政治陈情之说也并非完全没有道理。

## 李商隐《锦瑟》：现代意识流的鼻祖

> 锦瑟无端五十弦，一弦一柱思华年。
>
> 庄生晓梦迷蝴蝶，望帝春心托杜鹃。
>
> 沧海月明珠有泪，蓝田日暖玉生烟。
>
> 此情可待成追忆，只是当时已惘然。

这首诗虽题名为《锦瑟》，实际上却是无题。"锦瑟"是这首诗的头两个字，好比《诗经》中的无名诗，后人都取诗篇中前几个字作题目，如《关雎》取自开头句"关关雎鸠",《桃夭》取自开头句"桃之夭夭"。李商隐这里故意用"锦瑟",看似有题实则无题,这个做法很显然是有意为我们打开诠释空间。古人不知李商隐狡黠精怪,纷纷跳入圈套为此诗释读,每一联的解读都众说纷纭,对此诗主旨的界定更是五花八门。元好问说"独恨无人作郑笺",就是遗憾没有一个像郑玄这样的人为此诗作笺注。

首联两句,谈锦瑟用弦的数量,"无端"二字有点睛之妙。锦瑟为何无端有五十根弦呢?这数量有什么由来?诗人又为何有此疑问?我们似乎可以想象诗中人终日与古瑟相对,看着看着就产生这些疑问,疑问无从解答,只好拨弦,每一弦都传递着岁月流逝的怅然。比较音弦不多的琵琶、古琴、筝,多弦的瑟似乎格外能够传达出绵密哀婉之情。

颔联两句用典故,庄周和蝴蝶、望帝和杜鹃,人与物在虚幻世界中神交,一时间令人虚实难辨。

颈联两句又换到景物上面去,沧海明月下鲛人落泪成珠,蓝田暖日下玉升起青烟。

颔联、颈联四句全用复合句,编织出互为因果、交映生辉的四个场景。颔联中,庄生晓梦、望帝春心是因,迷蝴蝶、托杜鹃是果,既排比又工对;颈联中,沧海月明、蓝田日暖都是大景,珠有泪、玉生烟均为小景,而月明为晚上,日暖又是白天，所以这联有大小、日夜的强烈对比。

尾联两句，则是对过去与现在情感作的对比和总结。

从每一联来看，句句的意思都很清晰，没有什么晦涩模糊的字法、句法。那此诗朦胧在哪里呢？就在联与联之间。此诗四联之间缝隙非常大，无论在主题、意象、词意、典故的层次上都未找到明显的关联，四联完全可以称为四个没有直接联系的片段。首联写以锦瑟之弦说伤时之情，颔联用典故，颈联又去描写景物，尾联突然出现"此情"，似乎可作总结，但又没说什么情，且与前文的联系不明确。

正由于此，历代学者总是力图找出这四联之间的关系，而他们使用的手法是共通的，即在某一个意象或事件寻找出理解全诗的支点，然后以之为据对四联内容进行牵强附会的解释，有点类似汉儒对《诗经》断章取义的诠释。单说对于此诗主旨的理解，学者们都莫衷一是，无法做出准确的、一致的解释。归纳起来，常见的解释有七类：

其一，认为该诗是诗人缅怀情人之作，"锦瑟"为该情人的名字或昵称，如冯舒说："则锦瑟必是妇人。或云令狐楚妾也。"（《二冯评阅〈瀛奎律髓〉》）其二，认为该诗只是诗人泛泛谈论对爱情的所思所感。其三，认为该诗是诗人追悼亡妻之作，如查慎行说："观起两语，其原配亡时年二十五，瑟本二十五弦，断则成五十弦矣。"（《初白庵诗评》）不过，悼亡一说已经得到学者的反驳，因李商隐与原配的事迹并无记载，这么说只能算臆测。其四，认为该诗是诗人自怜自叹之篇。其五，认为该诗是诗人对唐朝衰败之哀叹。其六，认为该诗记述的是一场乐器演奏，而"锦瑟"为其隐喻，如苏东坡认为此诗是对乐声的文字描写。其七，认为该诗写的是创作的过程，如钱锺书在诗中看到的是对诗歌艺术方方面面的譬喻，包括"作诗之法""形象思维""风格或境界"等。

在以上列举的七种解读中，其中前五种极为传统，执意将诗歌与李商隐人生经历、感情生活以及时事政治直接挂钩，故提出思念情人、悼念亡妻、自怜命运多舛、哀叹国朝衰败诸说。如果说首尾两联言情的内容还能为这些解读提供一些支撑，那么颔、颈两联就实在难以与诗人个人生活扯上关系。在天才诗人苏东坡的眼中，这类寓言式解读迂腐不堪，简直就是糟蹋如此瑰丽的诗篇。于是，他独辟蹊径，提出颔、颈两联是锦瑟弹奏声音的视觉呈现，犹如白居易《琵琶行》对于琵琶演奏的描写。这种解读把头三联的关系打通了，而与尾联的关系则难以自圆其说。近一千年后，钱锺书又将苏说演绎为诗歌创作象征说。其实，苏说和钱说的思路是对的，我们读此诗不应该从史实中索隐，而应该从音乐表演者或诗人心理活动的角度来寻找四联的内在关系。可苏东坡和钱锺书都低估了李商隐诗歌的前卫性。

实际上，李商隐在《锦瑟》中似乎是在做一件类似二十世纪初意识流作家所做的事。意识流作家前卫之处有二：一是将潜意识的、没有逻辑的连贯心理活动作为文学书写的重要内容，二是通过描写这种意识流而构建一种以断裂、跳跃为特征的新篇章结构。置之于诗歌史的语境中，《锦瑟》做的正是两个类似的、同样是惊天动地的创新。

李商隐将一种在先前诗歌中从未见过的迷惘心绪作为诗篇的主题。诗人的迷惘无端而起，而又融合了毕生情感生活的全部。为将这种充满矛盾、无法言状的迷惘表达出来，诗人首先用首、尾两联建立了一个大的记忆框架。首联"锦瑟无端五十弦，一弦一柱思华年"挑明了记忆的时间范围，而尾联"此情可待成追忆，只是当时已惘然"又紧紧地回扣了记忆之事。中间两联之中，李商隐连用四个典故，巧妙地利用每个典故的多边含义，将情爱、仕途、寻仙、求佛诸方面的感受和记忆慢慢地渗透出来。

以往对此诗的传统解释没有充分意识到这些典故的多边性，过分热衷于讨论它们情爱的含义，以求与李商隐个人的爱情生活对号入座：解"望帝春心托杜鹃"，多提及古蜀国开国君主杜宇从天而降，与水井中出来的女子利结为夫妻的传说。解"沧海月明珠有泪"一句，就会讲石崇西晋八王之乱中宁死也不献出绿珠，两人殉情而亡的故事，认为"沧海月明"，指石崇对绿珠一片真心，而"珠有泪"是指绿珠因石崇为己献身而感激流涕。同样，解"蓝田日暖玉生烟"一句，诗论家则必提《搜神记》所载杨伯雍得人指点种玉而得美人的传说，认为日暖和玉生烟，表达男女间灵犀相通的美好爱情。然而，李商隐所用庄周梦蝶的典故却没有多少空间让人在爱情方面做文章，因此执意做男女关系解读的诗论家对此典故往往是一笔带过。

其实，庄周梦蝶的典故是全诗关键的节点。这个典故一方面将"思年华"记忆活动引入似真似幻的之境，同时又为我们揣摩玩味下面三个典故做了铺垫。读"庄周晓梦迷蝴蝶"一句，我们发现李商隐是巧用 4+3 句法来将历史与神话、实景与幻境编织在一起。

庄生晓梦｜迷蝴蝶，
望帝春心｜托杜鹃。
沧海月明｜珠有泪，
蓝田日暖｜玉生烟。

如上所示，每句前四字全是真人、真事、真景；后三字无不是怪诞之事、虚无之言。然而，在李商隐的笔下，前四与后三个字相映生辉，创造出奇丽无比的意境。庄周梦蝶的典故说明人和物可以互相转换，而望帝春心托杜鹃又说明人可以托物传达情感，人与物情感相通，真和幻没有分界；沧海中的珠泪和蓝田的玉烟又进一步为此诗蒙上了扑朔迷离的色彩。现实与虚幻迭加交集，折射出诗人追忆往事，怅触无端、迷惘恍惚的心境。诗人无端的哀愁原本就充满矛盾，纠缠不清，再透过模糊不清的记忆，就让人觉得更加迷离惘然、似真似幻。

将《锦瑟》中剪不断理还乱的情感完全归于诗人爱情的一边，显然与四个典故的多边意涵相悖。庄子梦蝶，出自《齐物论》，其核心意涵是讲万物本质相同，可以相互转化，因为人与物仅仅是道或永恒的物化过程中所呈现的暂时形态而已。接着引用望帝化为杜鹃的典故也同样表达了物我相通的信念。如果说头两个典故披露了李商隐对道家形上超越的理解，"沧海月明珠有泪"则披露了他晚年向往佛教的情怀。李商隐在《樊南乙集》自序说："三年以来，丧失家道，平居忽忽不乐。始克意事佛，方愿打钟扫地，为清凉山行者。"这段话明确告诉了我们，李商隐丧妻后万念俱灰，而祈求从佛教得到精神慰藉。在《送臻师》

二首之一中，他写道："昔去灵山非拂席，今来沧海欲求珠。楞伽顶上清凉地，善眼仙人忆我无。""沧海求珠"是指寻找代表佛法精奥的摩尼宝珠。我们若将"今来沧海欲求珠"一句与"沧海月明珠有泪"对读，我们就不难揣摩到，李商隐是在反思自己奉佛之情。

一位文人持儒家入世态度，毕生为仕途而奔波，同时又求仙奉佛，这种情况不少见，但很少人像李商隐既接受这些人生选择，但又极度怀疑。李商隐对仕途、爱情、求仙的质疑和否定的诗句不少，而他的《荆门西下》的尾联"洞庭湖阔蛟龙恶，却羡杨朱泣路岐"也告诉了我们，人生道路的迷茫带给他多么深切的哀伤。杨朱在岔路上因无法确定所选的路是否正确而哭泣，但这对李商隐而言只是一件值得羡慕的事，因为他举目四处"蛟龙恶"，是无一路可选。

李商隐把这种生命意识深处生出的无端迷惘进行了不可思议的、极为前卫的艺术创新。他将最严密的律诗结构进行碎片化的解构，与二十世纪初作家为了表达现代都市生活中离异和孤独感而创造意识流的叙事方式，确有异曲同工之妙。更奇妙的是，李商隐为了弥补诗行意义的严重断裂，巧妙地利用典故来建立四联之间的若隐若现的联结，而意识流派诗人艾略特在名著《荒原》中似乎也为了同样的原因而大量用典。

在我看来，李商隐的结构创新比意识流更为成功，因为《锦瑟》一诗是雅俗共赏的，而艾略特《荒原》只是文学研究者才会硬着头皮去读的名著。李商隐在真实与虚幻、可解与不可解之间达到极佳的平衡。钱锺书称："义山诗《锦瑟》一首，实已臻于诗歌艺术至高之境。"（《谈艺录》）非虚言也。

# 绝句篇

诗歌的美感有赖于在时间、空间两个轴线上展开想象。谈到唐代绝句的审美特色，古今学者都用"以小见大"一言以蔽之，而对于诗人们如何达至这种审美效果却不予深究，至今尚未有系统的探研，可说是知其然不知所以然。为了追求"知其所以然"，本篇从时空"小"和"大"的两个向度来评诗。谈及诗歌中的时空，刘若愚曾在《中国诗中的时间、空间与自我》一文从作者视角出发看待时空书写，详细列举诗歌抒情者（或称说话人）与时间做对照的几种移动情况，并试图描述时空中安放"自我"的基本模式。若从阅读的角度来看，诗人创作诗歌之时有意地编织时间与空间经验、扩大时空张力，其目的是为给读者带来不同的艺术审美体悟。要将这种美感体验顺利传递给我们，诗人则需突破两个书写限制：一是形式上的限制，即文本空间的限制，如杨万里言"五七字绝句最少，而最难工"（《诚斋诗话》），五、七言绝句字数太少，在这有限的字数里纳入无限的时空情思，做到近人陶明濬所说的"涵括一切，笼罩万有，着墨不多，而蓄意无尽"（《诗说杂记》）很难。二是内容上的限制。不同题材本身就受时空的制约，这是除了五、七言四句短小的时空书写之小。学界很少注意到这一点，故很少探究诗人如何突破各种题材内在时空限制，创造出以小见大的。

# 以小见大之极致

在清楚认识各种题材内在时空预设的基础上，本篇进行深入的细读分析，展示唐代绝句名家如何为实现以小见大而各显神通的：看他们是如何用奇特的时空想象来打破形式和内容固有的制约，创造出崭新的"大"的时空和抒情空间，来唤起丰富深远的审美感受的。这种时空写作的比较分析，还将揭示出五言和七言绝句各自最能发挥其优势、最能凸显其局限的题材。这点在绝句艺术研究中也是很少被注意的。

五言山水绝句，我们可以细分成两大类：一类是以描述景物空间为胜的；另一类则是以描述人物连续活动为胜的。这两类在时空关系的塑造上各有特色。以描写景物空间为胜的绝句，主要集中在对于视域、听域的描写。它通常以视觉描写为主，包括平视、俯视等视角和远近的变化，并辅以听觉等感官描写；以描写人物连续活动为胜的绝句，其描写的重点并非景物，而是通过一系列心理活动来表达诗人的心情，从而传达景物带来的触觉、听觉、视觉等感受。

## 王之涣《登鹳雀楼》：固定机位，全方位动态视角

《登鹳雀楼》是盛唐诗人王之涣仅存的六首绝句之一，作者早年及第，曾任过冀州衡水县的主簿，不久因遭人诬陷而罢官。不到三十岁的王之涣从此过上了访友漫游的生活。这首诗是作者三十五岁时写下的。

鹳雀楼位于山西永济蒲县，建于北周，于元朝初年毁于战火。据一些学者的考证，王之涣是山西绛州人，这首诗应当作于他弃官归家途中。不过，这首诗所写的景物和表达的情志并不符合这个说法，此诗的心情是积极昂扬的，看不出是刚从官场失意而归。且鹳雀楼离黄河入海口很远，因此这首诗是否是王之涣所写的，又是他何时所写的，均有待商榷，但这都不影响我们欣赏这首千古名诗：

> 白日依山尽，黄河入海流。
>
> 欲穷千里目，更上一层楼。

这首诗采用了定点描写法，诗人站立的地方是固定的，但使用的是全方位的动态视角，使得空间不断变化延伸。由于当时鹳雀楼是作军事瞭望之用，所以建得极高，有七十多米高。因而诗人登临此楼，首先用了远眺的视角，"白日

依山尽"，太阳在群山处落下，"尽"字不是静态的，而是具有动感的，是诗人看着太阳慢慢落下消失在群山之后的过程；太阳向西边落下，而"黄河入海流"，黄河则是向东边流入海中，诗人的视角由西向东无限延伸，落日向西，河水向东，这样东西两边已经到了视线的尽头。实写已经写到了画面尽头，接下来要如何再写呢？余下的景物诗人没有打算再写，他人改用虚写，继续扩大场景，"欲穷千里目，更上一层楼"，是告诉我们要想看到更雄伟壮观的景象，就必须再上一层楼了，这就给了我们无限想象的空间。

清代沈德潜说："四语皆对，读去不嫌其排，骨高故也。"（《唐诗别裁》）正点出了此诗的精妙之处。全诗对偶的绝句名篇少之又少，这首诗为什么全用对偶又可以做到不沉闷呢？先看前两句，其景物对比十分明显，色彩极鲜艳丰富，落日的红色、山的绿色、河的黄色与海的蓝色让整个画面非常生动；再看后两句，这一联的对偶很难被识破，因为从诗意上来看，这两句并非写景的对偶，而是一个流水对。从句法来看，"欲穷千里目，更上一层楼"是一个有条件的设问句，虚词"欲穷""更上"是极为难得、不露痕迹的对偶，而"站得越高看得越远"这样一个人人皆知的常理，经由诗人的一番加工也就变得耐人寻味了起来。

唐代描写鹳雀楼的诗篇不少，但都无法和这首媲美，比如王之涣的同代人畅当所写的《登鹳雀楼》：

迥临飞鸟上，高出世尘间。

天势围平野，河流入断山。

这首诗写得也很好，第一句围绕着鹳雀楼之高展开描写，“迥临飞鸟上”十分有想象力，这个楼有多高呢？高到在飞鸟之上。第二句“高出世尘间”与第一句有些重复，都是在描写此楼的高，而且“世尘间”十分抽象，不是具体的景物。下面一联也颇有气派，“天势围平野”讲平野与天空的互动，天空将平野包围起来。“河流入断山”，奔腾的黄河之水泻入群山之中。

畅诗与王诗相比，输在哪里呢？输在读者的代入感。畅当仅描述出了自己的感受，没能够将读者带入景物里面去，我们读他的诗，只觉得这诗写得挺好，但却不能产生身临其境的感受；王之涣则不仅让读者亲身走入鹳雀楼，尽情享受视觉冲击，还在第二联与读者进行对话，有意无意之间带出一个人生哲理。“欲穷千里目，更上一层楼”所阐发的思考，又不像宋诗那样有明显的说理目的，非要说服别人不可。王之涣的思考蕴藉在他的观景之中，是自然而然发出的感叹。在读王诗的过程中，我们完全置身在鹳雀楼的风光之中，浑然忘却这是一首诗了。读完，我们才会猛然发现它的艺术表达是如此高超，短短二十个字就让我们沉浸在无限伸展的现实世界和虚拟的想象空间之中。

### 祖咏《终南望余雪》：仅凭通感妙句而登第

读完两首宏大景物描写的山水诗，我们再看两首写雪景的五绝。首先是祖咏颇具传奇色彩的《终南望余雪》。这首绝句的来历相当有趣，《唐诗纪事》中记载诗人祖咏去长安考进士，诗题是"终南山望余雪"。祖咏提笔写下四句就交卷了：

> 终南阴岭秀，积雪浮云端。
> 林表明霁色，城中增暮寒。

按唐代应试要求，考生应写一首排律，通常首六韵十二句。考官收到考卷，感到十分诧异，问为何不按要求写，祖咏回答"意尽"，意思是四句已经足够表达诗意。此后祖咏究竟是由于不符合考试要求而名落孙山，还是由于才情高超金榜题名，史书中并没有记载。但大多学者根据《唐才子传》和《登科记考》认为祖咏确实中过进士，也许就是因为这首出其不意的小诗。

考题"终南山望余雪"有一定的含糊性，可以理解为在终南山里望余雪，也可以把观雪的距离拉得更远，把观景点定在长安，往南看终南山。祖咏解题显然选用了后者。第一句"终南阴岭秀"中"阴岭"实际上是"岭阴"的倒装，"岭阴"是指山岭的背面，经过此倒装，首句就成为"平平平仄仄"的律句。第一联上句交代了寓目的对象和地点，并用一"秀"字点出终南山秀丽的总貌。下句"积雪浮云端"，用夸张的手法引入"雪"的主题。从遥远的长安城眺望，静态的积雪飘浮在云端之上，充满动感。第二联上句转写雪的视觉冲击力，"林表明霁色"，霁色，指雨雪过后初晴的颜色，林间雪反射阳光，让整个终南山变得格外清晰。到此，观雪该写的似乎都写了，也都写活了，远山衬托了雪景之秀，高耸的浮云给积雪带来非凡的气势，而透射的阳光又给雪抹上迷人的霁色。

那么，此诗如何收束为好？这样的大难题，对于一个大才子却是一个展露才华的绝妙机会。祖咏奇想突发，竟然把触觉也调动起来，写下千古名句"城中增暮寒"。"寒"是一种身体上的感觉，诗题是"终南望余雪"，显然是描写"望"到的景象。诗人用"寒"的触觉来加强"余雪"的视觉效果，想象着终南山的积雪，将凛冽的寒意送至百里之外的城中，此通感想象真是绝妙至极！

　　若没有如此让人震撼的名句，坊间又怎么会有祖咏破坏考试规矩，反而金榜题名的传说呢？我想，祖咏回答考官的"意尽"也表明，他直觉地把握了绝句"以小见大"的审美特点，并将其发挥得淋漓尽致。绝句能精练尽意，又何须用冗长拖沓的长律呢？这大概是祖咏的心中所想。

## 柳宗元《江雪》：虚拟宾语接引尽善境界

　　我们知道最出名的雪景绝句是柳宗元的《江雪》：

　　　　千山鸟飞绝，万径人踪灭。

　　　　孤舟蓑笠翁，独钓寒江雪。

这首诗题目是"江雪"，但"雪"字在全诗末尾才出现。首句，诗人先采用平视，"千山鸟飞绝"的"绝"字，和"白日依山尽"中的"尽"字一样，给静景注入动势。为什么"鸟飞绝""人踪灭"？诗人没有点明，而是让我们猜想，是漫天的大雾，还是瓢泼大雨，或是其他……第三句，"蓑笠翁"悄然现身，同时出现的还有一叶孤舟。前面两句的景物描写，给我们留下的印象就是"空"和"白"，这就反衬得"蓑笠翁"和"孤舟"愈发渺小；反之，两个丁点大的物象又衬托出天地的寂静寥廓。到了最后一句，"雪"仍迟迟不出现，而是先说"独钓"和"寒江"。在此恶劣的天气里，他有什么鱼可钓呢？直到全诗最后一个字，诗的主角"雪"才出来。原来，蓑笠翁不是在钓鱼，而是在钓满江的雪。此时，我们才意识到，原来是雪让天空变无比宽阔，让鸟儿飞尽，把路上的脚印全掩盖了。一片大地白茫茫，渔翁钓雪于天地之间。

此诗写雪，先把"雪"藏在景物描写的背后，然后让我们在末句瞬间获得审美愉悦。眼前，一片大地白茫茫，渔翁钓雪于天地之间，这是何等苍茫寂静的境界。这种意境创造手法对后代影响至深，在张岱小品文名篇《湖心亭看雪》可见一斑："天与云、与山、与水，上下一白。湖上影子，惟长堤一痕、湖心亭一点、与余舟一芥、舟中人两三粒而已。"张文虽能像柳诗一样做到"尽美"，但没有像柳诗那样同时做到"尽善"。要理解柳诗"尽善"之处，我们必须好好咀嚼"独钓寒江雪"一句精妙的句法。

从句法上看，这首诗全诗对偶，第二联，"蓑笠翁"和"寒江雪"对仗颇为工整，前面"孤舟""独钓"则不是通常意义上的对仗，若将"独钓"理解成名词，即"独钓者"，那么和"孤舟"就对起来了，这一联等于说是四个意象的排列，以题评句式连接在一起。不过，更自然、有意境的理解方式，是将"钓"理解成动词，这里分为及物动词和不及物动词两种理解方式：钓如果是不及物动词，那"钓"是"蓑笠翁"的动作，"独钓"和"寒江雪"是没有必然联系的，可以视为一种题评关系，"寒江雪"补充说明"独钓"的场景；更好的读法是将"钓"理解成及物动词，而"雪"是其虚拟宾语。天太冷了，根本没有鱼，而为了生存，蓑笠翁仍苦苦坚持，但能钓到的终究只是满江的雪。

　　读到这里，我们自然会体察到这首幽雅雪景诗中的"尽善"，感佩柳宗元身在官府而心系劳苦百姓的精神境界。很多读者还会想到柳宗元散文《捕蛇者说》对苛政下民不聊生、家破人亡惨状的描写。比较这两篇思想内容相似的作品，我们可以体会到散文和诗歌写作手法和效果之不同。清吴乔《围炉诗话》云："意喻之米，文则炊而为饭，诗则酿而为酒。饭不变米形，酒则变尽。啖饭则饱，饮酒则醉。"这段话用来解释柳文和柳诗之不同，再合适不过了。两者的"意"是相同的，即表达对贫苦百姓的深切同情，但写作方法和效果却有"炊"和"酿"的根本区别。"意"之"米"炊而为饭，米形不变，也就是说，清晰的、可以概念化的思想情感，用散文来表达，往往严重依赖抽象的、概念化的话语。《捕蛇者说》篇末的感叹"苛政猛于虎也，吾尝疑乎是，今以蒋氏观之，犹信"，足以说明吴乔所说散文犹如"饭不变米形"的道理。反之，《江雪》印证了诗犹如米酿而成酒，米形尽变的道理。此诗没有一个概念化的词语，作者的思想情感完全是通过景物沁透出来的，没有半点痕迹，但其效果却远远超过"饭不变米形"的散文，不是止于概念理解（所谓"饱"），而是追求如痴如醉的审美体验（所谓"饮酒则醉"）。诗人忧民爱民情怀以此形式融入，《江雪》艺术效果便超越了纯粹的审美愉悦，具体景物观赏与儒家情怀完美结合，达到尽美尽善，这无疑是五绝实现以小见大的一条好途径。

## 孟浩然《春晓》：化平常为神奇的章法

上面我们说过五言山水诗可以细分成两大类，以上四首都是以描述景物空间为胜的一类，接下来，我们选择孟浩然的《春晓》作为例子，讲一讲以描述人物活动为胜的绝句。

春眠不觉晓，处处闻啼鸟。

夜来风雨声，花落知多少。

这首脍炙人口的小诗，简单到连小孩都能轻松地背诵，但"麻雀虽小，五脏俱全"，其所蕴含的艺术性却鲜为人知。和我们之前谈过的四首诗不同，在体式和风格上，《春晓》都有其特别之处。就体式而言，《春晓》属于古绝，不用严格使用对偶，也没有平声韵的限制。《江雪》其实也没有用平声韵，而是使用仄声韵，但由于全诗都使用了对仗，所以总体上依然是律绝的体式。

古绝和律绝之所以有这样的差异，和它们来自不同的源头有关。学术界对此讨论颇多，基本上对它们的源头达成了共识：齐梁文人诗，例如连句诗、谢朓短诗等，无疑是律绝产生的重要成因；古绝的发展与汉魏乐府、南朝民歌的传统有着密不可分的关系。就风格而言，民歌的一大特点就是擅用有叙事成分的对话，诗中经常会出现一个作为说话者的"我"进入情景之中。这首《春晓》就明显继承了这种风格，它把我们引入了"我"的视角，以"我"的心理活动来搭建整首诗的结构。这种以人物活动为胜的绝句，其描写的重点并非景物，而是通过描写一系列活动来表达自己的心情。在《春晓》中，诗人通过写自己一连串瞬间的发现和心理活动，将整个春天的状态描写了出来。

仅就意象而言，整首诗似乎没有特别让人着意的景物，而且每一句的语言也都极为平常。首句"春眠不觉晓"直言春日觉多，不知不觉天就亮了，这是我们比较熟悉的对春天的感受。"处处闻啼鸟"写的是醒来瞬间听到的鸟儿欢快的叫声，也是记录生活日常之事。第三句跳回到过去，想到昨晚不断的风雨声，这是对感觉经验的回忆。第四句又从回忆跳跃到揣想窗外此时此刻的景色，自问不知道又吹落了多少花瓣，此句只是一个简单的问句，甚至很口语化。这些拆开来看好像没有什么了不起的句子，可一经诗人的组织，就化平常为神奇了。

如果我们仔细观察，会发现这四句各含有一个独立的场景，即在春日睡醒后还赖在床上时，所看到的、听到的、回忆的以及猜想的场景。这些零散的场景放在诗人心理活动的瞬间，立刻就把我们对春天视觉、听觉、触觉最强烈的感受表达了出来。在时间流中，思想活动的瞬间极小，但却能传达出我们对春天的"大"的共同感受，唤起我们对春天愉悦的想象。

这首诗在切入点上的选择如此之精妙，不只是我们喜爱，后来的诗人也受到了很大的启发。比如李清照的《如梦令·昨夜雨疏风骤》就是在这首诗基础上扩展出来的。

"昨夜雨疏风骤"可以和"夜来风雨声"相关联，写得也更加具体细腻。"浓睡不消残酒"其实就是"春眠不觉晓"的具体化，诗人把自己带入了场景。接下来就是在想象春天的变化。孟浩然是以"花落知多少"自问，李清照的"却道海棠依旧"变成了和"卷帘人"的对话，更加生动地把自己的惜春之情表达出来了。可见，李清照这首词完全是按照孟浩然《春晓》的篇法来组织的，但由于李清照写的是小令，允许字数更多，可以拓开来写。孟浩然从时间流的轴线上以小见大，打动了千百年来读者的心，像李清照这样伟大的诗人，也依然沿用他的模式。正是如此，这首简单的《春晓》才能变成耳熟能详的名篇。

### 王维辋川绝句三首：小景如何写出超越时空的禅境

我们已经讲了五首精妙绝伦的五言山水绝句，不过，五言山水绝句的巅峰绝不止于此。下面，我们就来欣赏王维三首艺术造诣更高的山水绝句。这些诗不仅能做到以小见大，还能带给我们超越时空的体悟。清人纪昀早就指出："五绝分章，模山范水，如画家之有尺幅小景，其格倡自辋川。"（《批苏诗》）他这里讲的意思是，王维的诗不像王之涣那种以宏大的景物描写为主，而都是一些小景，这是王维的独创。胡应麟则更进一步，提出王维山水诗有超越时空的特点："右丞《辋川》诸作，却是自出机轴，名言两忘，色相俱泯。"（《诗薮》）所谓"名言两忘"，指的是"言语"和"概念"都不使用了，而"色相俱泯"则带有一种宗教性的超越，客观世界的物境全部消失了，这是一种更大的境界。

首先来看《竹里馆》所呈现的人不知、不知人的禅境。

独坐幽篁里，弹琴复长啸。

深林人不知，明月来相照。

诗的一开头"人"就出现了，"独坐幽篁里，弹琴复长啸"，一个人在静寂的山林之中弹琴，但次联又说"人不知"，是说这个弹琴人不知道是否还有别人存在，还是说别人不知道是否有这个弹琴人的存在？有此歧义，人的存在就变得似真似幻，扑朔迷离。然而，末句"明月来相照"中却又出现了"人"，而且"相"字似乎暗示此人就是诗人自己，而与其交流的就只有明月。

体验万物的实相，需要一种绝对的寂静、宁静，需要排除对物质现象包括人类存在的妄执，才能感悟到的宇宙实相。此诗不诉诸概念说理，而把此超验的境界展现出来，无疑属于禅诗之极品。

《鹿柴》一诗展现了与《竹里馆》极为相似的禅境，把视觉、声觉幻化为寂静，在"人"与"无人"之外，还写了"空"与"不空"的变幻。

> 空山不见人，但闻人语响。
> 返景入深林，复照青苔上。

首句先说，"不见人"，是一座空山，可是又接着说"人语响"，这究竟是有人还是没人？是一座空山还是非一座空山？这让人难以判断。写完声音的感受，诗人又从视觉入手继续写：阳光进入森林，缥缈不定，忽现忽灭，阳光还穿透林叶，反射在青苔上，显得更加虚幻。这种永恒的捉摸不定，让我们在凝神注视中不知不觉就会进入佛家所说的"定中生慧"的禅境。所谓"定"就是在绝对寂静中净化心灵，而"生慧"则指洞见诸法真相，即《般若波罗蜜多心经》所说："色不异空，空不异色；色即是空，空即是色。"我们不能把宇宙实相概念化成"空"和"色"，而是要消解对空、色的执着，进而直觉地来体悟诸法实相。王维被誉为"诗佛"，正因为他成功地用艺术手法引导我们"定中生慧"。

此诗写有人或无人、空或非空、光影或虚幻，利用视觉、听觉的变化，成功地将对宇宙本质的概念理解转化成超绝的审美体验。诗佛五绝入禅最为精湛，不用一字禅语，而是让我们在观察自然景物瞬间变化中入禅。所谓入禅，就是直觉地体悟宇宙之实相，即感知超越名相的宇宙本体。

最后，要谈一首山水五绝的巅峰之作——王维的《鸟鸣涧》。

> 人闲桂花落，夜静春山空。
> 月出惊山鸟，时鸣春涧中。

第一联，"人闲""桂花落"，"夜静""春山空"，都是2+3的主谓结构，这种主谓句的排列自然就会产生一种因果递进的关系。"人闲""桂花落"两者看似没有什么关系，但若从一种诗的眼光去看这一句的话，就会明白两者的关系。"桂花"是一种很小、很轻盈的花，它掉落下来，人很难察觉。只有十分安静的状态下，人才能听到或者注意到桂花飘落。这里就突出了"人闲"，并且自然地引出了下半句"夜静"。

最精彩的是第二联，"月出惊山鸟，时鸣春涧中"，"月出"不是一瞬间发生的，是慢到人都无法察觉的速度。

但即便是这样，还是能惊起山鸟。这就突出了山中极静的状态，在这种绝对的宁静之下，月光缓慢的光亮变化才能惊到鸟儿。最后一句则用有声衬托无声，写鸟儿在山中鸣叫。全诗中第一次出现了声音，以动衬静，更让人觉得山的幽静。诗人唤起了我们无法用言语表达的宗教体验，让我们体会到了超越时空的禅定。

之前我们谈王维山水律诗的时候，提到只有五言才能做到这种境界。如果使用七言，多加两个字，那么就落入言筌，禅境全部消失了。论五绝，更是如此。王维的辋川五绝，几乎首首入禅，而《鸟鸣涧》则是这组诗的压轴之作，达到了五绝山水诗的最高境界。

# 定点与动态的山水描写

之前已提及好的五律不能加两个字，好的七律不能减两个字。七绝山水诗同样如此，好的七绝不能减两个字，否则就代表它没能发挥出每一个字的潜力。现在，我们就带着这个评判标准去阅读以下几首诗，并且探索在七绝山水诗里面，诗人能呈现出怎样的有别于五绝的境界呢？

## 杜甫《绝句》：固定机位，周览天地

762 年，徐知道于成都叛乱，杜甫被迫流亡梓州，经过一番波折，终于在广德二年（764）春返回成都，这首诗写于初回成都草堂之时，恰值"杂花生树，群莺乱飞"的暮春时节，加上对严武幕府御敌安蜀颇有信心，老杜兴致颇高，就幽居所见闲吟遣兴，写下这首七绝《绝句》：

两个黄鹂鸣翠柳，一行白鹭上青天。
窗含西岭千秋雪，门泊东吴万里船。

这首绝句的影响力很大，它虽有精妙之处，也有不足。

首先，这首诗四句都用对偶，是示范对偶的绝佳诗例。七言绝句若四句全用对偶，难免有生硬呆滞的感觉，很难把诗写好。想要解决这个问题，诗人在处理上往往两句写景，两句抒情，抒情则更多使用流水对。一个很明显的例子就是王之涣的"欲穷千里目，更上一层楼"。"欲穷"和"更上"是流水对，要把两句作为一个论述的整体看待才行，否则难以给人工整对仗之感。但杜甫的这首《绝句》不仅四句对仗工整，也不显得呆板，可以算得上是一首好诗。

这首诗妙就妙在第二联，"窗含西岭千秋雪，门泊东吴万里船"，这是一句对草堂外景物的写实。去过杜甫草堂的读者就会知道，草堂门口有条比较宽大的水道，据说当年从杜甫草堂可以看到成都的西岭。由于这一句中的"西岭"和"东吴"是地理上的对偶，"雪"和"千秋"是时间，"万里"是空间，"千秋"和"万里"便成了时空交错的对偶。以时间对仗空间，让我们能够通过小的景物细节找到大的时空感受，这也是一种以小见大。相比之下，开头第一联就显得呆滞了。

我们考虑一下，这首诗是否能减少两个字呢？

黄鹂鸣翠柳，白鹭上青天。

窗含千秋雪，门泊万里船。

这样一试，会发现减掉两个字也行得通，虽然意境稍逊原诗，但诗歌的意思基本保持不变，这起码证明此诗没有将每一个字的潜力发挥出来。若是没有第二联的巧妙对仗，这首诗的艺术性就远远不够了。第一联的黄鹂、白鹭之景只是写上下的空间，后两句的西岭雪和东吴船又拓展了东西的空间，诗人站在一个定点上，从下、上、西、东四个方位投射目光，我们读起来也能感受到不同方位的变化。

可遗憾的是，这首诗中，诗人仅停留在报道自己视觉的发现，缺少了动感，也没有情感的流露。所谓动感，例如王之涣"白日依山尽，黄河入海流"，"尽"和"流"的动作在诗句末尾，前面的字则为这两个动作增加了时空上的细节，这使得整个画面富有动态之美。而杜甫这首诗的结构则不然，下联两句的第二个字就是动词，后面接了一串很长的宾语，使得重点在后面的"千秋雪"和"万里船"这种静态景物中，而不是前面的动词上。所以这首诗的画面便显得过于静态了。另外，整首诗也看不到诗人情感的痕迹。诗人只是单纯对景物进行了描述和组织，除了最简单的对春天的兴致，没有使用能抒发情感的字词，也没有流露出什么情感。我们接下来要讲张继的《枫桥夜泊》以及杜牧的《江南春》，《绝句》与之对比就容易发现他们之间的差距，张继和杜牧的情感可谓深深地扎根于景物之中。

## 张继《枫桥夜泊》：意象浓密写愁绪

张继，在唐朝时并非大家，备受忽略，只有不到五十首诗流传于世。然而他的这首《枫桥夜泊》却力压群雄，在描写夜景的绝句中可属巅峰之作。

> 月落乌啼霜满天，江枫渔火对愁眠。
> 姑苏城外寒山寺，夜半钟声到客船。

这首诗最成功之处有两个方面：其一，是对双音词变化多样的妙用；其二，是在篇法上巧妙地使用"起承转合"，这个概念一般在律诗中使用，其实绝句也是能用的。不过绝句的起承转合，是用"句"来担任，而不是像律诗一样用"联"来担任。下面就结合以上两点来分析此诗。

第一句"月落乌啼霜满天"，开篇不凡。一般写乡愁的诗歌，其时间往往是从日暮写到黑夜。例如孟浩然的《宿建德江》，就是由"日暮客愁新"到"江清月近人"；又如杜甫《秋兴八首》其二，从"夔府孤城落日斜"写到"请看石上藤萝月"。然而张继这首诗，却跳过了日暮，一落笔就是黑夜。这一句以视觉描写为主，选用了"月""乌""霜"三个意象，且全是主谓结构。"月落""乌啼"是主谓结构的双音词组，"霜满天"也是主谓结构。这三者相互独立，又存在互相加强的关系。"月落"是时间，说明已经是深夜时分，同时也是视觉上的描写，古代的夜里连月亮都落下了，可以想见有多么漆黑。"乌啼"将视觉转移到了听觉上，其声音里也包含了时间的提示，因为"乌啼"一般在深夜之后。就是在这样一个又静又黑的深夜，诗人只写"乌啼"，不写人声，使这个夜晚显得更加幽静。而且"乌"也和"月落"下的漆黑景象相互映衬，加强了夜之深。"霜满天"，"霜"是主语，"满天"是谓语。严格来说，"霜满地"更加写实。此处运用了夸张的手法，把霜刻画得蔓延无边，如同凝结在天上一样，从视觉上把诗人在夜里伫望四周的感受都表达了出来。此外，这一句中的意象是纯冷色调的，它们把整首诗放在一个清冷幽暗的环境里。开篇第一句已经使全诗笼罩在一种黑沉沉、静悄悄的氛围里了。

在第二句中，"江枫渔火对愁眠"也可以拆解成 2+2+3 这三个单位。但与前者不同，"江枫""渔火"不是主谓结构，而是单纯的名词。"江枫"表现出一种鲜艳的红色，是秋天枫树的颜色，正好和前面的"霜满天"所给的时间对应上；"渔火"的橙红之色，是一种暖色，而且还带有热度。这就和第一句形成了一个鲜明的对比，第一句是冷色，这一句是暖色。这种色彩的张力给我们很强烈的视觉感受，但这并不能改变整首诗的冷色调，甚至是加重了诗的冷寂之感。因为在这满天冷霜的黑夜里，渔火的若明若暗显得更加楚楚可怜，无助微小。不过，"渔火"和"江枫"的出现的确给整个画面注入了一丝动感和活力。若将七言变五言，拿掉"月落""渔火"二词，则诗的境界就完全被破坏了，既失去了颜色，也全无动感。

再往下，"对愁眠"有两个解释。按照正常的语序，这就是一个普通的主谓结构，即"江枫"和"渔火"对着"愁"而入眠，展现出夜晚万籁俱寂的景象。这样的解释是可以的，如果将其作为题评句解释，则更为合理。"江枫渔火"是景物主题，视角一转，留下"船中人（诗人）对着愁进入睡眠"这段评语。这个"对"字很精彩，在极度孤单的情况下，没有人作伴，便只有愁作伴了，对着愁就像对着人一样。按照这个结构，第二句便更好地承接了第一句。同样是讲孤独之感，第一句从黑和冷来讲，第二句就从黑夜和冰冷的秋天中找到了一丝温暖，但同时"对愁眠",又更显孤独之感。

　　按照起承转合,第三句应当是全诗的转折,是最重要的一句。那些千古流芳的绝句名句,基本上都是第三句或第四句。但在这里,张继的"转"别具一格。他标出了一个地名:姑苏城外的寒山寺庙。这和律诗的写法很不一样,律诗介绍时间、地点一般都在首联,很少人会到中间一联才把时间、地点讲出来,毕竟这会让本有转折意义的第三句在效果上大打折扣。但这里不只是标明一个地点,这个地点对加强景物的效果也有很大的作用。寒山寺在"城外",城外的寺庙一定是很幽深的,这里又多了一层对景物的描写。另外,"寒山寺"也有它独特的意义。有些人可能不懂这个典故,以为这只是山中的寺,"寒"是对秋天凄冷的表达,其实这是以诗僧寒山之名命名的一所寺庙。但这种误读也点明了这一句在整首诗中的重要功用,即这句本身就能够进一步加强幽静孤独的意境。

　　最后一句,"夜半钟声到客船","钟声"和前面铺垫的幽静形成了强烈的对比。寂静中突现悠远的钟声,让人更觉静谧。历来学者对这"钟声"都有争论,如欧阳修就认为,张继为了写好句子,不顾常理,哪有半夜三更打钟的呢?其实,这里的"钟声"不是对实际情况的描写,而是一种意象,若去辩论钟声的有无,则如清人张南邨所说:

"太拘矣。"（《唐风怀》）"船"也不是指一般的船，是从远方漂泊而来的"客船"。诗人在对愁眠之时，钟声敲响从山中传来，此刻客船也已抵达，这船让他想起自己过往漂泊的生活和次日又要登上的新旅途，诗人的羁旅之愁表露无遗。第四句作为"合"句，让"客船"和首句的"月落"产生了回应。全诗前几句是纯粹的写景，最后一句使诗人的羁旅之愁浸入了之前的每一个景物中。

整首诗就是因为诗人巧妙地使用双音词，造成了一个十分之密集的意象群。意象群中的意象互动、加强，才把这种孤独的心境表达得淋漓尽致。

## 杜牧《江南春》：大景与小景，自然与人文

要是给唐代七绝诗人排座次，第一位非杜牧莫属。他精彩的绝句十分多，而写景最有名的应是《江南春》。

千里莺啼绿映红，水村山郭酒旗风。
南朝四百八十寺，多少楼台烟雨中。

这首诗作于他意气风发，官任路上经过扬州之时。这首诗上联先写大景，再写近景。视觉和声觉都很丰富，听觉上

有莺啼声、风声，视觉上不光有山、水，还有很多鲜艳的色彩，包括绿木、红花、黄莺。从空间上讲，上联的"千里"已经把视觉拓展到了极限，而下半联继续扩展时空书写：通过虚写来扩大时间极限，将南朝历史收入自然风光之中，用大景把对江南的时间、空间感受全部表达出来。这种大景与小景、自然和人文在多维度中的互动，在五言绝句中几乎是不可能的。

《江南春》和《枫桥夜泊》形成绝佳的对比。前者写白天，后者写黑夜；前者写春的愉悦，后者写秋的惆怅。在手法上，两者也有许多相似之处，杜牧很可能受到了张继的影响：在双音词上花功夫，结构也妙用起承转合。

第一句"千里莺啼绿映红"中，"千里"是一个比较抽象的概念，讲空间上的范围。"莺啼"，不仅讲声音，也讲颜色，因为"莺"本就是浅黄带绿的。如果说"千里"让第一句所呈现的春景变成了一个大的总貌，那么第二句的"水村山郭酒旗风"就承接到了一个具体的场景，这个场景中有山、有水、有人的活动。这一句也是以景物堆叠而成，和"江枫渔火对愁眠"一样。第三句的转也相似，也如《枫桥夜泊》一样在此句中交代了一个地名，"南朝四百八十寺"给江南春的图景带来了人文的关切和历史的维度。不只是现在的美景，也是几百年前南朝文化传统的美。结尾也十分精彩，"多少楼台烟雨中"，并没有交代一个具体的时间，而是用"烟雨"来照应前面的"晴日"美景，毕竟烟雨和晴日的你来我往也是江南美景的特色。诗人把自己对江南春天的感受用带有深刻印象的不同场景拼在一块，这个"合"就和前面的晴日场景形成了良好的循环，变为周而复始的互动。

从张继和杜牧两首诗，我们可以发现七绝山水诗写景的优长，即空间容量的倍增。五绝山水诗需要两句才能写出一个完整的画面。例如，"白日依山尽"若不与"黄河入海流"相配，"众鸟高飞尽"若不与"孤云独去闲"相配，有何意境可言！正因如此，一首五绝山水基本上只能呈现两个完整的画面，如王之涣《登鹳雀楼》只有首联登楼俯瞰和次联想象上一层楼景色的两个画面。同样，柳宗元《江雪》也只有首联无边雪景和次联独钓者特写两个鲜明对比的画面。相反，上面所谈的三首七绝山水，无不是一句一景，每首都由四个画面构成的。杜甫《绝句》一句换一个视角，引入一个新画面。张继《枫桥夜泊》和杜牧《江南春》也是一句换一个画面，不同的是他们画面切换的手法让人悄然不觉，不像杜甫那样用方位词上、下、西、东来标示视角画面的切换，筋骨毕露。另外，张继和杜牧两诗第三句都有明显的一转，列出名寺的地点、时间，以唤起我们对具体地域的历史想象，然后都用末句将此想象引向化境：夜半到客船的钟声、弥漫烟雨中的楼台。

最后值得一提的是，杜牧《江南春》的写作手法也许还影响了苏东坡。苏东坡写西湖，也是先写晴的美景，再写涳濛的雨景，手法、路数和杜牧是一脉相承的。当然，苏东坡是宋人，喜欢在诗中说理，所以最后用西施的浓妆淡抹来比喻西湖的晴景和雨景。


## 徐凝《庐山瀑布》：东坡辣评之恶诗

下面接着要谈的是李白的《望庐山瀑布》，为了给分析李白诗作个铺垫，让我们先看看徐凝的《庐山瀑布》。

> 虚空落泉千仞直，雷奔入江不暂息。
> 今古长如白练飞，一条界破青山色。

徐凝在李白仙逝几十年后出生，活跃于中晚唐之际，写此诗时李白同名的绝句必已横亘心中。的确，文本中李诗影响的痕迹也清晰可见，整首诗可以说是李诗"遥看瀑布挂前川"一句的扩写。徐凝面对李白庐山瀑布诗的态度，与李白面对崔颢黄鹤楼诗的态度截然相反，不是知难而退，而是迎难而上。徐凝有此勇气，我们不得不敬佩，可惜他却为自己赢得了骂名。苏东坡称徐诗为"恶诗"，可谓评诗言论中最极端者。

平心而论，徐凝这首诗写得也不是那么糟糕。首句写动景，从远处望，"虚空落泉"，讲瀑布从天而来，颇有气势，下句写咆哮如雷的流水声，这当然是想象的，因为诗人没有前往瀑布近距离观赏，只是眺望。第三句"今古长如白练飞"显然套用了谢朓名句"澄江静如练"的比喻，而第四句则继续用夸张的比喻来形容瀑布的壮观。徐凝的诗写得挺切实的，完全符合我亲身观景的体验。

五十多年前，大概是1971年岁末，当时我十六岁，借着搭亲戚运货的便车的机会，从广州回到江西老家抚州市探望外婆，归途中瞒着家人，独自一个人坐绿皮火车去江西九江，想去一览神往已久的庐山风光。当时，天气寒冷，地上铺着残雪，也没有任何旅游设施，一切景点都须步行。原计划最后一个景点是含鄱口。在远眺鄱阳湖的美景之后，意犹未尽。听说公路旁一条石路可以下山，到了平地后再走十来里就可到著名的秀峰寺，故当即决定下山探胜。到了秀峰寺，从寺院后院看了庐山瀑布的末端，已是黄昏时分，但我游兴未已，想再步行十多里，前往星子县城，期望次日乘船去苏轼所描写的石钟山探胜。当时太饿了，只得羞涩地敲了户人家讨点水和吃的，披星戴月走了五六个小时，终于抵达星子县城。入住旅馆后，我就开始发高烧，同时又得知次日石钟山的船班因大风而取消了。第二天醒来，疲惫沮丧的我推开窗户，西南方向，一条白色亮眼的瀑布映入眼帘，好像一条白色丝带似的从山上垂落下来，与徐凝诗所作的比喻完全一样。

徐凝诗比之李白诗，相形见绌，这是有目共睹的。假若没有李白《望庐山瀑布》一诗的存在，我一定会爱上徐凝的这首诗。写庐山瀑布的诗能深深地打动我的心，也与我这次庐山探险之行密切相关。

## 李白《望庐山瀑布》：不只远看与近观

开元十四年（726），年轻的李白正在"仗剑去国，辞亲远游"的途中。在荆楚之地游赏许久，他决定往东进发。顺着秋风、秋水一路无阻，他抵达了庐山脚下。望着阳光下紫烟缭绕，瀑布由山腰中倾泻而出的庐山，诗人顿时来了兴致，挥笔写下了这首七绝《望庐山瀑布》。

清末宋宗元《网师园唐诗笺》评价庐山胜景时说："非身历其境者，不能道。"根据自己的亲身经历，我觉得身历其境，实际包括山外和山内观景两部分，缺一不可。苏轼言"不识庐山真面目，只缘身在此山中"，徐凝和李白均走出庐山之外，从远处眺望，状写瀑布之壮观，可印证此道理。然而，要识得庐山真面目，也须在身此山中。李白诗胜于徐凝诗，因为他既在山外遥望，又在山中近观瀑布，而徐凝始终只作山外之观。当然，无论是远眺还是近观，李白所作的描写都是徐诗无法比拟的。

日照香炉生紫烟，遥看瀑布挂前川。

飞流直下三千尺，疑是银河落九天。

首句，"日照香炉生紫烟"，写香炉峰的情景，山岚的烟雾未必是紫色的，但"紫色"是道教特别喜欢和推崇的颜色，如"紫气东来"的成语就是源自关令尹喜见东方一团紫气，便知道家始祖老子即将来临的故事。因此，首句"紫烟"一词给云烟缭绕的远景增添了几分神秘的宗教色彩，点明了匡庐为佛、道名山之神圣。第二句"遥看瀑布挂前川"不用夸张比喻，直接写出远眺的观感。

一般，在绝句中，急转的第三句造就了历代绝大部分的名联，李白此诗的第三句则属于极品。"飞流直下三千尺"读来似乎平常，但非人眼可及，更非常人想象力可及，只有诗中的仙人方能写出。山外几十里的远视与平视，一下子变成从瀑布底下的仰视，因而发出"飞流直下三千尺"的感叹，顺着瀑布再往上看，看不到水从哪里来的，这正是我当年从瀑布底部往上看的感觉。不过，诗仙讲到此处，想象再现神通，将瀑布的源头一直追溯到银河九天，而"落"字又把对九天的视觉想象带回眼前，同时还唤起对九天落地巨响的听觉想象，让我们领略飞流瀑布所释放那种宇宙级的力量。

为什么读此诗的第二联，会有如此震撼的审美感受？我认为，功劳在于诗仙独一无二的视角变换之神技。与其他诗人通常的"移步换景"不同，诗仙观景距离和视角的变换则是风驰电掣。令我们惊叹不已的是，为什么在现代电影方可看到的风驰电掣的飞换，诗仙一千五百多年前竟能如此娴熟地在诗歌创作中使用，从而将文字难以捕捉的山水气势栩栩如生地呈现出来？除了仙人的想象，还能有什么解释呢！

### 李白《早发白帝城》：写快第一诗

读《早发白帝城》一诗，就会让我们再次领略诗仙风驰电掣，穿越时空的神技。李白流放夜郎，抵达白帝城后突然获赦，处境产生了颠覆性的逆转，他又一次绝处逢生，欣喜若狂。他一刻也不想在这三峡瘴疠之地停留，转天便在白帝城乘舟顺流直下。由于心情畅快，归返之旅便显得格外迅速。回想一年前的绝望遭遇，到现在重获自由与希望，他更觉安稳的来之不易，没有什么比此刻更快活的了。读这首诗，李白欢快的心情跃然纸上。

> 朝辞白帝彩云间，千里江陵一日还。
>
> 两岸猿声啼不住，轻舟已过万重山。

这首诗，与其说是写三峡一路的风景，毋宁说是写湍急长江中乘轻舟顺流而下的速度。

首联不仅用具体地名标出旅途始点"白帝"和终点"江陵"，还有"千里"直截了当的说明旅途的距离。同时，诗人又用"朝辞""一日"来告诉我们旅途的时间长度。

次联从对时空变化速度的客观陈述转入诗人对此速度的主观感受。对唐人来说，乘舟下三峡，大概犹如我们今天坐过山车那样刺激和痛快。古人没有电影这种呈现风驰电掣的手段，能把这种主观感受表达出来，但却无法难倒诗仙。他想出来一个大概只有他才能想出的办法，那就是用听觉作度量时间的工具。猿声在耳际萦绕的时间有多长？

那也就是分秒之间。在如此片刻之中，景物就从两岸万重山变为一马平川，这真是无限加速度！

为何李白能创造出这种不可思议的速度？可以在他的句法中找到答案。全诗四句中每句都用了动词加副词的词组：朝辞、一日还、啼不住、已过，而这些词组无不涉及动作完成的时间和状态，诗人巧妙地把这些词组串联在一起，中间放入凸显空间距离和地域变化、状写山水实景的名词。这样，四句一口气读下来，那种无法用言语形容的风驰电掣就跃然纸上了。

# 山川异域、古今对比的书写

在以上所赏析的山水绝句名篇中，大诗人们各显神通，用自己独创的手法实现以小见大的审美理想。写景，他们呈现出无限广阔的视听空间，甚至融入宗教体悟的禅境。叙事，他们捕捉极小的生活或心理活动的片段，加以巧妙的组合，让我们重新领略许多已习以为常的生活感受，如春天带来的喜悦。毫无疑问，这些时空书写在我们心中所唤起的丰富而深切的情感，也是优秀绝句中所见之"大"。

在下面要讲的边塞和乡愁名作中，我们将看到许多别样的时空书写，所唤起的情感基调，少有观赏山水的喜悦，多是身处异国他乡的伤悲。异国他乡一词，是我们探讨边塞和绝句两类绝句时空书写异同的极好坐标。首先，"异国"主要指中华文化圈以外的地域；而"他乡"则指同处中华文化圈的异地，这正好凸显了边塞和乡愁两类诗所定位的不同地域。边塞和绝句两类诗所表达的情感都是因为时空中现实与愿望的错位而产生的。中华文化起源和长存于农耕文化，因而中国人对养育自己的土地有着一种特殊的、难以磨灭的情感。因此，古代文人为仕途而外出，不管如何成功，对家乡总有无限的眷恋，为无法还乡而感到惆怅伤感；将士到了塞外戍边征战，乡愁就变成了向往塞内中原大地、眷恋回归汉文化世界的"国愁"，而无法如愿还国、还乡而产生的就不只是缠绵的伤感，且往往是强烈的悲情和极度的痛苦。生活中现实时空与愿望的错位，产生了这两类不同的情感，同时这两种情感又反过来影响诗人的写景和叙事，造就了一种独特的时空书写。

我们先讲边塞绝句。边塞二字，会唤起大家心中什么样的景象？想必是黄沙漫漫，驼铃阵阵，北风卷地，瀚海阑干。那么唐朝的诗人又是如何用绝句描写边塞风光的呢？他们有什么独特的时空书写手法呢？

历代传诵的边塞绝句，具有一个共通的艺术特点，即不是单一的时空书写，而是以描写塞外风光为主，同时又涉及和关内风景的对比：关外荒凉、关内繁华，一处马蹄声声、一处歌舞袅袅，两相对比，时空的张力就显现出来。要充分呈现两个不同世界的张力，五言自然是无法做到的，所以边塞主题的名诗几乎都是用七言写成的。

## 王之涣《凉州词》其一：笛声穿越的两个时空

王之涣经典之作《凉州词》，此诗以乐曲命名，疑为王之涣赋闲十五年期间（727—741）远游边塞所作。

> 黄河远上白云间，一片孤城万仞山。
> 羌笛何须怨杨柳，春风不度玉门关。

李白有诗言"天生我材必有用"，"材"可以分成"大材"和"小材"。如果说，写了无数好诗的李白、杜甫是大材，那王之涣绝对是天生的小材。虽然《全唐诗》仅存了他六首诗，但已经足够稳固他边塞大诗人的地位，这首《凉州词》应在唐人边塞绝句前三名之列。

在乐府诗歌中，游侠主题的作品多少也会涉及塞外的生活环境，但它们多是对大环境的泛泛描写，让人印象不深。但这首诗，只有简单的两联，却告诉了我们何为真正的边塞风光。

这首诗所描绘的是宏大之景，是一种在空间上十分广袤，不同寻常的景色。首句就让我们的视线从黄河边一直延伸到天上的白云之间，接下来写在黄河远上、白云之间的大景之中，只留有的"一片孤城"，可见塞外的荒芜；

而这个孤城，受到了"万仞山"的封锁和压迫，更显孤凉。

后两句诗人不再写塞外之景，而是以反问作为转折。我们之前读过《枫桥夜泊》和《江南春》这两首绝句，作者都在第二联对景物进行更具体的描写，而这首诗却不再把更多的笔墨花在这上面。之所以如此，有文化的原因，也有艺术形式的原因。

在文化上，唐朝诗人多属于关内的汉文化圈，塞外广大荒芜的孤凉风光让他们感到陌生、难以把握，而关内山清水秀的明媚风光却令人流连忘返、浮想联翩。就像杜牧在《江南春》里对春色的喜爱，既有自然的审美又有人文的底蕴，他自然不会费很多笔墨来写一些不愉快的景物。

在艺术形式上，边塞诗若要突出它的孤凉荒芜，就必须以塞内风光作为对照。此诗的第二联显然是引入了塞内的风光来做比较，而这种比较，使整首诗巧妙地分割成了两个时空。前两句"黄河远上白云间，一片孤城万仞山"，明显是塞外风光，群山环绕之中，一座遥远而又荒凉的孤城屹立在大漠里，给人以视觉上的震撼。在这样的环境下，突然听到伤感的"羌笛"声，"羌笛"是边塞诗常用意象，一般都与思乡有关。而这笛声又恰好是《杨柳曲》，这就更为巧妙了。《杨柳曲》是乐曲名，但同时"杨柳"作为一个意象自然也就唤起了塞外人对玉门关内景色的怀念。若是按照字面意思，此句应作"羌笛杨柳何须怨"，但倒装成了"羌笛何须怨杨柳"之后，"杨柳"本身也成了被描述的具体景物：羌笛无须埋怨塞外见不到关内春光无限，杨柳依依之景。照这样解释，下一句就更妙了：春风本就是不会度过玉门关的，自然"怨"也无从谈起。诗人用"杨柳"来引起塞内、塞外之景的对比，通过声音，将士们的思绪就回到了玉门关内的中原地区。这样一来，时空就很自然地从塞外转向关内，从而引出荒无人烟的塞外与繁花似锦的关内的对比，并委婉地表达了惆怅的思乡之情。

### 王昌龄《出塞》其一：古今景物、战事、悲情之叠加

开元十二年（724），王昌龄上书吏部侍郎李元纮求仕无果，便随即计划边塞之行以求通过另一个途径入仕。大约从这一年春天起，他出塞去往河西、陇右一带。此行前后大约两年，最终其未能借此入仕，但根据数千里旅途所见所闻而写成的《出塞》《从军行》等诗，却让王昌龄扬名百世。

《出塞》其一曾被明人李攀龙称为七绝第一。王世贞言："李于鳞（李攀龙）言唐人绝句当以'秦时明月汉时关'压卷，余始不信，以少伯集中有极工妙者。既而思之，

若落意解，当别有所取；若以有意无意可解不可解间求之，不免此诗第一耳。"（《艺苑卮言》）那么，究竟这首诗在时空的书写上有什么过人之处呢？

秦时明月汉时关，万里长征人未还。

但使龙城飞将在，不教胡马度阴山。

同样是写大景，这首诗的成功之处和王之涣的《凉州词》略有不同：它在当下的时空之上，增添了过去的时空维度。

第一句，诗人用两个意象将过去与现在联系在一起——"月"和"关"。他站在塞外，看着月亮，想到秦、汉时期塞外士兵看到的也是同一个月亮，而现在所戍守的边防关口与秦、汉时期也相差无几。这时，在同一空间下，时间似乎有一瞬间的重叠，秦汉的明月关塞既是历史的延续，也是悲伤的延续，让人唏嘘战争的无穷无尽。紧接着一句，诗人直接抒情，"万里长征人未还"，出征前的热血男儿们，能回来的又有多少呢？不光是现在的士卒"未还"，自秦汉几百年来的那些出征之人，一经出塞也不曾归来。可见战争无限延续，痛苦也无限延续，一语道明战争的无情残酷，把厌战情绪上升到极致。

后两句是虚设，由于有了厌战的情绪，自然就引出了嗟叹，说只要龙城的飞将李广如今还在，一定不会让敌人的马蹄踏过阴山。"但使"，表示美好的幻想，现实却是残酷的，飞将军李广早已不在了，朝廷没有良将可派过来戍守边关。这结尾两句以一个虚设表达希望，让希望变得虚无空洞，既悲凉又有讽刺意味。

### 王昌龄《从军行》其一：倒装手法，代实为虚

烽火城西百尺楼，
平仄平平仄仄平

黄昏独坐海风秋。
平平仄仄仄平平

更吹羌笛关山月，
仄平平仄平平仄

无那金闺万里愁。
平仄平平仄仄平

楼、秋、愁都是押"十一尤"。
·表示为格律允许的声调变动。

王昌龄《从军行》其一中首联的句法很不寻常，它借倒装手法把散文句拆散重构为七言诗句。这联用散文句来表达，是说秋日黄昏中，海风轻拂，我独自坐在城西百尺高的烽火城楼上。王昌龄之所以将这个散文句所表达的时间、地点以及天气状况全部拆开，除了使其表达更具有诗意之外，

很大一部分原因是使声韵符合平仄格律了。

其中，"黄昏独坐海风秋"也可以做多种解释。一是，"坐"可以理解为不及物动词，即将此句理解成题评句，"海风秋"是对于"黄昏独坐"的补充描述，即"黄昏独坐｜海风秋"。二是，由于词序关系，富有想象的读者还可以把"坐"作及物动词解，而"海风秋"则是其宾语，即是说诗人仿佛坐在虚空的海风之中。

第三句又用声音加深了这种惆怅的氛围，"更吹羌笛关山月"，听着凄凄的羌笛吹奏着思乡的曲调。最后一句终于将感情全部迸发出来——"无那金闺万里愁"，这句有两种理解：一是说自己想念金闺中的人，二是说金闺里的人思念万里之外的我。

中国边塞诗书写思念的时候，常常和闺怨结合在一起，塞外将士们思念家乡的时候，也想象千里之外的妻儿对自己的思念。这种设想对方思念自己的手法，在《诗经》的《魏风·陟岵》中就已经使用了。

> 陟彼岵兮，瞻望父兮。父曰：嗟！予子行役，夙夜无已。上慎旃哉！犹来无止！
>
> 陟彼屺兮，瞻望母兮。母曰：嗟！予季行役，夙夜无寐。上慎旃哉！犹来无弃！

陟彼冈兮，瞻望兄兮。兄曰：嗟！予弟行役，夙
夜必偕。上慎旃哉！犹来无死！

在外行役的主人公思念家乡的同时，也想象父母兄长对自
己的思念与嘱托，更加深了这种与亲人分离的难耐之感。

论风格，这首诗写景，不用粗线条刻画塞外荒芜苍
凉的大景，而是对诗人所处具体地点、时刻进行细腻的描
写，并用了化实为虚的倒装手法。这种手法在律诗中常用，
在边塞绝句中则极为少见。诗人写情，同样独出机杼，不
是直抒胸臆、倾吐满腔的悲怆，而是引入思妇的角色，从
"她者"的角度，含蓄地表达自己厌战思家之情。这种用阴
柔婉转的笔法来写阳刚的主题，无疑是边塞诗体上一个重
要创新。

## 王翰《凉州词》其一：顿与挫、起承转合

王翰，并州晋阳（今山西太原）人。少年豪俊，于景
云元年（710）登进士第，仕途顺畅，生活富裕安宁，为人
豪爽，爱广交豪杰。但在开元十四年（726），因"行为狂
荡"被贬为道州司马，并死于前往道州的路上。此诗的具
体创作年份及地点不详。现存的史料没有王翰出塞任职或

巡访的记载。《凉州词》其一中出现的葡萄酒、夜光杯、琵琶等意象，西域风情浓厚，可见王翰见多识广。

　　葡萄美酒夜光杯，欲饮琵琶马上催。
　　醉卧沙场君莫笑，古来征战几人回。

对于这首诗的解读，前人徐增在《而庵说唐诗》中已经说得十分清楚。他说："此诗妙绝，无人不知，若不细细寻其金针，其妙亦不可得而见，愚窃解之。先论顿、挫。"

　　所谓"金针"，就是指结构上的联结，徐增认为虽然原来很多人讲过此诗，但没有从结构的角度来解读。他论此诗"先论顿、挫"，即要从结构的变化上来讲，前三句"凡六顿"，最后一句"古来征战几人回"才挫去。他将"葡萄美酒""夜光杯""琵琶""沙场""君莫笑"等意象群分得极为细致，每个意思一顿。"夫顿处皆截，挫处皆连，顿多挫少。唐人得意乃在此"（《而庵说唐诗》），徐增认为顿是一步步向前的运动，将诗意向前推进，而"挫"则是相反的运动，"古来征战几人回"将全诗的悲伤情绪沉稳地落地。

　　接着，徐增又用起承转合法来解析。"起，陡然落笔，如打桩，动换不得一字为佳"（《而庵说唐诗》），他将

"起"比喻为打桩，意思是要找准位置（字词）才能落笔，否则诗意就会改变了。"转者，推开也，不推开则局隘，不推开则气促"（《而庵说唐诗》），他认为"转"就是换一个角度去讲，宕开一笔。"夫古人不云开而云转者，用力在开将去，而意则欲转回，故云转也。转盖为合而设也"（《而庵说唐诗》），徐增认为"转"的关键不在于推开，而在于回来。以芭蕾舞作比喻，舞者在落地之前要轻盈，而不是重重的坠地，这就要求其身体在坠落时有向上的反作用力。"合"，徐增认为不单单起到结尾的作用，还要有贯通全诗的精神，有余意：

> 人作一诗，其意必在结处见，作者于此处为归宿；又须通首精神，焕然照面，言外更有余蕴，方是合也。（《而庵说唐诗》）

诗的结尾处要给人一种言有尽而意无穷之感。徐增将这首诗的主人公解为主将，此诗写在"出师钱行"之时，"欲饮琵琶马上催"指的是士兵们想催促主将饮完酒快点出发，但又不敢直接催促，只好以琵琶催之。接着，徐增揣测主将内心独白：

> "古来征战几人回"，是言君莫笑之故。你等军
> 士，气吞敌人，以为功名可唾手而得，殊不知古来好
> 汉，有大谋画者，万万千千，恒河沙数，貂锦而出，
> 白骨成山，而得归见妻子者，有几人也！

士兵们还年轻，不知道沙场无情，只以为这是立功的好机
会，而主将早已战功累累，知道每一次出征的险恶，看着
眼前年轻的士兵们，他甚至不敢想能有几个人和自己一同
归来。"醉卧沙场"，不过是对战场无情的自我麻痹和对战
争的厌倦，而最后一句"古来征战几人回"，则怆然收尾，
徐增称之"可为好边功者之戒"。

### 陈陶《陇西行》其二：蒙太奇结构与天人永隔之伤恸

到了中晚唐，边塞诗的情感基调为之一变，从带有几
分豪气的悲壮变为刻骨铭心的哀怨。安史之乱后，唐王朝
日渐式微，但战争却只增不减。战争带来的经济凋敝、家
破人亡，被当时游历长安的陈陶看在眼里。他以乐府旧题
写下《陇西行》四首，控诉战争无情、对外政策不合理，
对饱受战争蹂躏的人民深表同情。陈陶《陇西行》中的第
二首尤为著名，具有很高的艺术性。

誓扫匈奴不顾身，五千貂锦丧胡尘。

可怜无定河边骨，犹是春闺梦里人。

这首诗明显地是将边塞和闺怨的两个主题合在一起写的，用强烈对照、相互撞击的画面来呈现征夫和妻子的人生悲剧。

第一联是写征夫戍边的悲剧。上句写主人公奔赴边陲，立志建功立业的英雄气概，结句急转，特写貂锦将士殒命沙场。第二联是写妻子丧夫的伤恸。上句出现了被遗弃在无定河边的征夫尸骨的恐怖画面，结句又是一转，引入春闺中少妇梦中思夫的场景。战时信息传递迟滞，有很长的时间差，结句是写夫君丧命而少妇惘然不知，还在做夫妻团聚的美梦。此情此景，对阴阳两隔的人和鬼，都是无法忍受的悲恸，惨不忍睹。两句开头二字"可怜"和"犹是"，分外贴切地表达了诗人的无限同情。两联画面的急转，创造出犹如电影蒙太奇般的艺术效果，让我们感受到无休止的边塞战争所带来的言语无法诉说的痛苦。

显然，此诗已完全超越了起承转合的模式，而是引入一种相互平行的双重转折结构。这种结构用来展现边塞战争带来的刻骨悲痛，想必在晚唐已产生很大的影响。例如，晚于陈陶的唐沈彬的名联"白骨已枯沙上草，家人犹自寄寒衣"（《吊边人》），显然是陈陶诗尾联的翻版，也是制造了一个时间差：征夫战死的时候，家人没有收到消息，因此还在给他寄冬天的衣服。较之陈诗，沈诗更加夸张渲染时间差，这更让我们感到刻骨铭心的悲痛。

### 王维《送元二使安西》：如何做到言浅情深

《送元二使安西》是王维千古传诵、家喻户晓的送别诗，由于离别的友人前往之地不是他乡，而是非常遥远的异域，因此所抒发的情感与诗人对异域的认知密切相关，故视此诗为送别诗和边塞诗的合体，未尝不可。此诗大约作于安史之乱前。那时唐朝还未经历胡兵的肆虐，唐玄宗还拥有边疆的土地。在一个春日的清晨，王维将为前往西域都护府的友人送行。王维曾到过河西为官，目睹过北方大漠的壮阔，也深知广阔荒野中的孤独，所以尤为珍惜与元二相聚话别的时光。

　　渭城朝雨浥轻尘，客舍青青柳色新。
　　劝君更尽一杯酒，西出阳关无故人。

这首诗音韵十分流畅，朗朗上口，被后人谱曲而作阳关三叠，又名渭城曲。它为何会成为人人传诵的名诗呢？我们得重新回到这首诗本身，从艺术方面加以分析。

我们要读好一首诗，对地理知识也要有所了解。地理位置和文化特点紧密相关，对我们解诗是重要的提示。读这首送别——边塞诗，尤其如此。既然要送元二前往安西，那么这个安西在哪儿呢？安西就是唐代的安西都护府，是国家的军事机关和行政机关，负责管治龟兹国。所谓龟兹国，放在今天，就是新疆库车，位于新疆西部。这在新疆也算是很边缘的地区了，再向西就是吉尔吉斯斯坦。接下来，王维提到了渭城。唐朝人的文化中心在关中平原地区，也就是今天陕西的渭河一带。唐朝首都长安，秦朝首都咸阳，都在那里。而渭城就是咸阳的一个区，是当时唐朝往西域行军和经商的必经之道。我们经常说的咸阳古道，就是渭城往西域去的这条路。最后，诗的末尾提到了阳关，它位于古代中国最西端行政中心敦煌的西南方向大约六十千米。如果以敦煌为中心，那么阳关相平行的北面，就是我们熟悉的玉门关了。王之涣有诗曰"春风不度玉门关"，就是那里。通过对地理位置的探寻，我们会发现，从渭城到阳关，再到新疆西部的安西，居然有三千多千米的距离，在古代简直如天涯海角之远。可见这次的分别真是非同寻常的了。

这样的地理位置，会带来怎样的情感联想？我们回到诗句当中。

"渭城朝雨浥轻尘，客舍青青柳色新"，早晨的雨，洗刷了空气中的浮尘，房子边的柳树新芽初现，春意盎然，这显然是很令人愉悦的。开头的这两句，并不像一般的送别诗那样描述伤别。然而，细细寻绎看这两句诗中的地理信息：第一，地点在"渭城"，是咸阳古道；第二，房子也不是一般的房屋，而是客舍，也就是驿站。一谈到这两个地点，就隐隐地透露要有送行。

再往下，是从视觉到听觉的转变。上一句，我们的目光还停留在布满春色的客舍上，按理来说接下来要写王维送行了吧？但我们没有看到送别人与被送别人的身影。只是听到了王维的声音，听到他说了两句话："劝君更尽一杯酒，西出阳关无故人。"瞬间，我们似乎听到了离别的声声叹息，令人动容。那为什么这两句话和上文的描写放在一起，会让我们产生一种难以言表的感动呢？我们可以从多个方面去解释。

第一，王维运用了以美景写哀情的手法。《诗经》有："昔我往矣，杨柳依依。"就是用杨柳的美去写送别之事。对离行者来讲，杨柳依依的美景象征着他熟悉的、生活过的家园，而现在他要离开这美好的地方，杨柳的翠色也即将隐入回忆之中，多么让人悲伤。这悲伤，是空间割裂与精神剥离的双重之痛。

第二，"柳"这个意象又和"留"同音，有"留下"的含义。如此一来，客人离开时的不舍、诗人送别时的难分，两者的相互纠缠，就被真挚地表达出来了。

第三，诗人写情也十分高超，他不是直接陈述自己的伤感，而是用一句劝酒的话："劝君更尽一杯酒。"他要劝自己即将离别的朋友，再喝一杯酒，珍惜我们愉快的相聚时光。为什么要"劝"呢？可能是元二已经无语凝噎，悲不可遏；也可能是相聚的时间短暂，马上面临分别……这些都是朋友间感情深厚的体现。另外，这句诗也表达了对离开当下美好世界的无奈。不忍放弃的东西越珍贵，时间才显得越短促。"更尽"，更将这种珍贵抒发到了极致。今此一别，可能永别。到底要多少杯酒才能道尽彼此的情谊呢？说不尽啊，可能只有一杯接一杯，更尽一杯，才能弥补这些无奈和遗憾了。

我们知道唐代的边塞诗歌，其特点就是写地理环境的荒凉、生活环境的艰苦和战争环境的残酷，这都是习惯性的写法。比如王之涣的《凉州词》："黄河远上白云间，一片孤城万仞山。羌笛何须怨杨柳，春风不度玉门关。"这首诗中，春天作为汉文化圈，尤其是京城长安一带的意象，代表了一个春意盎然的汉文化世界，它和穷山恶水、荒无人烟的非汉文化世界，形成了鲜明的对比。但在王维的这首诗中，他不写边塞荒凉之景，也不去刻画边塞的恶劣环境。他认为，比环境更荒凉的，是人内心的寂寞，是形单影只地到了一个陌生文化地域的孤寂感。

从地图上看，从渭城到阳关的距离，其实占了渭城到安西路程的一半，有一千七百多千米路。对古人而言，这样的距离，即便快马加鞭，也要很久才能到达。不只是安西处于文化异邦，就连出关的旅途也是困难重重，十分艰苦的。所以"西出阳关无故人"，是说从渭城到安西的漫漫长路，遇到故人的机会越来越少，熟悉的事物越来越稀疏。有人会说，王维这样讲难道不是扫兴吗？元二都已经去了那么艰苦的地方了，还要给他泼冷水，但是只有这样写，才能体现出作为朋友的共情。

这首诗并没有直抒胸臆，而是委婉地把情感隐藏起来。正是如此，这首诗才会韵味无穷，层次丰富。这样的诗，也最适合被管弦和丝竹演奏成曲，能让听众引起无限的想象。所以，这首诗谱成琴曲后，十分流行。阳关三叠就将这一首短短的绝句吟唱了三遍，可见它内容的丰富、情感的复杂，带给人的美感是无可挑剔的。

## 王维《九月九日忆山东兄弟》：跨越时空的双向奔赴

和边塞诗一样，乡愁诗也是抒发空间和时间的分离而产生的情感书写。文人写乡愁时，可以描写生活中不同的情景、场合，直接抒发思乡的情感。这时候他们能够选用的场景物象就比较多，无论在户内或户外，还是独处或与客人交往之时，都能引发思乡的情感。文人写乡愁，受时空隔离压迫而生的"怨"的成分不是很明显，更多的是抒写难以描述的愁绪。

过节，人们都和朋友或家人相聚。离家之人，自然乡愁更浓。而王维偏偏把过节和孤单在外的游子联系在一起，写下《九月九日忆山东兄弟》，这首诗也是王维家喻户晓的名诗了。

> 独在异乡为异客，每逢佳节倍思亲。
> 遥知兄弟登高处，遍插茱萸少一人。

"独在异乡为异客"一句，用词非常巧妙："独""异乡""异客"，三次点明孤独的境况。在"异乡"为"异客"，又"独"自一人。异乡和异客有什么不一样呢？在这里，"乡"是一个地理概念，"客"是一种心理距离。身处外地，人本就会有一种寂寞感和疏离感。所以每逢佳节，才要"倍"思亲，这是一层一层强调出来的。接下来，诗人写自己思亲时的想象，想到此时此刻，家里人应该正在登高，遍插茱萸，却"少一人"。在这里，"少一人"成为诗后半段的核心。一家人团聚，他是唯一一个缺席的人，渴望回家的心情就变得更为迫切。再有，这句话也可以讲，他的兄弟们登上高处后，却发现王维不在。遗憾之际，突出了家人对他的挂念。所以这一句，既写他想念家人，也写家人想念他。

王维抓住了我们生活经验中的一个重要特征：大家在节日里的思乡感情，从来都是双向的。王维的这几句诗，透彻地表达出了我们日常生活中无法言说的复杂情感。

这首诗没有乡愁诗所特有的那种惆怅迷惘，显然与这首诗的创作背景有关。写这首诗时，王维才十七岁，正值意气风发之时，一个人漂泊在洛阳与长安之间。王维能写出这样不流于伤感的动人诗篇，是其切身体会之故。

## 贾岛《渡桑干》：宦游离心力 PK 思乡向心力

下面，我们将读两首以叙事言情为胜的思乡绝句，作者分别是贾岛和李商隐。我们先来读贾岛的《渡桑干》：

客舍并州已十霜，归心日夜忆咸阳。

无端更渡桑干水，却望并州是故乡。

如果我们将家乡想象为一股极为强大的、引起诗人渴望战胜时空隔离的向心力，那么漂泊不定的游宦生活就像是一股相反的离心力。离开家乡的空间距离越远、时间越长，此离心力就更加强大。

贾岛此诗所写的是宦游的离心力与思乡向心力之间的较量。一方面是这种宦游的离心力不可抗拒地持续增强的过程：客居并州十年之久，却无法返回咸阳。在通常情况下，首联把羁旅地点缘由交代清楚，尾联自然接着直接抒发乡愁。但此诗次联之转出乎意料，不是抒情，而点出羁旅的延续。诗人告诉我们，他又被派到更遥远的地方——桑干河彼岸。一方面是，返乡的向心力亦愈加无力，家乡变得如此遥不可及。十年的日夜思念无济于事，在百般渺茫和无奈中，只得把还可能返回的并州想象为自己的故乡。对于并州的思念，貌似忘却故土、"移情他恋"，其实是诗人借此无奈之语消解思乡之愁，引起我们更加深切的共鸣。

这首小诗，空间上不断位移，从咸阳到并州，再到桑平，宦游的离心力因地理距离越来越远，而越来越强；情感上，在并州想念家乡咸阳，而今远在桑干河彼岸，只能望向并州做故乡。空间的位移与情感回溯的错位，似乎让人感受到了漂泊永不会停息。贾岛所写的羁旅愁思与人生迷惘，不仅在诗中，也永在时空之中。

## 李商隐《夜雨寄北》：交错时空的奇妙构思

君问归期未有期，　　过去+未来

巴山夜雨涨秋池。　　此时+此地

何当共剪西窗烛，　　未来

却话巴山夜雨时。　　将来+过去（现在）

李商隐这首思乡七绝《夜雨寄北》的时空书写十分特别。他采用了民歌常用的对话结构，首联是答，尾联是问。然而，在此看来极为简单的对话框架里，诗人却对不同时空片段进行了颇为复杂的组合。

首句"君问归期未有期"是对来信人昔日询问的回答，故可视为同时引入过去和未来（"未有期"）的时空；第二句"巴山夜雨涨秋池"转向此时、此地，讲"我"无法回到故乡，只能在夜雨时刻给您写信；第三句"何当共剪西窗烛"用问话的形式引入未来的时空和活动；第四句"却话巴山夜雨时"则又出乎意料地一转，谈起将来的过去

（即现在），即将来某时，我们又相聚，一起说说当下这个巴山落雨的夜晚吧。

这首诗并没有刻意描写的景物，四句各自是一个直截了当的、没有什么文辞修饰的叙述，却深得历代读者的喜爱。这是因为此诗除了对不同时空片段的奇妙组织，还因为诗中引入对未来的憧憬，从而减轻了乡愁的压抑。在唐代绝句中，像这样书写乡愁是很少见的。

# 怀古绝句：为何五言无法PK七言

读《全唐诗》，我们可以发现，整个初唐和盛唐时期，历史题材的诗歌并不十分突出。《唐诗三百首》一共收了二十三首与历史题材相关的诗，其中，绝句只有八首，而五言绝句只有一首，就是杜甫的《八阵图》，其他都是七言。我们进一步通读《千首唐人绝句》中以历史为主题的绝句，不难发现唐代绝句发展史上有几个值得注意的现象：一，以历史为题材的五绝很少。二，历史题材的绝句是在中晚唐时期达到高峰的，除了杜甫《八阵图》《武侯庙》等个别诗篇，其他写历史的绝句全是中晚唐的。其中，中唐只有刘禹锡的《金陵五题》，余下都属于晚唐。就绝句的总体发展而言，有些学者认为绝句发展到盛唐是巅峰，到晚唐时完备。其实，各类题材的绝句的发展与成熟时间是不一样的。比如，边塞、山水绝句确实是在盛唐达到高峰，而有关历史题材的绝句却是到了中晚唐才真正走向鼎盛。三，题材的转变。绝句发展在盛唐与中晚唐之间的分别，不只是名诗数量的多少，更显著的是题材的转变。绝句作品常分为"怀古"和"咏史"两类，虽然古人并没有对此作明确区分。"怀古"重情，较明显地抒发诗人对历史人物和事件的情感反应，以及诗人个人的情怀；"咏史"重理，诗人置身事外，从局外人的角度评价历史人物或事件，提出自己的独特看法。盛唐时期重情的怀古作品较多，而到了中晚唐时期，重理的咏史作品大量出现。诗人们在动荡的时局下开始对历史变迁、朝代更迭等事件进行反思，但很少明显地抒发自己的情感。

交代了这三大特点，接下来要谈的两首怀古五言绝句《八阵图》和《武侯庙》，都是杜甫以咏诸葛亮为题所写的。从这两首诗的分析中，我们可以尝试解释：为什么五言怀古绝句这么少？

## 杜甫《八阵图》：五绝怀古，诗圣难为

大历元年（766）暮春，杜甫由云安至夔州（今重庆奉节）居住。《八阵图》一诗为杜甫初到夔州时游览所作。八阵图相传为诸葛亮所布设的作战石垒，在夔州东南鱼复浦上，夏天被水淹没见不到，冬天水枯时则可见到，至今犹存。

功盖三分国，名成八阵图。

江流石不转，遗恨失吞吴。

《八阵图》前两句总写诸葛亮的功绩，第一句说诸葛亮将蜀国发展壮大，使蜀和魏、吴形成三足鼎立的局势。第二句写诸葛亮创造出著名的八阵图，"三分国"对"八阵图"，十分工整。后两句写"遗恨"：摆八阵图的石头还屹立在这里，而诸葛亮战略失误，与吴国解除联盟，想吞并吴国却失败了，大业就此夭折，只能英雄扼腕叹"遗恨"。

整首诗非常写实，没有给我们留下任何想象的空间，也没有涉及对自己情感的描写和历史事件的新颖反思。这首诗虽然蜚声文学史，但其艺术性较杜甫其他诗作稍显逊色。

实际上，不管是怀古还是咏史，诗人首先要对历史事件或人物做一个交代：要谈的是哪位历史人物，要议论的是什么历史事件。然后，再展开自己丰富的历史想象。五言绝句只有短短四句、每句五个字，交代完了基本信息之后，已经没有余地让诗人发挥自己的想象与文采了，因此五言咏史绝句十分难写。《武侯庙》同样面临这个问题。

## 杜甫《武侯庙》：陈述史事，难有精彩

《武侯庙》一诗亦为杜甫初到夔州时游览所作。张震《武侯祠堂记》："唐夔州治白帝，武侯庙在西郊。"杜甫很景仰诸葛亮，庙又在他寄居的西阁附近，一到夔州就去凭吊，有感而发，作此诗。

> 遗庙丹青落，空山草木长。
> 犹闻辞后主，不复卧南阳。

上联中，诗人先对面前景物作一描写，由于年岁太久，武侯庙上的丹青已经脱落，又因人迹罕至，所以野草疯长。由于五言的字数限制，诗人描写的景物都是很抽象、笼统的，难以具体化、细节化，这就限制了诗人的发挥。下一联"犹闻辞后主，不复卧南阳"转得极好。诗人站在武侯庙这个空间里，他似乎听到诸葛亮在《出师表》中说的辞别后主的话语：鞠躬尽瘁，尽心尽力辅佐后主，不会再归隐到南阳。诗人不是真正的听到，而是一种想象。通过想象，与过去建立了联系，也使得整首诗由实写转向虚写、由景及情，也是很巧妙的。

五言怀古诗能够写到如此，已经是十分精彩、伟大

了。就艺术性而言，《武侯庙》比《八阵图》写得精彩，不过它仍是直接陈述史事，而没有给我们留下丰富的想象空间。

同一个主题，当诗由一行五个字变成七个字，四句变成八句，情况会如何？我们看一下杜甫的七律。

## 杜甫《蜀相》：七律怀古，游刃有余

《蜀相》一诗是上元元年（760）的春天，杜甫初到成都游武侯祠时所作。武侯祠是西晋末年十六国成汉李雄为纪念三国蜀丞相武乡侯诸葛亮而建。初与蜀先主刘备昭烈庙相邻。武侯祠现存，在成都市南郊。当时杜甫所见，并在这诗中所咏及的古柏，今犹翳翳森森。

> 丞相祠堂何处寻，锦官城外柏森森。
> 映阶碧草自春色，隔叶黄鹂空好音。
> 三顾频烦天下计，两朝开济老臣心。
> 出师未捷身先死，长使英雄泪满襟。

首联从一个问句开始，诗人将自己带入诗篇中，交代自己去寻找丞相祠堂，这是属于"今"，是现在时的描写。颔联，继续写眼前的景色，若用五个字的话，景物描写只能是简单的陈述，而这首诗是七言的，就可以加很多词。如"碧"草反射出阳光与春色的交相辉映，黄鹂隔着叶子在唱歌，一联景物描写既有声音，又有颜色。"自"和"空"两个字也极其精彩，突出了一种人去楼空的感觉。"空好音"，可以是诗人自己的感叹，也可以说是他对黄鹂心情的猜测，黄鹂为无法陪伴诸葛亮而伤心。颈联一转，诸葛亮是刘备三顾茅庐才请出来的，他从独善其身到兼济天下，服务两朝，到死都怀有鞠躬尽瘁、死而后已的"老臣"心。最后一句，诗人写自己对诸葛亮未能完成北伐大业就去世的遗憾，"英雄"指的不仅仅是诸葛亮，还有后世的英雄及诗人自己。这一句写尽了千古英雄大业未竟、抱负无法施展的遗憾，令人动容。这些复杂的情感，五言绝句很难呈现。

五言的《八阵图》只能列举诸葛亮的赫赫功绩，而《武侯庙》也是稍稍通过想象中的声音表达了诗人自己的一些情感，它们无法像用七言一样能表达得淋漓尽致。通过这个比较，可见出五言绝句很少写历史，是因为在字数有限的情况下，它很难将历史与个人情感联系在一起并表达出来。奇怪的是，杜甫没有七言绝句的怀古诗。一直到中唐，诗坛上出现了一个关键人物——刘禹锡，他将会带领七绝怀古诗走向成熟。

## 刘禹锡《金陵五题》：为何此诗让白居易叹为观止

刘禹锡为唐末诗人，其在世时时局动荡，宦官擅权，帝王更迭频繁。他仕途坎坷，长期被贬谪。永贞元年（805）三十四岁的诗人以极高的政治热情参加了以王叔文为首的革新集团。迅速使政局为之一新的同时，革新集团遭到宦官为首的保守势力的反击，同年革新运动惨遭失败。刘禹锡被贬朗州司马（今湖南常德），十年后又迁官于更远的连州（今属广东）。元和十四年（819），刘禹锡因母亲去世北归，居丧洛阳。长庆元年（821）冬，服丧后出任夔州刺史。长庆四年（824）夏，又调任和州（今安徽和县）刺史。诗歌作于诗人任和州刺史时，刘禹锡见他人所写《金陵五题》，勾起对江南生活的怀念，亦作《金陵五题》，并写序云：

> 余少为江南客，而未游秣陵，尝有遗恨。后为历阳守，跂而望之。适有客以《金陵五题》相示，逌尔生思，欻然有得。他日友人白乐天掉头苦吟，叹赏良久，且曰《石头》诗云"潮打空城寂寞回"，吾知后之诗人，不复措词矣。余四咏虽不及此，亦不孤乐天之言耳。

刘禹锡的《金陵五题》中，最出名的当是《乌衣巷》，但其实《金陵五题》每一首都有自己的特点和突破。很可惜，今人很少注意到这组诗的价值。可以说，在唐诗史上，尤其是绝句发展史上，刘禹锡并没有得到他应得的地位。

不同于今人的忽视，古人很早就注意到《金陵五题》的艺术性之高超。如《金陵五题》序言所述，白居易读完《金陵五题》赶紧"掉头苦吟"，并言："吾知后之诗人，不复措词矣。"让白居易拜服的咏史七绝到底是什么样的。

《金陵五题其一·石头城》：
　　山围故国周遭在，潮打空城寂寞回。
　　淮水东边旧时月，夜深还过女墙来。

首联写山围绕着"故国"，山仍在，故国却已不再。浪潮水拍打着空城，只能寂寞地退回。下一联写得更妙，"淮水东边旧时月"与王昌龄名句"秦时明月汉时关"同一机杼，"旧时"二字，犹如王诗"秦时""汉时"一样，把过去的时空引入了画面，形成强烈的今昔对比。"淮水东边旧时月"，说秦淮河边上升起的月亮还是旧时的月亮，那么下半句"过女墙来"的月亮，是过去的月亮还是现在的月亮呢？这一句模糊的处理，似乎在述说着过去和现在永远是纠缠在一起的。刘禹锡用景物描写将过去和现在糅合在一起，表现了沧海桑田的古今变迁，创造出一种无限感伤的情绪。全诗意在言外，虽然没有直接抒情，但让人读完很怅然。

比起之前杜甫的《八阵图》《武侯庙》，这首诗也没有明显的抒情，就是纯粹地写石头城的景象，但却没有一句不让人感受到情愫。句句是景，却字字含情，这是怎么做到的呢？那就是每一句都将七个字作了充分的使用、每一句都有古与今的对比。第一句，"故国"二字表明诗人眼前的并非仅仅是景物，还承载着历史的回忆，古和今糅合在一句里面。第二句"寂寞"二字同理，为什么浪潮寂寞回？因为这座城没有了以往的繁华，可见每一句巧妙的古今对比。

《金陵五题其二·乌衣巷》：

朱雀桥边野草花，乌衣巷口夕阳斜。

旧时王谢堂前燕，飞入寻常百姓家。

这首诗与从前的咏史诗勾连古今的手法完全不一样，刘禹锡用了新的纽带——燕子，来连接一整首诗。从前的咏史诗一般都会着力描写遗址的一片荒凉，这首诗却只是淡淡的叙述。首联写朱雀桥边野草滋生，夕阳西下，显得有些荒凉，但至少还是有人家在这里居住的，因此没有颓垣败壁的景象。尾联说从前在王、谢世族大家的燕子，现在飞进寻常百姓家了，流露出对世事变迁、盛衰无常的感慨。"堂前燕"是眼前的，但又是来自过去的。整首诗的伤感都是淡淡的，含蓄蕴藉，而又不言而喻的。

《金陵五题其三·台城》：

台城六代竞豪华，结绮临春事最奢。

万户千门成野草，只缘一曲后庭花。

台城是六代帝王的宫殿，哪位帝王把这里的建设最繁华，夺冠的自然是陈后主建的结绮阁和临香阁。首联这样书写，立刻引人回想金陵当年的盛况。下一联笔锋一转，今日"万户千门成野草"，从六代延续的繁华转到无尽的荒凉，这一切都归咎于《后庭花》。这个结句十分精妙，不直接写错在陈后主，而是将一切景物的变化归因于一曲《后庭花》，化实为虚，揭示六朝衰败的原因。

《金陵五题其四·生公讲堂》：

生公说法鬼神听，身后空堂夜不扃。

高坐寂寥尘漠漠，一方明月可中庭。

首联中的生公，指的是晋末宋初高僧竺道生。他讲法，鬼神都来听，间接说明讲堂的盛况以及听众的虔诚；现在讲堂里却空无一人，"夜不扃"晚上连门都不需要锁了。诗人通过对以往说法场景和讲堂现状的对比，虽不明说凄凉，但我们自然能感到时过境迁的荒凉。尾联，上句进一步写讲堂的荒凉。诗人独坐在那里，四周一片死寂，尘土飞扬。最后一句，刘禹锡在这种凄清的基础上，又写得十分美丽。虽然荒凉，"一方明月可中庭"，但一方明月刚好洒在了庭院里，十分幽静。这一句营造了诗的意境，也深化了主题：人事无常，自然永恒。

《金陵五题其五·江令宅》：

南朝词臣北朝客，归来唯见秦淮碧。

池台竹树三亩余，至今人道江家宅。

诗题中的江令是指南朝时期的江总，陈后主的宰相，在陈时与陈后主游宴后宫，制艳体诗，尸位素餐。到了隋朝，继续为官。因此首句说"南朝词臣北朝客"，写江总经历了改朝换代，感叹"归来唯见秦淮碧"，秦淮河只有颜色还是那么碧绿，而往日繁华不再了。尾联写池台、竹树依旧，"至今人道江家宅"，诗人也在感叹江家不再，过去的繁华不再。整首诗有双重感叹，历史人物在感叹，诗人也在感叹历史。

刘禹锡在绝句创作中的贡献非比寻常，从这五首诗中就能看到他对于怀古诗的重要突破。第一，刘禹锡十分擅长将古、今通过具体景物天衣无缝地编织在一起，如"淮水东边旧时月，夜深还过女墙来"，用月亮将古今联系在一起。第二，刘禹锡的用语十分含蓄。这五篇，篇篇含情，但篇篇都不加议论，都是以景物来托古喻今。第三，《金陵五题》是组诗，不是随便记录的，一般都是诗人精心设计的。这五篇诗歌的组织是有线索可寻的。从第一首《石头城》总写金陵城及城外之景，到《乌衣巷》写城内之景，《台城》是写城中的宫殿，最后《生公讲堂》和《江令宅》则是写城中人，层层相扣，像进入了历史的迷宫，让我们也体会到历史的轮回之感。在历史面前，繁荣都将毁灭，善人、恶人最后都是一抔黄土，以荒凉告终。

## 杜牧《泊秦淮》：层层相扣写茫然

同样是在金陵城，同样的月色与街道，晚唐的杜牧与中唐的刘禹锡却有着完全不同的感受。刘禹锡在《金陵五题》中表达的是对古今变化的感慨，是对昔日繁华不再而产生的唏嘘与淡淡的愁绪；杜牧身处唐王朝的暮色之中，他借着《泊秦淮》这首诗表达自己对晚唐的政治腐败、国运衰危的无比担忧。

> 烟笼寒水月笼沙，夜泊秦淮近酒家。
> 商女不知亡国恨，隔江犹唱后庭花。

如果说《江南春》是杜牧写自然景物第一诗，那么这首《泊秦淮》就是写都市景色的压卷之作。在两诗中，诗人都用了融情入景的绝技，即用朦胧的景色来唤起无限情绪，这种手法让人联想起十九世纪印象派大师莫奈的画风。《江南春》中"多少楼台烟雨中"是末句，旨在勾起我们对烟雨中百里人文景观的遐想。在《泊秦淮》中，杜牧出乎意料，将朦胧景色放在首句，成为挺拔全诗的秀句。此句绝妙之处在两个"笼"字。它们突出了寒烟、寒水、寒月予人强烈的压抑感，唤起人们无限的迷惘惆怅。和崔颢《黄鹤楼》末句"烟波江上使人愁"不同，此句不是已抒发的愁思之延伸，而是愁思的肇始，往下全是无限愁绪的演绎，深沉的反思，一句勾起一句，悲情由弥漫到浓烈。

诗人在凄清的月色中，带着迷惘惆怅的心绪，乘船进入秦淮。此时此刻，浮现在诗人眼前的是一个酒家林立、舞榭歌台、红飞翠舞、纸醉金迷的世界。环境描写之后，诗人写泊秦淮时心中所思："商女不知亡国恨，隔江犹唱后庭花。"这里，诗人所谴责的何止是商女，矛头更是指向商女所服务的、在此寻欢作乐的王公权贵。随风传来的曲声，竟然是亡国之音《后庭花》。刘禹锡《台城》说"万户千门成野草"，这一切都因这曲《后庭花》，这首歌造成了六朝的毁灭。杜牧此诗用了同一首歌，表达的却是自己对唐王朝命运的担忧。国家摇摇欲坠，商女还在唱着《后庭花》，听曲子的人、唱曲子的人以及掌权者都对危机不自知，无视历史的前车之鉴。

就结构而言，此诗呈现一个明显的二元结构，上联写景叙事，下联发表议论。但仔细咀嚼，我们可以发现它实际上隐藏了诗人情感活动线性发展的过程。诗人先将自己的心绪融入了景物的描写之中，接着又深掘秦淮作为历史和文化象征的意涵，让自己眼前实景、昔日末代的记忆以及将来亡国的担忧，交织在读者的脑海之中，唤起读者心灵深处的共鸣。此过程的描写如此感人，是情景完美融合之功。此诗成为压卷之作的所以然，大概是如此吧。

二十四首

古诗篇

比起近体诗，古体诗最大的特点就是没有篇幅的限制，因此大部分古诗篇幅比较长。正因如此，古诗不像律诗一样考究炼字、句法、章法，也不像绝句一样惜字如金，用出乎意料的方法来编织景物、事件、陈述片段。古诗为避免因平铺直叙造成的烦冗枯燥、索然无味，在篇章的组织变化上下功夫，务求诗篇整体具有流动感、节奏感，从而创造出一种独特的气势。因此，对唐代古诗主题中的名篇进行深入的结构分析，有助于我们把握唐代古诗艺术之所以然。

较之律诗和绝句，古体诗结构有更大的创新空间。律诗结构的变化，不外是从齐梁短诗继承过来的线性结构，或是此体中间加一转折而得的"起承转合"结构（如上面谈过的六首杜甫律诗），要么是一些特殊的个例，如李商隐《隋宫》的断裂结构。绝句的结构则多用以一行为单位来构建起承转合四部分。总的来说，近体诗在结构上做文章，真有点"螺蛳壳里做道场"的感觉，难以有大的突破，但对古诗而言，结构创新犹如海阔天空，任由驰骋。

假若我们要对古诗结构进行宽泛的归类，可以按照它们的审美效果分出阳刚和阴柔两大类，以及两者兼有的混合体。清桐城派领袖姚鼐首先提出阳刚阴柔说，写道：

鼐闻天地之道，阴阳刚柔而已。文者，天地之精英，而阴阳刚柔之发也……自诸子而降，其为文无弗有偏者。其得于阳与刚之美者，则其文如霆，如电，如长风之出谷，如崇山峻崖，如决大川，如奔骐骥。其光也，如杲日，如火，如金镠铁，其于人也，如冯高视远，如君而朝万众，如鼓万勇士而战之。其得于阴与柔之美者，则其文如升初日，如清风，如云，如霞，如烟，如幽林曲涧，如沦，如漾，如珠玉之辉，如鸿鹄之鸣而入廖廓。(《复鲁絜非书》)

从姚鼐比喻阳刚、阴柔的自然景物和人类活动，我们不难看出，阳刚是一种磅礴雄壮的气势，而阴柔是缠绵悠远的情韵。唐代古诗发展出阳刚、阴柔两种鲜明风格，与唐代古诗两种体式（七言歌行和五古、七古）自身特征有紧密关系。刘勰云："势者，乘利而为制也。如机发矢直，涧曲湍回，自然之趣也。圆者规体，其势也自转；方者矩形，其势也自安：文章体势，如斯而已。"这段话告诉我们，文章体式无不有其自然而然的势能，有的像"圆者规体，其势也自转"；有的则像"方者矩形，其势也自安"。

在唐代古诗中，七言歌行"其势也自转"。此体通常掺杂三言、五言句，在韵律和语义上形成的抑扬顿挫，跌宕起伏，极有利于营造阳刚气势。另外，此体第一人称直接抒情的范式也是阳刚气势产生的重要因素。大概由于这些内在的因素，七言歌行的名作几乎多以阳刚气势取胜，下面要谈李白的诗作就是最典型的例子。七言歌行用来表达阴柔情韵的情况是较少见的。

相反，五古、七古应属"方者矩形，其势也自安"，因为两者齐言的体式无疑有助于生成蕴藉缠绵的情韵。在以下讨论的诗篇中，明显呈现阴柔风格的作品无不是用五古或七古写成的，如本篇最后一个单元所选王维、李贺、白居易诗所示。然而，我们必须注意到，不少五古和七古名作也尽显阳刚之美，如韩愈五古《调张籍》和高适七古《燕歌行》。在这样的例子中，阳刚气势的产生纯属诗人大胆的结构创新之功。

# 诗仙层出不穷的结构创新

李白和杜甫谁是最伟大的诗人，这是一千多年来争论不休的话题，但若论辩两位诗人在哪一种诗体中的造诣达到了顶峰，则不会有太多的争议。杜甫的律诗自古公认第一，李白的古诗也是前无古人后无来者，尤其是他的"歌行体"，艺术造诣冠天下。之前我们在律诗篇中分析过杜甫的六首诗，每一首都展现自己独特的句法和章法，无不带给我们很大的惊喜。同样，以下所选李白六首古诗中，每一首都有独特新颖的结构，变化层出不穷。

## 李白《月下独酌》：倒装的组诗要怎样读

天宝元年（742），漂泊流浪了大半生的李白终于被玄宗赏识，受召入宫，供奉翰林。本以为这趟旅程必将助其攀龙附凤，登上天阶，然而唐玄宗对李白的政治主张并无兴趣，只是让他做一个陪酒作乐的宫廷诗人。在宫中的一年多，李白不仅没有实现任何实际的政治抱负，反而见证了宫廷中的种种腐败。由于他才行不羁、放旷坦率的个性，受到谗言、遭到疏远也成为一种必然。他越来越意识到自己的理想无法实现，甚至连人格都难以保全了。天宝三载（744），真正赏识他的贺知章也于这一年告老还乡，从此宫中再无朋友。在赐金放还、离开长安的前夕，李白在长安一隅月下独酌，烂醉之余，他挥起手中之笔，写下了千古名篇《月下独酌》。

《月下独酌》可以算是李白家喻户晓的名篇了，但我们经常只知"其一"，不知其有"四"。实际上《月下独酌》是由四首诗组合而成的组诗，对任何一首诗的忽略都会造成整组诗意义的不完整。将这组诗拆分开来，一首一首的看，才能摸清这组诗的脉络和各部分的独特之处。这四首诗最好的读法不是从第一首读到第四首，而是反过来读，从第四首读到第一首。照这样的读法，我们会发现，每一首诗都彰显出饮酒给李白带来更高一层的境界。

《月下独酌》其四：
穷愁千万端，美酒三百杯。
愁多酒虽少，酒倾愁不来。
所以知酒圣，酒酣心自开。
辞粟卧首阳，屡空饥颜回。

当代不乐饮，虚名安用哉。

蟹螯即金液，糟丘是蓬莱。

且须饮美酒，乘月醉高台。

《月下独酌》其四表达的诗人的境界是酒酣心开，鄙视虚
名。这一首，从喝酒的快乐开始讲。喝酒是为了消愁，即
使心中的愁比酒还浓厚，但只要喝了酒，就能把愁赶走。
毕竟酒中圣贤都是这样，喝得酣畅淋漓，吐露真心。李白
也在酒后嘲笑一些人。他举了两个例子：伯夷、叔齐兄弟
和颜回。《史记·伯夷列传》记载：伯夷、叔齐是商朝的遗
民，因为不满周武王以臣弑君，所以不吃周朝的粮食，他
们逃到首阳山采野菜为食，最后饿死在那里了。司马迁把
他们当作德行的模范，但李白却嘲笑他们：为一个看似高
尚的虚名就把自己活活饿死，这有什么用呢？而颜回就更
不用说了，他作为孔子最得意的弟子，即使穷困，也不改
变快乐的精神一直被人们当成贤者看待。不论伯夷、叔齐
还是颜回，在李白看来，他们这种该享受却不享受，追求
虚名的思想，只不过自欺欺人而已。而我李白，手上的蟹
螯酒就是金液仙药，酒糟堆积成的就是蓬莱仙山。我没有
什么虚妄的坚持，而是尽情把握当下的快乐，乘着月色在
高台上大醉一回。

在这首诗中，饮酒可以超越"虚名"，走向最简单的快乐。虽然这不算是特别的陈述，以前的诗也有类似的观点，但这首诗的快乐写得非常真挚。"愁多酒虽少，酒倾愁不来"，忧愁比不上喝酒的速度，那还有什么愁呢？

> 《月下独酌》其三：
> 三月咸阳城，千花昼如锦。
> 谁能春独愁，对此径须饮。
> 穷通与修短，造化夙所禀。
> 一樽齐死生，万事固难审。
> 醉后失天地，兀然就孤枕。
> 不知有吾身，此乐最为甚。

《月下独酌》其三表达的诗人的境界是：一樽齐死生，不知有我身。这一首，比《其四》的饮酒境界又高了一层。"穷通与修短，造化夙所禀"，人生的穷与达，富贵与贫贱，本就任由天命造化决定。但酒杯之中，生死齐一，万事万物没有差别。富贵就一定好吗？贫贱就一定差吗？这些世俗的价值在酒中通通被否定。

醉酒让人忘却天和地的分别，与自然同化，以至于"不知有吾身"，连自己都找不到了。在这里，李白达到了天地与我并生，而万物与我为一的境界，他认为这才是极致的快乐。

《月下独酌》其二：
天若不爱酒，酒星不在天。
地若不爱酒，地应无酒泉。
天地既爱酒，爱酒不愧天。
已闻清比圣，复道浊如贤。
贤圣既已饮，何必求神仙。
三杯通大道，一斗合自然。
但得酒中趣，勿为醒者传。

《月下独酌》其二表达的诗人的境界是：天地圣贤皆爱酒，饮酒得道胜求仙。这首诗，又和前两首不同了。开头便出现了多个词语反复使用的现象，且较为口语化。表面上看，似乎是论辩，但实际上只是李白的饮酒诡辩。如果天不爱喝酒，天上怎么会有酒星？如果地不爱喝酒，怎么会有一个地方叫"酒泉"呢？天地既然都爱酒，那我喝酒也就无愧天地了。"已闻清比圣，复道浊如贤"，这里圣贤借指美酒，酒都喝了，那我们为何还要去求神仙呢？此刻，李白对酒的评价已经超过了对神仙的追求。接下来又一转，"三杯通大道，一斗合自然"，此句中"大道"是儒家的道，"自然"是道家的核心概念，即自然而然，与天地一体。最后一句，"但得酒中趣，勿为醒者传"，酒的真妙之处只有醉者知道，休与醒者谈论。这里很明显与陶渊明《饮酒》其五中"此中有真意，欲辩已忘言"的精神境界相似。

此诗把饮酒又提高到了另一层高度：酒是统摄天和地、儒和道的事物，具有一种超验的、神奇的功能，这就是"酒中趣"了。

读到这里，李白似乎已经把该写的都写尽了。然而诗仙的想象却别具一格。在接下来的《其一》中，李白用谁都无法料到的内容，将整首组诗推向高潮。

《月下独酌》其一：
花间一壶酒，独酌无相亲。
举杯邀明月，对影成三人。
月既不解饮，影徒随我身。
暂伴月将影，行乐须及春。
我歌月徘徊，我舞影零乱。
醒时相交欢，醉后各分散。
永结无情游，相期邈云汉。

《月下独酌》其一是整组诗中最为出名的，我们很多人都会背诵，觉得它富有想象力。看似简单的一首诗，事实上别有洞天。如果不按照从后往前的阅读顺序，还真不一定能发现这其中的奥妙。和《其二》相比，《其一》又到了更高一层的境界。如果说《其二》还有些理性的陈述，那么这首《其一》便是书写他的个人感受了。"月既不解饮，影徒随我身"，月亮本就不理解饮酒，影子也徒然跟在我左右，那不如"暂伴月将影"，和月亮、影子作伴嬉笑欢乐。接下来，李白畅快地描写了他与这两个"玩伴"的嬉戏场面。我唱歌，月亮徘徊起舞；我跳舞，影子凌乱地跟着我的舞步。我还没醉的时候他们与我同欢悦，醉了之后我们便各奔东西。到最后，李白要永远在"无情"中漫游，与月亮、影子在渺渺天河之中相约再聚。他和天地的关系发生了质的突变，他不再是《其四》那个在高台上大醉的李白，也不是《其三》中那个在酒中齐死生的李白，更不是《其二》中那个在酒中成仙的李白，而是能够遨游宇宙的仙人，与月亮嬉闹的造物主。此诗把饮酒境界提升至无法再高的境界。

在审美效果上，《其一》达到了阳刚和阴柔风格的完美结合。就其内容而言，它展现出一种阳刚的特质。整首诗以浪漫的手法表述诗人饮酒之事，其背后则是诗人藐视世俗价值，对既定的道德和世俗追求发出质问，既带有反抗的因素，也拥有彻底的坚持。诗人咏歌饮酒带来的精神超越，已无意讨论饮酒的价值，而是尽情享受获得终极自由的欢乐，这些行为展现出阳刚的一面。但就结构而言，此诗没有断裂、没有急转、没有跌宕起伏，甚为平顺，具有阴柔的特质。

这组诗的情感呈现一个从"有情"慢慢变到"无情"的升华过程。刚开始的《其四》是"有情"，"有情"才有理性的辩论；到了《其三》则物我为一，精神已经慢慢满足了；《其二》则已经带有了一种胜利者的口吻，好像以酒为友就和天地为友一样，是一种扬扬得意的心情；最后的《其一》则是彻底的"无情之游"，没有什么论辩，只有一种愉快。从《其四》到《其一》，是情感从不满足到满足，最后再超越情感，这个过程中的表达是悠扬且平缓的，诗与诗之间的情感变化是循序渐进的。而且每一首诗内部的描述也十分有秩序，没有强烈的跳跃。诗与诗之间的结构从下到上，虽是精神提升的过程，但并没有一往直前、力量万钧之势。在抒情表达方面，也显示出一种比较轻松、没有太多抗争的特点。

李白最伟大的诗篇，都不是以凡人的口吻书写的。在这组诗中，他通过饮酒把自己带入仙境，通过醉酒让自己逐步高升，脱离凡俗的状态，寻获至高的精神。古今学者没有关注到这四首诗相互之间的关系，不知反着顺序来读，才能体会他对酒的重新书写：既富于想象，给我们带来无限的审美，同时又有极为深邃的哲思，把他诗仙的性格表露得淋漓尽致。这样的写法，在中国文学史中绝无仅有。是什么原因导致了这种奇特的逆向组诗结构？到底是李白自己的思维颠倒了，还是他在结构上创造的神来之笔呢？我认为应该是后者。若从文学史发展的角度看，这种写法似乎是为后来小说文体"倒叙"的用法开了先河。即使是在诗仙众多诗中，这一组诗也一枝独秀，其所以然者就在其反顺序的结构方式。

## 李白《将进酒》：自说自演的戏剧结构

人生短暂，壮志难酬，几乎是文学书写永恒的主题，而饮酒作为应对这种人生最大悲哀的手段之一，也是一个在历代诗文中被反复书写的主题。比如曹操《短歌行》中的"何以解忧？唯有杜康"。魏晋的饮酒诗多从人生苦短入手，把酒当成一种排忧的工具，其基调都是比较悲伤的。上面讲的李白的饮酒诗《月下独酌》，和前代诗人所作完全不同，有一种洒脱飘然之感。然而，即使是诗仙，对酒当歌，人生短暂之悲情也会油然而生，这与他豪放不羁的性格产生极大的张力，就催生了诗仙最伟大的饮酒诗《将进酒》。

君不见黄河之水天上来，奔流到海不复回。

一转　君不见高堂明镜悲白发，朝如青丝暮成雪。

二转　人生得意须尽欢，莫使金樽空对月。

天生我材必有用，千金散尽还复来。

烹羊宰牛且为乐，会须一饮三百杯。

三转　岑夫子，丹丘生，将进酒，杯莫停。

与君歌一曲，请君为我倾耳听。

钟鼓馔玉不足贵，但愿长醉不愿醒。

古来圣贤皆寂寞，惟有饮者留其名。

陈王昔时宴平乐，斗酒十千恣欢谑。

四转　主人何为言少钱，径须沽取对君酌。

五花马，千金裘，呼儿将出换美酒，与尔同销万古愁。

开头"君不见"两句，给人一种迸发的感情力量。"君不见"本是一个套语，经常出现在古代乐府诗里。我们读其他的诗，"君不见"可能不会给我们一种召唤的感觉。但这首诗中的"君不见"就不一样，它紧扣后文，读起来就好像李白在与我们面对面畅言。接下来，诗句以极快的速度，把时光的流逝化为一个瞬间："君不见黄河之水天上来，奔流到海不复回"，这一句就将声势浩大的黄河从迎面而来的奔泻转向一去不返的虚无当中。

下一句"君不见高堂明镜悲白发，朝如青丝暮成雪"，将"时光"由室外急转到室内，从自然的变化转为人的变化，把漫长的人生压缩成一日，以一种十分夸张的手法把人生短暂的悲情表达了出来。接着，发出议论："人生得意须尽欢，莫使金樽空对月。"既然人生如此短暂，那便不要浪费了手中的美酒。李白豪爽飘逸，他自视为大材，钱财就算消耗殆尽也能凭其"材"而复还，所以不如放开手中的钱财，"烹羊宰牛且为乐，会须一饮三百杯"。

下一段落又急转到喝酒的场景，并引入了新的听众。这时的听众不再是我们，而是其身边的岑夫子、丹丘生。"岑夫子，丹丘生，将进酒，杯莫停"，李白用连续的三言句式，以急促的速度，催促岑夫子、丹丘生喝酒。接着他又说道："与君歌一曲，请君为我倾耳听。"这里的"君"不单指岑、元两人，也包括诗篇前的我们。此句用第一人称，李白把自己作为中心，让所有人都为之"倾耳听"："钟鼓馔玉不足贵，但愿长醉不复醒。古来圣贤皆寂寞，惟有饮者留其名。"这一句很重要，它提到了饮酒与功名的关系，并且和以往的饮酒诗都不相同。比如《古诗十九首·驱车上东门》认为圣贤要通过留名才能战胜生命的短暂，达到儒家所谓的人生不朽。陶渊明《形影神》中的"影"又说："日醉或能忘，将非促龄具。"饮酒是解忧但伤身的，纵酒并不能造福身体，反而是消磨身体。但这里，李白却唱起了反调。圣贤其实都是寂寞的，因为他们死后的名和他们生前没有什么关系。反倒是满足了身体欲求、享受当下快乐的饮酒者，他们在彼此畅饮时留下了名。他举出了曹植的例子，"陈王昔时宴平乐，斗酒十千恣欢谑"。

一曲唱罢，李白依然觉得不过瘾。"主人何为言少钱，径须沽取对君酌"（这里的"主人"一说是指酒店主人，一说是招待李白的元丹丘），请不要说钱不够了这种话，拿出最好的酒，与君放开痛饮："五花马，千金裘，呼儿将出换美酒"，诗的场景又切换到了饮酒的柜台上，在柜台上呼唤主人的孩子（一说是李白自己的孩子）拿出美酒。本以为拿出这美酒的目的是要喝得尽兴，但李白笔锋一转，点出"与尔同销万古愁"的核心主题。整首诗直到最后一句才揭露出"愁"的情绪，而前文始终只字不提。这里突然间的情感转变，让我们意识到，诗人其实一直在以极乐来排遣极愁，以欢乐来写悲伤，更加震撼人心。

这首诗最大的特点，就是采用了戏剧的结构。整首诗如同戏剧一般不停的切换场景，在每一幕又插入不同的人物，但始终围绕这场戏的主角、中心的说话人李白，听众却不断变化。我们若把全诗分为四大段，则每一段都可以看作是李白与不同的听众"说话"。开头呼唤式的"君不见"，把一个套语变成一种实际上的召唤，召唤我们成为他的听众。第二大段，"人生得意须尽欢"一直到"会须一饮三百杯"，是他自述人生当中对酒的体会和对世俗价值的否定，这是对全体听众说的。第三段，从"岑夫子、丹丘生"开始，就出现具体的听众了。"与君歌一曲"，表明此时李白不只是说，还引吭高歌。以下"古来圣贤皆寂寞"等句子，都可以理解为带有音乐性质的歌词。再往下第四段，从"主人何须言少钱"一直到结尾，听众又变了，从岑夫子和丹求生变成了招待喝酒的"主人"和主人的孩子。最后一句，"与尔同销万古愁"可以看成是对所有听众说的。

　　更重要的是，每一次变化，都会引出李白新一轮的饮酒感言，或表达豪气，或诉说现实，或引经据典，或以乐消忧。每一次说话都有不同的内容，好像每一口酒都能带来新的灵感。而最后一句"与尔同销万古愁"，把全诗所有的快乐放在一个"愁"字上，在醉酒欢乐的尽情释放后又落脚在悲伤，这就让我们更加震撼了。也正是这种情感上的跌宕起伏，使得整首诗充满了张力，有着极强的阳刚特质。

此外，李白用很大的篇幅来谈饮酒的价值，使这种抽象的价值拥有了很强的艺术感召的力量，这便是他戏剧表现方式的效果。李白是舞台中心的演员，他以变换又有气势的语气，用时而快乐、时而伤悲的感情，用不同的讲法，对不同的人讲，最后再用一个强音"愁"字做总结。其诗中的豪爽，可谓尽显阳刚之美了。

这首诗将我们紧紧地拉入诗人的情感世界之中，正如同其开头的黄河之水滚滚不停，直穿人心。"借酒消愁"这古来极为常见的主题，李白却写出了如此痛快淋漓，感人肺腑的诗篇，非诗仙莫能为也。

## 李白《古风》其一：摄入文学史的咏怀

李白《古风》其一，是他五十九首古风中最为精彩的一篇。这五十九首，特别是《其一》的创作时间和地点，历来存在争论。有说《其一》是李白在任待诏翰林三年期间，即天宝元年（742）至天宝三载（744），有感于自己在朝廷任职期间所见所闻而作；又有说此诗作于李白隐居敬亭山之时，即天宝十二载（753）至十四载（755）年间，属于平静生活中对往昔京城生活的反思。虽然此诗的创作语境难以推敲，但它无疑展现了李白鲜为人知的一面，即他矢志成为儒家希圣，扭转数百年的衰颓文风，重振《诗经》风雅传统。这种非凡的抱负和气度，与我们所熟悉豪放飘逸的诗仙形象形成鲜明的对比，能让我们更好地认识和欣赏李白性格、思想、情感、诗风的多面性和复杂性。

大雅久不作，吾衰竟谁陈。

一转 王风委蔓草，战国多荆榛。

龙虎相啖食，兵戈逮狂秦。

正声何微茫，哀怨起骚人。

扬马激颓波，开流荡无垠。

废兴虽万变，宪章亦已沦。

自从建安来，绮丽不足珍。

圣代复元古，垂衣贵清真。

群才属休明，乘运共跃鳞。

文质相炳焕，众星罗秋旻。

二转 我志在删述，垂辉映千春。

希圣如有立，绝笔于获麟。

"大雅久不作，吾衰竟谁陈"，大雅，即《诗经》风、雅、颂的"大雅"，指《诗经》的文学传统，可以理解为文学的正统。《诗经》传统已经荒废很久，要是我老了，谁能振兴这种传统？这里，李白的用典很巧妙。孔子说："甚矣，吾衰也。"李白似乎是在自比孔圣。

接下来，开始一转，引领起历代文风的发展变化。"王风委蔓草，战国多荆榛"，《诗经》中的《王风》就已经出现变风的衰败之音，战国时代的文风更是杂乱荒废。战国七雄如同"龙虎相啖食"，互相侵蚀争斗，直到秦朝才终结了这一切。"正声何微茫，哀怨起骚人"，正声，指《诗经》的风雅传统。经过百年乱世，"正声"已经非常微茫了，而这时却又出现了骚人唱的哀怨之歌。历史上很多人，如扬雄和班固等，认为《离骚》没遵循温柔敦厚的传统，从而给出了较低的评价。

接下来进入汉代，"扬马激颓波"，扬马指扬雄和司马相如，在这里比喻赋体的产生。西汉的大赋多描绘帝国山河、皇家园林，这些很有气派的大景，所以说是"激颓波"。"开流荡无垠"，指这种文风影响很大，风靡天下。"废兴虽万变，宪章亦已沦"，虽然文体发展在后世各有变化，不同文体有兴有衰，但总体来讲，"宪章"这种正声的法度已经荡然无存了。李白接着讲六朝文学，"自从建安来，绮丽不足珍"，建安风骨消失之后，六朝文风走向了绮丽的风格，这种风格却空有浮靡华丽，没有价值，不足珍贵。

讲完六朝，李白直接跳到自己所生活的世界。"圣代复元古，垂衣贵清真"，圣代就是李白当时的盛唐，说当今才恢复了远古之风，垂手而治，政治清明。其实这里是不太准确的。唐初并没有像西汉初年那样，以黄老思想来作为治国纲领，李白单纯是为了颂圣，所以才加上了这句比喻。"群才属休明，乘运共跃鳞"，各种人才生长在太平盛世之中，乘着这种时代的气运，使得他们的文采就像鲤鱼跃龙门一样飞跃发展。"文质相炳焕，众星罗秋旻"，如今的文风文质彬彬，人才如同群星闪烁。上述这些对时局的赞扬，其实都是李白为转向自己所作的铺垫。"我志在删述，垂辉映千春"，日月才能垂辉千载，李白已经不再仅属于星星的行列。之所以如此，是因为他要"删述"。"删述"其实就是孔子删《诗经》三千首至三百零五首，以及其"述而不作"，只传经典不自创文献的典故。"希圣如有立，绝笔于获麟"，我李白要效仿孔子圣人，不断地写，直到麒麟出现才停下。"麒麟"也是来自孔子的典故。昔日孔子听闻麒麟被抓，便觉天下大乱不远。"绝笔于获麟"，其实也是对盛世的一种肯定，以及李白对自己身处盛事必能成大事的自信。

李白《古风》五十九首属于阮籍开创的咏怀传统。拙著《汉魏晋五言诗的演变》有专章谈阮籍的咏怀诗，指出它们通常拆散汉乐府和汉古诗的线性结构，把两者常用的意象、母题当作自己炽烈情感的象征，随着内省过程直接投射到诗篇之中，所以阮籍诗鲜有细致连贯的景物或事件描写，而诗篇结构也多呈叠加、循环、断裂的形态。李白《古风》五十九首大致遵循了这个咏怀的范式，但《其一》是一个例外，因为它采用了一种颇为奇特的结构。

开头的"大雅久不作，吾衰竟谁陈"这句发问明显是咏怀诗的作法；最后的"希圣如有立，绝笔于获麟"，李白讲自己的伟大抱负，也呈现了咏怀诗的抒情特征。开头与结尾相呼应，形成了整首诗一个咏怀的框架。删去开头两句与结尾四句，诗的中间的内容，却呈现了一个高度连贯的线性结构，简洁地讲完了整部文学史：周代的王风雅颂之正，战国杀伐混乱之变，再到正声没落、骚体出现、扬马的开拓、魏晋的绮丽，最后在盛唐画上句号，回到自己的思想。在咏怀抒情的框架之中，对每个时期文风的总结不仅是史实客观陈述，而且还充满了画面感，浮现在我们脑海中是一位"指点江山，激扬文字"，矢志实现儒家文统的希圣。当然，此诗的结构，在其他咏怀类型的诗中是不曾看到的，无疑打破了咏怀诗不讲究连贯的传统。

诗中，李白把自己在文学领域的作用比作成孔子在文化领域的作用，以表达自己的雄心。我们常把李白称为诗仙，的确，李白的大部分诗都体现了仙人一般的视野、胸怀和想象。但这首诗中，他想做的不是"仙"而是"圣"。这首诗以直接的语言，表达出了一个别样的李白。

## 李白《行路难》其一：结构起起落落来取胜

李白记游诗是以激扬的结构变化取胜的。《行路难》一反乐府常见的平铺直叙，在结构上两落两起，在很短的时间内把希望和失望的落差放大至极，充分体现了他性格中的豪爽洒脱。这种极为浓烈的抒情性，在从前乐府体记游诗中也是绝对看不到的，只有李白能做到。

金樽清酒斗十千，玉盘珍羞直万钱。

停杯投箸不能食，拔剑四顾心茫然。

欲渡黄河冰塞川，将登太行雪满山。

一转 闲来垂钓碧溪上，忽复乘舟梦日边。

二转 行路难，行路难，多歧路，今安在。

三转 长风破浪会有时，直挂云帆济沧海。

相比于李白一般的记游诗，这首《行路难》不写自己真实的出游经历，而是将出游比喻为自己一生坎坷的仕途，抒发追求功名屡屡挫败的痛苦，内心的矛盾也溢于言表。这首诗，短短六联，有三次转折，其中竟有两次大的反转，在记游诗中非常少见。

开篇"停杯投箸不能食"一句一改我们对李白的形象认知，当酒仙都对酒都不感兴趣，可想而知他心情郁闷痛苦的程度。"拔剑四顾心茫然"更体现其挫败感的强烈，"十步杀一人，千里不留行"（李白《侠客行》）的豪气在此刻化为一种没有目标的空虚。这种空虚从何而来？因为"欲渡黄河冰塞川，将登太行雪满山"。人生的"出游"艰难万分，找不到一条路可走，看不见希望，只能半途折返。"闲来垂钓碧溪上，忽复乘舟梦日边"，这一句在情感上一转，变化很大。前文的情调充满了落魄和苦闷，而此句中的诗人却又悠闲得很，从极度的悲观转变到从容自在。李白自比伊尹、姜尚，路走不通，不如在"闲"时等待时机，可能还有"忽复"得到重用的机会。

接下来，李白再一转，运用了四个短句。与《将进酒》相似，他将七言句改成三言句，使语速更急促，更能表达较为强烈的情感，把"行路难"的痛苦宣泄而出。"行路难！行路难！多歧路，今安在"，四个短句在情感上是一致的，但口气却是不一样的。李白的语气先由连续的感叹再到发问，形成因为慨叹所以诘问的因果逻辑关系。

篇末又一转，将整个情感颠倒过来，由极度的悲观转向极度的乐观："长风破浪会有时，直挂云帆济沧海。"他相信自己一定能够长风破浪，终有一天实现抱负，这比前文"垂钓""乘舟"的隐喻更为直接。

这首诗在情感上两次大落，又两次大起，也真如长风破浪般跌宕起伏。且用词多以大景之意象，让人读得激情澎湃，这更加凸显了此诗的阳刚气质。

## 李白《庐山谣寄卢侍御虚舟》：三重奏彰显阴阳结构

李白的记游诗不仅数量多，而且种类也各式各样，有的记载真实的旅程，如《下终南山过斛斯山人宿置酒》；有的描写虚幻想象之游，如后面要讲的《梦游天姥吟留别》；还有的将真实与想象之游熔为一炉，《庐山谣寄卢侍御虚舟》就是一个鲜明的例子。

在李白的《庐山谣寄卢侍御虚舟》中，我们可以看到山水游玩和游仙完美的融合，其中有意象方面的融合，也有游山人的视觉经验和精神升华的融合，最终把自然游览带到超凡出世的精神境界。

我本楚狂人，凤歌笑孔丘。

手持绿玉杖，朝别黄鹤楼。

一转　五岳寻仙不辞远，一生好入名山游。

庐山秀出南斗傍，屏风九叠云锦张，影落明湖青黛光。

金阙前开二峰长，银河倒挂三石梁。

香炉瀑布遥相望，回崖沓嶂凌苍苍。

翠影红霞映朝日，鸟飞不到吴天长。

登高壮观天地间，大江茫茫去不还。

黄云万里动风色，白波九道流雪山。

二转　好为庐山谣，兴因庐山发。

闲窥石镜清我心，谢公行处苍苔没。

早服还丹无世情，琴心三迭道初成。

遥见仙人彩云里，手把芙蓉朝玉京。

先期汗漫九垓上，愿接卢敖游太清。

以第一人称直接进入诗篇是李白诗歌的典型做法，比如
《将进酒》的"君不见"，《梁园吟》的"我浮黄河去京
阙"。这首诗也一样，"我本楚狂人，凤歌笑孔丘"，首先
是个人形象的投射。"楚狂人"本指春秋时期不满楚昭王而
不仕的狂士陆通。李白不仅是一个狂人，还是一个仙人：
"手持绿玉杖，朝别黄鹤楼"，黄鹤楼本身就和仙有密切的

关系，因为仙人由此乘黄鹤升天。李白这次游玩，从湖北黄鹤楼出发，顺长江而下，到九江，最后到庐山。在当时看来，距离是十分遥远的，所以他干脆把此行想象为游仙之旅。

接下来一转，他写自己游山寻仙的经历。"五岳寻仙不辞远，一生好入名山游"，点出寻仙和游山之间不可分割的关系。他先从游山视角描述眼前的景物，首先进入眼帘的是庐山山南的九叠屏峰，然后是映入鄱阳湖的庐山倒影。这些都是自然风光，但又与天宫仙境的景色融合交错，因为李白把诸如云锦、金阙、银河等景物镶嵌到了对山水的描写中。接下来是对实景的描写，"翠影红霞映朝日，鸟飞不到吴天长"，点明记游的时间与自己所处的位置。他把这种视觉继续延伸，要"登高壮观天地间"，站在天地中心，从高耸入云的庐山俯视四方，望见滚滚大江苍茫一片，九曲长江回溯至雪山之远；往两边看，便是黄云万里随风涌动，长江波涛奔腾而过雪山之巅。这样，景象就由庐山一隅，拓展到无限的空间之中。这段描写结合了近景、中景、远景，形成了一个层次丰富的整体。

"好为庐山谣，兴因庐山发"，李白再转到自己寻仙的主题中，他写庐山谣，是因为庐山引发了他寻仙之兴。"闲窥石镜清我心，谢公行处苍苔没"，他开始清净自己的内心，追随谢灵运的足迹，直接讲自己所做的道事，用道教的术语来直接刻画自己的内心境界——"早服还丹无世情，琴心三迭道初成"。

最后，李白遥望彩云里的神仙，自己也便游到了天上，成为神仙中的一分子。"先期汗漫九垓上，愿接卢敖游太清"，这里用了卢敖游北海的典故：战国时有一燕国人卢敖，他在北海遨游，遇一怪仙乘风而舞，想与之同游。怪仙说："吾与汗漫期于九垓之外，吾不可以久驻。"于是跳入云中不见。但李白就不一样了，他虽然想先走一步升天，但还是愿意接朋友去遨游太清的。卢敖这个典故用得很妙，不仅能够作为历史人物进行关联，而且李白赠予这首诗的对象卢虚舟也姓卢。最后的邀请不仅是对卢敖的弥补，也是对卢虚舟的邀请。升天后回眸现实世界，是汉乐府游仙诗用作结尾的母题，游仙者升天之际得意地俯瞰灾难深重的人世。但我们从未见过谁像李白那样，把真正的自我也写成一位得道成仙者，并对地上真名实姓的朋友发出遨游太空的邀请。这无疑是一种原创的、新颖的表达方法，后来韩愈《调张籍》显然模仿了这一方法，以跨越天地的朋友对话作结。

在文学史的语境中，这首诗的结构可以视为由谢灵运山水诗改造而来。谢灵运山水诗基本可以分割为"四重结构"：即开头记游，中间写景，最后是抒情和说理，李白这首诗中的则把"四重结构"转化成"三重结构"。首先是记游，说自己"好入名山"；中间写景，把庐山的各种细节都写了出来；最后再写自己的寻仙之情。但这首诗也对这种结构进行了发展，加入了两个因素：一个是引入"游仙"主题，一个是把"我"带入进去。和李白的其他诗一样，这个"我"是指李白自己，是一个具有个性的"我"，而不像汉乐府中那种没有明显的个人声音的"我"。从"楚狂人"开始，诗中的"我"便具有了鲜明的个性，他不仅身着仙人之装，还能攀登至庐山的各个地点，带领我们用不同的视角观景。这种写法，在谢灵运诗中是没有的。在纯粹的景物描写中，李白和谢灵运的风格也截然不同。李白写的都是十分开阔的景色，"庐山秀出南斗傍，屏风九迭云锦张，影落明湖青黛光"，这不寻常的三句为一组，打破了传统的两句为一联的单位，即使在传统的歌行体里面，也很少见到。他先是站在庐山的东部，看到九叠屏峰倒映在鄱阳湖上。接着，视角变换为从东部往庐山远眺，先讲庐山的风光照射在他所观望的地点，再讲远看两峰，想象其飞鸟难越之高。最后的两联讲登上庐山之后，看到山北的大江，并且往西一直追溯到万里之外的雪山。这里面的景色描写，尽显阳刚雄奇魁伟的风格。

但若仔细读这篇诗，这三重结构之间也有很多细针密线。比如三个部分之间的衔接十分的平缓自然，"一生好入名山游"，紧接着就描写庐山；写了登山的感受之后，紧接着就讲"好为庐山谣，兴因庐山发"，自然地引入了下面的评述。另外，文人诗歌中互相照应的特点在这首诗中也十分明显。例如前文讲过的云锦、金阙、银河等景物，也与天宫仙境紧密相关。最后一段也照应前文，寻仙不光是服丹药，通过审美观景也能达到同样的效果，例如"闲窥石镜"就是欣赏一个具体的景物，但它也能够"清我心"。"谢公行处苍苔没"则指步谢灵运之后尘，在庐山寻仙求道。最后一段虽然写上天之事，也紧扣着对庐山的描述。由此可知这首诗在文字和用典上下了很深的功夫，不会是即兴创作出来的。在这些间接的联系、平缓自然的景物过渡中，也能看到一种阴柔缠绵的风格。

### 李白《梦游天姥吟留别》：动静、真幻相生的结构

传统的记游诗很少提到对梦的感受，即使有，也没有把梦本身作为游览的框架。李白《梦游天姥吟留别》则详细地描绘了梦中的经历，静景和动景、自然和神话世界中的种种角色交错出现在梦中。梦本就是虚无缥缈、难以还

原的，李白绝不是记载了一次真实的梦游，而是以梦游为主题来描述自己遨游仙界的想象。

　　一般而言，"梦境"是十分杂乱无章的，这首诗看起来所呈现的境界不断变换、飘忽不定，展现出"梦游"奇幻多变的特点，但此梦游与我们个人所经历过的截然不同，它是乱中有"章"的，所有片段的切换，无不为了一个共同的目的，即激起视听、情感之跌宕起伏，一浪接一浪，营造出排山倒海之势。


　　　　海客谈瀛洲，烟涛微茫信难求。

　　　　越人语天姥，云霓明灭或可睹。

　　　　天姥连天向天横，势拔五岳掩赤城。

　　　　天台四万八千丈，对此欲倒东南倾。

一转　　我欲因之梦吴越，一夜飞度镜湖月。

　　　　湖月照我影，送我至剡溪。

　　　　谢公宿处今尚在，渌水荡漾清猿啼。

　　　　脚着谢公屐，身登青云梯。

二转　　半壁见海日，空中闻天鸡。

　　　　千岩万转路不定，迷花倚石忽已暝。

　　　　熊咆龙吟殷岩泉，慄深林兮惊层巅。

　　　　云青青兮欲雨，水澹澹兮生烟。

列缺霹雳，丘峦崩摧。

洞天石扉，訇然中开。

三转　青冥浩荡不见底，日月照耀金银台。

霓为衣兮风为马，云之君兮纷纷而来下。

虎鼓瑟兮鸾回车，仙之人兮列如麻。

四转　忽魂悸以魄动，恍惊起而长嗟。

惟觉时之枕席，失向来之烟霞。

五转　世间行乐亦如此，古来万事东流水。

别君去兮何时还，

且放白鹿青崖间，须行即骑访名山。

安能摧眉折腰事权贵，使我不得开心颜。

　　开头两句，出乎意料，用的竟是七言歌行中极罕见的骈文扇对的句法，但不是"四六"，而是李白自创的"五七"。"海客谈瀛洲"与"越人语天姥"相对，"烟涛微茫信难求"和"云霞明灭或可睹"相对。通过此扇对，李白马上就把天姥山改造成了海上瀛洲的形象，天姥超越了现实，成为仙境。

　　天姥气派如何？接下来是尽夸张之能事的描述："天姥连天向天横，势拔五岳掩赤城。天台四万八千丈，对此欲倒东南倾。"这两句，把静景写成了动景，天姥山势压五岳，掩盖赤城。此气盖山河之势同时还激起一个反向的、同样震撼的山体运动，即天台山也被臣服，倾倒在天姥山之下。借此夸张的想象，李白把天姥山这种难以言说的壮观表达了出来。此时动态的天姥山和逆向而动的其他景物，不再作为一种自然现象，而是自然现象背后的张力的展现。

对天姥山这种超凡想象，把李白带入梦境。"我欲因之梦吴越，一夜飞度镜湖月"，开始一转，从这一句开始，一直到"谢公宿处今尚在，渌水荡漾清猿啼"，写的都是梦中的实景。剡溪、渌水、清猿啼，这些都是实际景物的描写。在"脚着谢公屐，身登青云梯"两句之后，又一转，他便开始描写虚幻的景物了。

先写在山中的所见所闻："半壁见海日，空中闻天鸡"，在半山腰上登天，听着天鸡的啼鸣进入神境。通向神境的路奇幻迷离、曲折不定，让人不知不觉就迷失其中，转眼间天色已晚。"熊咆龙吟殷岩泉，慄深林兮惊层巅。云青青兮欲雨，水淡淡兮生烟"，这里，李白使用了九歌体句式，马上让我们想到《九歌·山鬼》如何用此句式，营造出一种奇幻、充满巫术神灵色彩的效果。然而接下来，李白又宕开一笔，用一组四言短句，来描述天门大开瞬间的爆炸声："列缺霹雳，丘峦崩摧。洞天石扉，訇然中开。"声音的气势大如雷霆，山崩地裂，仿佛世界都被破坏开来。在极度的震动之后，李白又进入了一个宁静、祥和的新世界。"青冥浩荡不见底，日月照耀金银台。霓为衣兮风为马，云之君兮纷纷而来下。虎鼓瑟兮鸾回车，仙之人兮列如麻"，在日光的照耀之下，各路仙人齐聚，宁静有序，仿佛等待着李白的到来。李白刚刚看见，尚未下脚一探究竟，便"忽魂悸以魄动，恍惊起而长嗟"，大梦初醒，仙境中的一切烟云皆消失不见，只留下了一床破旧的枕席，他从天上又回到了人间。想象在一瞬间结束，想象与现实之间的落差达到极点。

这种巨大的落差感，让他不由得发出"世间行乐亦如此，古来万事东流水"的感叹，欢乐就像梦一样一去不返。带着这样的情感，最后一段，诗人从梦游跳回到自己真实出游的前一时刻。"别君去兮何时还"，这场出游到底什么时候才能回来呢？紧接的两句似乎已经说出了自己极为矛盾的心境。他一方面追求功名，故"且放白鹿青崖间"，暂时放下了白鹿，意指求仙并非当下之事。但他为什么还要"须行即骑访名山"呢？因为他对能去建功立业也并没有太大的信心，随时会返回山林之间。李白又要自由，又要仕途，又何尝不会像这场梦游一样经历冰火两重天呢？

这首诗，可以说是《行路难》那种大起大落结构的加强版。由于篇幅比较长，我们可以把全诗分为六个部分。

第一个部分是从"海客谈瀛洲"到"对此欲倒东南倾"。开头没有描写具体的景物形象，而是说天姥山"云霓明灭或可睹"，直接把"天姥"作为一种巨大无比的宇宙力量来描写。而天姥山直冲高天，让五岳为之掩盖、天台为之倾倒，这是一个动景。第二个部分一转，呈现了一个梦中的静景，即月夜、湖面，这些秀丽的景色。再往下，第三个部分，又写动景了，先写是鸟兽的声音，再是写开天辟地的浩荡。第四个部分，又变为写静景。虽然仙境中的世界也有动感，但却描述了一种十分有秩序的宇宙天庭的场面。第五个部分，写李白惊醒的瞬间，他明白梦中的绮丽感受不过是如烟霞般的南柯一梦，这也是一连串动作的描写。最后一个部分，他写到自己的想法。经过心路历程的"一波双折"之后，他最后感叹道："安能摧眉折腰事权贵，使我不得开心颜！"可能他也意识到了自己难有开颜，所以用一个感叹做了结尾。

整首诗中，我们可以看到各种起落，不仅有真与幻的转变，也有动和静的变化。在这些转换中，我们也能看到诗人用了很多不同的句法，有的是九歌体、有的是骈文、有的是长短句，这些句法创造出这种如真似幻的动感变化和气势，极显李白语言驾驭能力的高超。

# 杜甫古诗、律诗之比较

　　唐诗中，写送别的名篇甚多，而写想念远方友人的，相对就少很多，但也有精妙绝伦之作。下面选读杜甫三首著名的怀友诗，都是寄赠给李白的。

　　李白与杜甫，两人的友谊之深，无须多讲，历来学者的讨论都很多。李白比杜甫大十岁，他大概是 702 年出生，他去世也比杜甫早。杜甫是 712 年出生的，当时唐玄宗即位，是我们所说的开元盛世的第一年。而我们知道，李白一生坎坷，郁郁不得志。杜甫对他的挂念、劝慰，也不胜枚举。最著名的，有五言古诗《梦李白》两首。同时，他也还写了一首五言律诗《天末怀李白》。

　　我们可以来看，对同一件事，用五律来写是怎样的写法，会受到哪些方面的制约；用五古来写又可以写出怎样的、在五律上无法表达的情感？我们先来看第一首杜甫《梦李白》其一。

## 杜甫《梦李白》其一：步步转化、步步深入

李白与杜甫于天宝四载（745）秋，在山东兖州石门分手后，再未见面。756年十二月，永王李璘从江陵东下，要北上抗胡，被苟安江南的官吏李希言、李成式阻拦，认为李璘企图夺取肃宗皇位，李璘于第二年二月败死军中。至德二载（757）李白因在永王李璘的军幕府中任职，坐系浔阳（今江西九江）狱，最终于乾元元年（758）定罪，长流夜郎（在今贵州桐县境）。乾元二年（759）春夏间，李白遇赦放还，自巫山下汉阳，过江夏（二地皆在今湖北武汉）而复游浔阳等处。是年七月，杜甫度陇客秦州，地方僻远，消息隔绝，只听说李白流放夜郎，并不知其至巫山已遇赦，因而思念成梦，醒而作此诗以寄意。

《梦李白》其一：

死别已吞声，生别常恻恻。

江南瘴疬地，逐客无消息。

一转　故人入我梦，明我长相忆。

恐非平生魂，路远不可测。

魂来枫林青，魂返关塞黑。

二转　君今在罗网，何以有羽翼。

三转　落月满屋梁，犹疑照颜色。

四转　水深波浪阔，无使蛟龙得。

第一联，这里面上、下句做了一个不寻常的比较。死的离别，会很让人伤心，没有眼泪，也没有声音，这就是"已吞声"；"生别"，就是对活着的分离而言，那是"常恻恻"，是一种持续不断的痛苦与悲伤。杜甫比较"死"和"生"这两种极端对立的情况，来说明他对李白的担忧、怀念，生别的痛苦可能比死别更煎熬。下面一句，是对此的一个解释。"江南瘴疠地，逐客无消息"，所谓瘴疠地，就是充斥着各种各样像瘟疫、疟疾这类疾病的南方地区。对于南方、北方，古代、现代的观念是不一样的。现在经济发达的南方，在古时候是偏远的荒蛮之地。"逐客无消息"，李白被放逐后，我没有听到任何消息，日日夜夜担忧李白，毕竟李白去的是瘟疫之地，生死未卜。这是他"梦李白"的原因。

下面转写他所做的"梦"。"故人入我梦，明我常相忆"，这个就很精彩了，虽然实际上是杜甫自己梦到李白，但他不这么写，而是说李白来入他的梦。这个角度是很新颖的，他是反过来说：我思念至深，连李白都能知道我如此挂念他，以致他进入我的梦中。下面他开始思索，李白进入他的梦，是活人的灵魂呢，还是死人的灵魂？"恐非平生魂"，恐怕不是活人的魂了，也许李白已经遭遇不测。这里也紧扣着他对李白的担忧——"路远不可测"，路途遥远，环境险恶，李白生死未卜。接着他又写"魂来枫林青，魂返关塞黑"，这两句都是题评句："魂来""魂返"是题语，总写梦中呈现李白魂魄探访诗人的往返之旅，而评语"枫林青""关塞黑"从虚幻的阴间跳跃到实际的景物，借此点明魂魄往返的起点，并用"青""黑"二字渲染阴间鬼气森森的气氛。"枫林青"，假若独立来用，我们自然会理解为描述枫林青葱，一片绿色，但在此诗的语境中，"枫林青"应该作深蓝色解，指忧郁昏暗的夜色。"青"有黑色的意思，古汉语中，玄、黑都称青色。李白的魂魄匆匆地从南方枫林飞来，但又得赶在天亮前从秦州关塞飞回去，足见李白的深情厚谊，即使到了阴间，仍旧眷念老友，风尘仆仆，千里迢迢前来探望。

下面杜甫又继续紧扣着魂魄写，"君今在罗网，何以有羽翼"。"羽翼"紧扣着刚才的魂来、魂返，营造了一种"飞行"的意象。李白现在生活的状况，是在被监视的罗网之中，没有一种真正的自由。他的灵魂又怎么可能长着翅膀飞回我的身边呢？到了最后，他写"落月满屋梁，犹疑照颜色"，这里就是描写梦里面，在月亮之下，"我"好像看到了李白的脸孔，这是李白的虚幻形象在梦中的再现。结尾，杜甫祈求上天的保佑，"水深波浪阔，无使蛟龙得"。蛟龙在这里就是一种危险和邪恶势力。杜甫但愿李白一切平安，不要被险恶的蛟龙吞噬掉。

在这首诗中，我们可以看到，杜甫紧扣友情，步步转换，步步深入。先是实写，在实写里面比较"死别"和"生别"，生别比死别更痛苦；接下来就写虚幻的梦，不是写自己的梦，而是李白入他的梦，李白以一个魂魄的形象出现在他的梦里。经过对魂魄的猜测，他又从虚幻回到了现实：在这样的罗网中，李白很难得到自由，展翼高飞。然后又写回忆，在回忆中似乎看到李白的面容。最后的祈祷，是在险恶的现实中，恳求平安。

这首诗字数不多，但一共转了四次。最后一转，是朋友寄予的希望，依然紧扣他对李白的担忧。在古诗这一体例里面，因为没有字数限制，字一长，就容易拖沓，但杜甫一点也不拖沓，为什么？因为对同一个主题，他不断地从虚和实的角度来互相转化，每转化一次，他抒发的情感就更加浓烈感人。这首诗之不同凡响，恐怕也只有诗圣才写得出吧！

## 杜甫《梦李白》其二：角度多样、联联不同

《梦李白》组诗的第二首，也同样精彩。

> 浮云终日行，游子久不至。
> 一转 三夜频梦君，情亲见君意。
> 二转 告归常局促，苦道来不易。
> 三转 江湖多风波，舟楫恐失坠。
> 四转 出门搔白首，若负平生志。
> 五转 冠盖满京华，斯人独憔悴。
> 六转 孰云网恢恢，将老身反累。
> 七转 千秋万岁名，寂寞身后事。

此诗有八联，每联的书写角度都不同，短短的诗篇中竟有七次转折。首联"浮云终日行，游子久不至"没有什么特别之处，用浮云来代表迟迟未归的游子，是传统古诗里常用的手法。接着一转，诗人写自己的梦，"三夜频梦君"，《梦李白》其一中只是讲"一夜"的梦，现在却是连续三个夜晚都梦到李白。"情亲见君意"，这句话怎么解呢？《其一》杜甫讲过，是李白的魂魄入了他的梦。现在"三夜"李白都入梦来，是讲李白的"情亲"，如此"情

亲"，我得以"见君意"，也就是李白对他的依依不舍。足以见证李白对"我"的深情厚谊。二转，出现了更具体的细节，他用朋友之间告别的情态，来描述李白的魂魄回去的那一瞬间的形象。"告归常局促"，局促就是不安、不舍的意思。又说，"苦道来不易"，我来得好不容易，却马上又要离开你了。三转，"江湖多风波，舟楫恐失坠"，回去一路上，会有很多风波与危险。舟楫，难保不会出事。这联，说是李白的自言自语也可以，说是杜甫在中间插的一句议论也行。四转，又回到描写李白离开的情景。"出门搔白首"，这是一个在古诗，尤其是乐府诗里经常出现的动作。它除了表达衰老之意，也用来描写郁郁不得志之意。两句合起来，就是杜甫描写李白离开时憔悴的形象，来揭示李白终身不得志的心理状态。五转，杜甫有感李白的落魄状态，控诉李白遭遇巨大的不公："冠盖满京华"，穿着官服进朝的官员在长安到处都是，但"斯人独憔悴"，偏偏李白这样的人却无法实现他的理想。六转，杜甫开始质问天地：你们不是说天网恢恢都有正义的吗？那这么伟大的人，怎么到老了，却遭受这么多的折磨。这是他对李白一生的感慨，实际上也是杜甫对自己坎坷一生的议论。最后的第七转，杜甫悲伤怜悯的心情跃升到了一个新的境界：你李白虽然有千秋万岁的名，都是虚名罢了，都是死后的寂寞之事罢了。

这首诗的情调是十分悲伤的。不仅为朋友而悲伤，也是为自己悲伤。杜甫这首诗把古诗结构自由开放的优势发挥得淋漓尽致，联联引入新内容、新角度，但都无不紧扣李白的人生挫折和窘困来写。杜甫从李白的形态和表现来揣摩他的内心世界，并抒发了自己与李白之间感人至深的友情。

我们之前谈过李白的诗风，是那么的仙风傲骨。杜甫与他相比，更加细腻，在结构变化的处理的手法上尤其如此。比如，关于转折这一点。李白《将进酒》中目不暇接的转折，旨在引入诗人的自我表演，豪放抒情，掀起一道道波澜，往前推进，直至末句里的情感总迸发。与此相反，杜甫此诗层层转折，不求气势，而是平缓地引入忆梦的不同细节，从而表达出对友人缠绵不断的牵挂与眷念。

## 杜甫《天末怀李白》：五律怀友的不同写法

杜甫的五言律诗《天末怀李白》，和以上两篇是同一时期写的。不同的是，杜甫在写这首诗的时候，应该得知李白性命无忧。在五律的规定与限制下，杜甫又是怎样表达他的友情，表达他和李白风雨同舟的落难人之间的情感呢？

> 凉风起天末，君子意如何。
> 鸿雁几时到，江湖秋水多。
> 文章憎命达，魑魅喜人过。
> 应共冤魂语，投诗赠汨罗。

这首诗，杜甫主要还是表达对李白生活状况的同情。首联中天末，就是天边的意思。天边凉风四起，不知李白此时此刻在想什么呢？颔联按照了五律通常的起承转合格式，起到"承"作用。凉风一到，就是鸿雁南飞，秋水满江湖的时节了。鸿雁是纯粹的意象，是书信的代名词。杜甫当时在北方，李白在南方。若是鸿雁南飞，也只能是捎去他给李白的信，而不是李白给他的信。所以鸿雁可以说是杜甫代指自己的信。"江湖秋水"，是用意象来代表人生道路上的险恶。这个就是"承"了。

再说"转"，"转"经常是从写物到写情。为什么李白会遭遇这么多的苦难？下面就开始解释："文章憎命达，魑魅喜人过。"古代文学批评里，欧阳修讲的一句话很有名，叫"诗穷而后工"，穷是指坎坷和不得志。按照欧阳修的讲法，一位文人，在遭受到很多生活的挫折、看多了人世间的爱恨情仇后，才能写出一些真正好的文章。换一个角度来讲，文章要写得好，你就不能样样通达。这里，杜甫对朋友说：李白，你的苦难也许是上天注定的，"命不达"是你写出好文章的代价。这一个对偶句，表达出了很复杂的情感：一方面是对迫害李白的奸臣的痛恨和对李白遭遇的同情；但另一方面，又有着一点安慰："不达"，成就了你的好文章。"魑魅喜人过"，魑魅，是鬼怪。"喜人过"，有两重解释：一是人遭殃，鬼怪就高兴；二是说那些鬼怪，就是喜欢诬告李白。因为李白涉及永王叛乱，他当时可能在永王幕下做事，所以也受到牵连。但李白真有谋反之心吗？在杜甫看来，是那些小人就喜欢诬告李白，乐于看到他遭受各种各样的迫害，身陷囹圄。所以这个对偶句不但对得好，还把鸣不平与劝慰的双重情感都表达了出来。

最后，就是勉励李白了：其实李白，你也不孤单的，像你这样因文章而不达之人，多得很。最著名的，就是屈原。你流放到南方，经过湘江的时候，应该和屈原的冤魂去共话。怎么做呢？"投诗赠汨罗"。汨罗江，就是屈原的葬身地。按照逻辑来讲，这句话应该是"应投诗汨罗江，与冤魂共语"，诗中用了倒装句，增强了抒情意味。

这首诗表达的情感和方法，和《梦李白》两首很不一样。因为律诗句数有限，不能有太多的描述，还要有起承转合，故极为简洁，只能靠意象来表达自己的复杂心情。但这样就不能把那些描写细节、抒情细节、事件发展的过程都一一呈现。律诗的特点就是通过意象来表达复杂情感，我们通过咀嚼意象的关系来把诗的意思推演出来。

所以同样的情感，同样写给李白，古诗是一种写法，律诗是一种写法。

# 战争叙事的结构艺术

在绝句篇中，我们已分析了五首边塞绝句的名篇。边塞绝句基本上以兵营生活的片段作为场景，通过听觉和视觉的刻画，来凸显塞外的荒凉和塞内的繁荣，形成对比。能做到如此，已经是达到绝句的极限。绝句没有说理的空间，难以对战争进行反思，也无法从不同的角度展开抒情。古诗则大大地拓展了书写空间，可以将场景、说理、抒情融为一体。

岑参的边塞诗《白雪歌送武判官归京》对戍边军营中的具体生活的事件进行描述，写出了绝句无法写出的细节；高适的《燕歌行》则描述了一次战争的总过程。诗中涉及了不同时间、地点的人物，写出了他们在战争中的生存形态，以及对战争态度的变化；严格来讲，杜甫的"三吏三别"不是边塞诗，而是战争诗。这组诗中所提的战事，发生地并不在边塞，而是在中原地区，因为安禄山的叛军已经接近京畿地区了。杜甫的"三吏三别"不仅拓宽了战争叙事的地理边界，更重要的是突出了从前边塞诗忽略的主题，即非参战人的悲惨生活。他们的悲惨生活，较之参战者打仗的痛苦，是有过之而无不及的。每首诗中的主人公，像《石壕吏》中的老妪，《新婚别》中的妻子，都是杜甫精心挑选的。每个主人公都代表了备受战争摧残的一类特定的庶民。战争强大的破坏力摧毁了她们正常的生活，让无辜的她们遭受无妄之灾。边塞诗讲戍边将士离乡之愁，而杜甫写的是他们家乡发生的一幕幕目不忍睹的惨状，妻离子散，家破人亡，背井离乡。一个个悲惨故事，读来椎心泣血，摧肝裂胆。如此感人的效果不仅源于诗人无限的同情心，也有赖于他对叙述手法一次次的创新。

### 岑参《白雪歌送武判官归京》：边塞诗少见的阴柔美景

岑参幼年丧父，虽祖上为官，但家道中落。他靠自己的刻苦学习，于天宝三载（744）登进士第，成为右内率府兵曹参军。于天宝八载（749）弃官从戎，赴龟兹（今新疆库车）。天宝十三载（754）再度出塞，赴庭州（今新疆吉木萨尔），入北庭都护府名将封常清幕中。此诗作于天宝十四载（755）八月，安禄山反叛之前。此时诗人仍在北庭都护府任职，要为回京的武判官送行。看到边疆苍凉的景色，有感而发作此诗。

北风卷地白草折，胡天八月即飞雪。

忽如一夜春风来，千树万树梨花开。

散入珠帘湿罗幕，狐裘不暖锦衾薄。

将军角弓不得控，都护铁衣冷难着。

瀚海阑干百丈冰，愁云惨淡万里凝。

中军置酒饮归客，胡琴琵琶与羌笛。

纷纷暮雪下辕门，风掣红旗冻不翻。

轮台东门送君去，去时雪满天山路。

山回路转不见君，雪上空留马行处。

这首诗结构上没有独特之处，只是按照先后顺序写了送别诗常见的三类场景，即送别时候的天气景色、饯行的宴席、离人踪迹消失的过程。绝句写送别，通常只写一类场景，但在取景、抒情上则下大功夫，力求有过人之处。古诗没有句数的限制，所以岑参接连写了三个场景，其中第一个场景写得最为成功，其中有为此诗赢得千古美名的一联"忽如一夜春风来，千树万树梨花开"。梨花绽放的时候，整棵树都是白的，密密麻麻的，用来比喻雪不仅极为贴切，而且还隐约地表达了诗人对家乡梨花盛开景色的无限思念和向往。阳刚是边塞和战争题材的本色，读边塞诗，总是满目荒芜苍凉，风卷黄沙，阴沉沉，灰蒙蒙，愁云无边，勾起人无穷的乡愁伤悲。在阳刚悲壮的边塞书写中，突然出现洁白晶莹，美胜千树万树梨花的飞雪，让人在享受这视觉盛宴之时，也领略到一种柔美。第二个场景着墨甚少，仅有的一联只提及设酒一事和三种西域的乐器，没有像"琵琶美酒夜光杯"这样的具体描写。第三个场景有三联，都是紧扣雪来写，先是风雪交加，冻不翻的战旗，然后是离人消失视野之外，在雪地留下一路脚印。这一意境，与李白名句"孤帆远影碧空尽，唯见长江天际流"有异曲同工之妙。

整首诗中肆虐的飞雪、梨花、珠帘、锦衾、都护铁衣、百丈冰与胡琴、琵琶、羌笛，给我们丰富的视觉、触觉、听觉感受，让我们不仅觉得亲临美境，而且还体验到隐藏在这背后的戍边将士的离愁别恨和他们的冷暖人生。岑参独辟蹊径，用阳刚的题材写出阴柔万千的美景，无疑取得了艺术陌生化的巨大成功，不然此诗怎么会赢得千百年读者的喜爱呢？

## 高适《燕歌行》：尽显阳刚本色的边塞诗

阳刚气势，是边塞诗的本色，而将此本色发挥到极致的非盛唐高适《燕歌行》莫属。高适，天宝八载（749）应举中第，授封丘尉，后辞官客游河西，尤为擅长用七言歌行写边塞诗。《燕歌行》其序写道："开元二十六年（738），客有从元戎出塞而还者，作《燕歌行》以示适。感征戍之事，因而和焉。"这告诉我们，高适读了从御史大夫张守珪出塞而归后所写的《燕歌行》，有感而发，写下了自己的《燕歌行》，诗中所感叹的应是张守珪在边疆战败之事。

汉家烟尘在东北，汉将辞家破残贼。

男儿本自重横行，天子非常赐颜色。

摐金伐鼓下榆关，旌旆逶迤碣石间。

一转　校尉羽书飞瀚海，单于猎火照狼山。

山川萧条极边土，胡骑凭陵杂风雨。

二转　战士军前半死生，美人帐下犹歌舞。

三转　大漠穷秋塞草腓，孤城落日斗兵稀。

身当恩遇常轻敌，力尽关山未解围。

四转　铁衣远戍辛勤久，玉箸应啼别离后。

少妇城南欲断肠，征人蓟北空回首。

五转　边庭飘飖那可度，绝域苍茫无所有。

杀气三时作阵云，寒声一夜传刁斗。

相看白刃血纷纷，死节从来岂顾勋。

六转　君不见沙场征战苦，至今犹忆李将军。

这首诗的结构跌宕起伏，尽显阳刚之势，十六联中竟有六次转折之多。开篇两联赞扬出征打仗，说到男儿要建功立业，所以"天子非常赐颜色"，鼓励士兵为国捐躯。第三联上句"摐金伐鼓下榆关"仍写出征的豪迈气势，但下句急转，告急的信件飞奔而来，说单于的火光已经烧到了狼山。"山川萧条极边土，胡骑凭陵杂风雨"，胡骑肆虐，像风雨一样横扫而过，敌人的强势让唐军难以招架。此处，诗人笔锋第二次急转，写道："战士军前半死生，美人帐下犹歌舞。"战场状况如此危急，高级将领却丝毫不慌，仍然在奢侈享受，纸醉金迷，哪怕在帐下还要饮酒作乐。接下来，笔锋第三次转折，回头来写危急万分的战局：前线孤军奋战，被曾经瞧不上的胡人军队重重包围，用尽全力也无法突破。接下来是第四次急转，把镜头转向前线士卒家中的惨况："铁衣远戍辛勤久，玉箸应啼别离后"，丈夫服役多年未归，妻子不知其是生是死，只能孤独地在城下断肠倾思。而同一时间下，丈夫在遥远的那一边，面对无尽的战争和无法回应的思念，也只能时不时向家乡的方向回首。此时此刻，家庭的这一头和战场那一头都在直接和间接地参与战争，同时承受着战争带来的痛苦。接着，笔锋第五次急转，又回到战场，连用三联来描述士兵的英雄气概，展现最后白刃决战的场面。虽然他们没有希望解围，但还是选择血战到底。他们的死节不是为了功名，不是为了奖赏，而是他们本身的血性和不屈的精神。此时的描写又提高了一个境界。如果说将士开始参军时还怀着建功立业的梦想，真正上了战场，面对你死我亡，已经不是简单的立功报国了，而是绝不投降的勇敢的心。全诗尾联最后一次的急转："君不见沙场征战苦，至今犹忆李将军"。这个"君不见"是对读者讲的，也有对将帅的质问。你们这些将帅官员都不知道沙场征战之苦，所以我们才怀念飞将军李广，因为李广不仅战功显赫，也因体恤士兵而闻名。这何尝不是高适的一种感叹，点出了汉家天地的今不如昔。

作为边塞诗人，岑参和高适的地位和声誉，的确是伯仲难分。作为两人边塞古诗的代表作，《白雪歌送武判官归京》和《燕歌行》两诗的艺术造诣也是同样难辨高下。岑诗跳出阳刚题材的束缚，展现了塞外风光柔丽的一面，并含蓄地披露了戍边将士的情感世界。高诗则把边塞古诗阳刚气势发挥得淋漓尽致，一口气六次转折，展现出战争残酷现实的方方面面，栩栩如生地呈现了战争直接或间接参与者的形态和精神世界。从思想深度和情感表达而言，高诗显然远远胜过岑诗。为此，最佳边塞古诗的选票，我毫不犹豫地投给《燕歌行》。

## 杜甫《兵车行》：乐府结构融入自我抒情

《兵车行》是杜甫非常有名的诗篇。"行"在乐府中是一个标准的题目，比如《长歌行》就是比较出名的乐府旧题。然而《兵车行》不是一个古乐府题，是杜甫自己创造的一个新题。这种新题乐府对中唐以后的新乐府运动显然有很大的影响。就主题而言，这首诗和诗人所写"三吏三别"还是很相似的，但两者的体式风格有很大的不同，"三吏三别"是七言，这首诗用的是杂言，更有一种乐府的风格特色。

和"三吏三别"一样，这首《兵车行》也被认为是有现实基础的。天宝末期，由于唐玄宗日益昏庸，先后委政于李林甫、杨国忠等佞臣，导致将臣们好大喜功，穷兵黩武，致使边境战争的性质，已由天宝前的制止侵扰、安定边疆，转化为残酷的征伐。天宝十载（751），剑南节度使鲜于仲通发兵征讨云南地区的南诏（少数民族政权，建都今云南大理），结果于泸水南面战败，死丧士兵六万多人。唐玄宗听信杨国忠谗言，于关中地区继续征兵。人们听闻云南多瘴疠，士卒未战便死了十之八九，都不敢应征。杨国忠便遣派御史分道捕人，连枷送至军所。壮丁的父母、妻子奔走相送，生人作死别，哭声震野，悲惨情景使人目不忍睹。杜甫故作此诗《兵车行》：

车辚辚，马萧萧，行人弓箭各在腰。

耶娘妻子走相送，尘埃不见咸阳桥。

牵衣顿足拦道哭，哭声直上干云霄。

道旁过者问行人，行人但云点行频。

或从十五北防河，便至四十西营田。

去时里正与裹头，归来头白还戍边。

边庭流血成海水，武皇开边意未已。

君不闻汉家山东二百州，千村万落生荆杞。

纵有健妇把锄犁，禾生陇亩无东西。

况复秦兵耐苦战，被驱不异犬与鸡。

长者虽有问，役夫敢申恨。

且如今年冬，未休关西卒。

县官急索租，租税从何出。

信知生男恶，反是生女好。

生女犹得嫁比邻，生男埋没随百草。

君不见，青海头，古来白骨无人收。

新鬼烦冤旧鬼哭，天阴雨湿声啾啾。

全诗开头的联绵词"车辚辚,马萧萧"用得很好。后一句"行人弓箭各在腰"和下一句的"尘埃不见咸阳桥"中,"腰"和"桥"都是双音,双音的韵是比较长的,便于表达缠绵的情感。如果用入声字,会使情感表达快而短促,能更好表达愤慨或是极度的悲伤,但无法给人长久的回味。"耶娘妻子走相送":耶,就是父亲;娘,就是母亲;妻,就是妻子;子,是儿女。从这些送行的至亲,足以得知,从军的人中有老年的,有中年的,还有年少的,哪个年龄段都逃不掉。"尘埃不见咸阳桥",咸阳桥,也就是长安往西边走必须经过的渭桥了。可见,送行的队伍一直延伸到了长安的尽头。"牵衣顿足拦道哭,哭声直上干云霄","干"就是冲击的意思,比如杜甫名句"彩笔昔曾干气象"。"道旁过者问行人,行人但云点行频。"点行频,就是频繁地征兵。

接下来的诗句,可以看作被"点行"的人在说话,这是很典型的乐府篇章的结构。开头是叙事者的总述,接着转入当事人自述:我的一生显得如此漫长,因为一直在各种地方打仗。"或从十五北防河,便至四十西营田。去时里正与裹头,归来头白还戍边",刚到军队时很小,还要让里正来帮我整理头发;回来之时,已是白发如雪,步入年迈,但即使这样也要继续戍守边疆。

从"边庭流血成海水,武皇开边意未已"一联开始,用语变得更像是文雅的书面语，批判时政也用了夸张手法，与其视为出自当事人之口，毋宁解作诗人杜甫的转述。往下，批判战争的矛头从"人亡"转向了"家破"。"汉家山东二百州，千村万落生荆杞"，此处"汉家"实际上就是"唐家"，是借古之名喻今事。"纵有健妇把锄犁，禾生陇亩无东西"，"无东西"不是说东西长不出来，而是说禾苗长得东倒西歪。虽然有健壮的妇女去耕田，但是她们还是没男子那么有力气，种的禾苗都是东倒西歪的。"况复秦兵耐苦战，被驱不异犬与鸡"，虽然这些唐代的兵是能够耐苦战的，但战时也不过是像鸡犬一样被来回驱赶。

"长者虽有问，役夫敢申恨"，虽然你（杜甫）来问我这些事，但是我们这些服兵役的人哪敢表达什么不满？接下来，行人开始详细介绍自己家庭的遭遇："县官急索租，租税从何出"，被逼着要交税，但哪儿来交税的钱呢？"信知生男恶，反是生女好"，生下来的男儿都得去战场送死，还是生个女儿更好，至少能活下来。

接下来，杜甫似乎再次担任转述的角色，用自己动情的言语，描述青海边的白骨，刻画那些没能回来的可怜士卒。他不是讲人的痛苦，而是讲鬼的痛苦。战争带来的灾难，连鬼都要为之痛哭。新的士卒身死化鬼，哭诉这被战争剥夺的一生，却发现那些早已战死的旧鬼依然没有止住眼泪，他们的哭声持续了一年又一年，将整个阴阴沉沉的天地，全部浸泡在乌云与湿雨之中。

杜甫这首诗，跟从前的汉乐府相比，不再是简单地叙述故事，而是让自我融入乐府诗的说话人之中，用文人的抒情言语为其代言，将叙事和抒情一步步推向高潮：从人讲到鬼，从鬼讲到天地，连大自然都为战争鸣咽。《兵车行》为我们展示了用古诗形式写战争的核心优势：它可以展现整个事件的具体过程，包括个体生命在事件中的变化无常，以及变化的每一步中所经历的各种痛苦。这首古诗在乐府叙事加对话的结构框架中，出现了诗人自我的声音，因而让情感的表达更加强烈，对战争的反思更加深刻。这是边塞绝句不可能做到的。哪怕你把几个绝句拼在一块，都很难做得到。因为每个绝句都有其独特的内在结构，是难以在内容上完全连贯起来的。

## 杜甫《新婚别》：乐府结构抒情化又一式

乾元元年（758）九月，郭子仪、李光弼、王思礼等节度使率兵二十万讨伐安禄山之子安庆绪，十一月围攻相州。至乾元二年（759）三月，史思明反叛，自魏州率军来解救安庆绪，两军内外呼应，唐军大败。郭子仪带领其朔方军退至河阳，保卫东都洛阳。唐王朝为了扭转危机，加强战备，到处征兵抓丁，补充兵源。而战场附近的新安、陕县一带，征兵更是不分男女老幼，生拉硬抓，给人民带来极大的灾难。杜甫在这时离开洛阳回华州，路途中，他亲眼看到这一带的百姓在过去两年先后惨遭叛军的蹂躏和官军征兵的痛苦。于是写下了《新安吏》《石壕吏》《潼关吏》《新婚别》《垂老别》《无家别》这一组传诵千载反映人民苦难的史诗。这里，我们选读《新婚别》和《石壕吏》两首。

在《新婚别》中，杜甫同样对乐府结构进行了抒情化的改造，那就是裁去开篇的叙事板块，通篇改为诗中主人公的自述：

兔丝附蓬麻，引蔓故不长。

嫁女与征夫，不如弃路旁。

结发为妻子，席不暖君床。

暮婚晨告别，无乃太匆忙。

君行虽不远，守边赴河阳。

妾身未分明，何以拜姑嫜。

父母养我时，日夜令我藏。

生女有所归，鸡狗亦得将。

君今往死地，沉痛迫中肠。

誓欲随君去，形势反苍黄。

勿为新婚念，努力事戎行。

妇人在军中，兵气恐不扬。

自嗟贫家女，久致罗襦裳。

罗襦不复施，对君洗红妆。

仰视百鸟飞，大小必双翔。

人事多错迕，与君永相望。

第一联仍保留了一些传统乐府开篇叙事的痕迹，为诗中女主人公的自述：女孩嫁出去，是"兔丝附蓬麻"，蓬麻，都是长得短的枝条，暗示自己也会不长久。"嫁女与征夫，不如弃路旁"，我嫁给了征夫，还不如被丢弃在路边，这是对自己个人命运的总结。下面接着写自己的遭遇。晚上结婚，床还没睡暖，丈夫第二天就告别了。"无乃太匆忙"，真是匆忙的过分啊。虽然丈夫行役不远，只是在河阳附近，这句话看上去是她在安慰自己，但更苦的是她作为妻子，连名分也没法正了。那时候，结婚三天后要上坟告庙，才算完婚，这样才能够有作为妻子的正式名分。她既没有名分，身边也没有丈夫，怎么来拜姑嫜呢？"父母养我时，日夜令我藏"，父母是很讲究礼法的，她还没出嫁的时候，就把她关起来，样样都调理得好，也不让她和别人来往。这样教育了那么多年，就是为了她能嫁个好丈夫。父母这么多年的付出，都在此付之一炬。我出嫁了，只能"嫁鸡随鸡，嫁狗随狗"。今天你要去那生死之地，我肝肠寸断。我想和你一块去战场，但形势紧急，军情多变，这种情况如何允许我去呢？你也不用想我，努力杀敌吧。妇女跟着军队，也许只会影响士气吧！接下来转入了另一个情节，她说自己一个穷人家的女孩，花费了很长时间才置办成的丝绸嫁衣也不再穿了，红妆也洗掉了。只得感叹，看着白鸟飞翔成双，我却"与君永相望"。

这首诗，一句话以蔽之，"没有最苦，只有更苦"，一层苦又渗出一层苦，无穷无尽。幸福的期望还未开始，瞬间就变得如此沉重，这注定是一个以悲剧结束的爱情故事。这种一步步强化的抒情自述，无疑造就了一种崭新的、叠加递进式的线性结构。

## 杜甫《石壕吏》：全知型的观察叙述

《石壕吏》是杜甫根据经过石壕村（河南陕县东）时的见闻有感而作。

暮投石壕村，有吏夜捉人。

老翁逾墙走，老妇出门看。

吏呼一何怒，妇啼一何苦。

听妇前致词，三男邺城戍。

一男附书至，二男新战死。

存者且偷生，死者长已矣。

室中更无人，惟有乳下孙。

有孙母未去，出入无完裙。

老妪力虽衰，请从吏夜归。

急应河阳役，犹得备晨炊。

夜久语声绝，如闻泣幽咽。

天明登前途，独与老翁别。

这首诗叙述了一个很简单的故事，语言十分简朴，但是其艺术性是非常高的。以前一些对这首诗的评论，只是抓住了一个"何怒""何苦"，说这是痛斥剥削阶级，官吏欺压百姓，把整首诗都说成愤怒的抗争。这个石壕吏，又是吆喝又是恶言恶语，杜甫当然不赞许，但此诗绝非是为鞭挞这个官吏而写的。因为此吏也有无奈，必须执行官府的命令。

诗一开篇就交代诗人在石壕村遇到抓人服兵役之事。"老翁逾墙走，老妇出门看"，"走"不是说慢慢走，在中古汉语里面，走就是跑。"鸡飞狗走"一语就保留了这个意思。一听到捉人，老翁就逃跑了。因为壮丁、中男都抓完了，所以老汉也要被拉去当兵，可见战事的发展是何等的糟糕。下面又说，官吏在吆喝，家人在苦苦哀求，这已经是十分令人同情的场景了。然而再往下，老妇哭哭啼啼地诉说：家里有三个男儿，全都上了战场，其中有一个已经死掉了，活着的苟且偷生，也不知道什么时候也会战死。接着又把战争带来的恐惧和痛苦切换到室内：家中更无人了，只有一个还在吃奶的孙子，而给他喂奶的母亲甚至连一件能出去穿的衣服都没有。老妇只好献出自己来替他的家人服兵役了，向官吏苦苦哀求从军，出人意料，却也在情理之中。"急应河阳役，犹得备晨炊"，马上有战役要开打了，我可以去服务，为军队做早饭。"夜久语声绝"，漫漫长夜十分煎熬，说话的声音也都慢慢消失，似乎只剩下了幽咽和哭泣的声音。就这样，老妪的家庭沦落到家破人亡的悲惨地步。

诗的结尾与开头形成了强烈的对比。开始本该抓的是老翁，最后却是老翁来给杜甫送别。一般来讲，抓壮丁很少抓女子的，但这里不仅是女子，还是一个老妇人。所以兵役给家庭带来的苦，已经到了何等可怕的地步。这首诗真是催人泪下。本来写一个苦，笔锋一转，又是另一种的苦，一层层的述说。

《石壕吏》虽然采用与《新婚别》相似的叠加递进的结构，但抒情切入的方法是截然相反的。在《新婚别》中一层层的苦难，是当事人自己以第一人称来述说的，所以呈现了勇于抗议不公的阳刚之气。《石壕吏》所用的抒情方法恰恰相反，杜甫选择自己担任全知型叙事者，向我们报道老妪与吏员之间的对话。现实中，杜甫不可能坐在旁边的房间里，听到了事情的前因后果。全知型叙事是一种艺术的表现手法，用之可以塑造各种细节，从而最大化地加强艺术效果。在《石壕吏》中，杜甫用这种间接的抒情方法，把战争给家庭带来毁灭性的打击，简洁而翔实地呈现出来，极为具体和深刻。在整首诗中，杜甫本人从头到尾也没有站出来发表议论，这样，反而"无声胜有声"，他通过对细节的安排和叙述，以柔婉的笔法取得了一个比直抒胸臆更好的效果。这就是杜甫写古诗的笔法，前无古人，后无来者，真是登峰造极。

# 文艺表演之描写：刚与柔的完美呈现

　　六朝以来，文艺表演，尤其是音乐演奏，一直是诗人喜欢书写的主题，到了唐代此主题成为诗人们竞相创作、尽情发挥想象力的舞台。下面，我们可以看到杜甫、白居易、韩愈三位大诗人各显神通，对艺术表演进行的独特的、具有非凡想象的书写。他们每首诗描写的对象都不同，分别为舞蹈表演、音乐演奏、诗歌创作过程。比较先唐同类诗篇，他们作品有一共同的创新，即用夸张的想象来呈现文艺表演所释放巨大的阳刚气势。他们都以一种近乎超验的视角来观察和反映艺术活动，将艺术活动描写成一种石破天惊的"创世"活动，宇宙万物乃至神话世界无不深受它的影响。杜甫对公孙大娘剑舞的描述，尽显艺术夸张之能事，可以说开了唐人用宇宙天象来比喻艺术感召力的先河。稍后，白居易和韩愈用各种各样的视觉形象以及自然和人类世界的声音来模拟音乐。除了音乐表演之外，韩愈还用惊人的艺术想象进行诗歌创作。开天辟地、宇宙天宫、大禹治水这样的空间场景，都不是生活的现实，却真切感人地展现出文学艺术"惊天地，泣鬼神"的影响力。与此同时，三位诗人又引入与阳刚相济共生的阴柔情韵，如杜甫对昔日盛世的眷念、白居易对琵琶表演者的同情以及韩愈对张籍的友情。

## 杜甫《观公孙大娘弟子舞剑器行》：熔多重为一炉

大历二年（767）十月十九日，杜甫在夔州长史元持的家里看到临颍李十二娘的剑器舞。她的舞蹈技艺与众不同，一问之下，才知道李十二娘是当年公孙大娘的学生。在问答间，杜甫想起他孩提时在郾城观公孙大娘舞剑器的情景。公孙大娘是玄宗开元年间享有盛名的舞蹈家，她的舞《剑器》，是一种戎装持剑的"剑舞"（即武舞），舞起来淋漓顿挫，冠绝一时。杜甫两次观看剑器舞，时隔五十年，昔日赏舞的小孩现已白发苍苍。诗人抚今追昔，无限伤怀，作下此诗：

> 昔有佳人公孙氏，一舞剑气动四方。
>
> 观者如山色沮丧，天地为之久低昂。
>
> 㸌如羿射九日落，矫如群帝骖龙翔。
>
> 来如雷霆收震怒，罢如江海凝清光。

大转　绛唇珠袖两寂寞，晚有弟子传芬芳。

临颍美人在白帝，妙舞此曲神扬扬。

与余问答既有以，感时抚事增惋伤。

大转　先帝侍女八千人，公孙剑器初第一。

小转　五十年间似反掌，风尘倾动昏王室。

小转　梨园弟子散如烟，女乐余姿映寒日。

小转　金粟堆南木已拱，瞿唐石城草萧瑟。

小转　玳筵急管曲复终，乐极哀来月东出。

小转　老夫不知其所往，足茧荒山转愁疾。

此诗开篇极有气势。剑舞开场，"观者如山色沮丧，天地
为之久低昂"，给观者带来无比震撼，连天地也变了脸色，
低昂起伏，情绪忽涨忽落。接下来，四句的句法非同寻常，
连用"爟""矫""来""罢"四个动词，形成气势磅礴的排
比，诗句第一个字用动词的句法可以追溯到《楚辞》，但
在七言诗中是极少见到的。而紧接着的后面的六个字的用
法也让人叹为观止。第二个字一律用"如"，而紧跟着的
是清一色的主谓句，主语是羿、群帝、雷霆、江海，无不
可称天地之主，而谓语则描述它们巨力陶钧天地之状。这
四句的1+6句式，无疑是杜甫的独创，产生出动人的陌生
化效果。诗人借助羿射九日之力度，群帝骖龙之翔翔，雷

霆之不震，江海凝光之状，逼真地展现出公孙大娘一来一去，忽动忽静，感天动地的舞姿。

接下来，杜甫从舞蹈急转到写人。"绛唇珠袖"指的便是公孙大娘了。当年容貌美丽、服饰华丽的公孙大娘今已不在，但仍然有弟子在传授她的"芬芳"。"芬芳"既可以是舞蹈技术，也可以是大娘的美丽形象。下一句讲地点，"白帝"就是在夔州的白帝城。前一段是杜甫回忆中公孙大娘的表演，此段从遥远的过去讲到五十年后的现在，时间跨度非常大。接着，杜甫就问李十二娘的剑舞是谁教的，知道是曾经的公孙大娘所授，杜甫心中感慨万千。

"五十年间似反掌，风尘倾动昏王室"，这五十年，杜甫见证了唐朝从巅峰盛世一步步走向衰败，皇室从鼎盛迈入昏庸。"梨园弟子散如烟，女乐余姿映寒日"，当初的歌声舞影烟消云散，李十二娘的身姿不再活跃于朝廷的喧闹之中，而是孤身独影于一轮寒日之下。"金粟堆前木已拱，瞿唐石城草萧瑟"，埋葬唐玄宗的坟头树已经粗得要两个人才能抱得下，瞿唐的白帝城也变得杂草丛生。最后，诗人讲到了自己，"老夫不知其所往，足茧荒山转愁疾"，时代如此，我现在也不知所措，荒山难走，真是越来越担忧。

这首诗的布局谋篇，转化频繁而并然有序。全诗有三部分，第一部分连用五个排比句，展现出公孙大娘剑舞惊天动地的气势。第二部分转写公孙大娘弟子李十二娘的舞姿以及与诗人的对话，而诗的基调也随之从阳刚转为阴柔。第三部分转写诗人观舞而发的思古幽情。这部分共有六联，每联一个转折，从公孙大娘、王室衰败、梨园弟子现状、玄宗墓地、乐终场景直到诗人自己的迷茫惆怅。小转一个接一个，形象地呈现了那剪不断理还乱的愁绪。

我们应当如何定位此诗呢？是写音乐表演的诗，还是怀古的诗呢？如果是"怀古"，怀念他年轻的时候也能叫"古"吗？但诗最后感叹人生短暂，物是人非，对自己的前途深感迷茫惆怅，又像是咏怀。其实是杜甫大胆地把艺术、忆旧、咏怀不同的主题都结合在一起，这也是一种结构的创新。


### 白居易《琵琶行》（选段）：声音的视觉想象

元和十年（815），藩镇势力派刺客在长安街头刺死了宰相武元衡。白居易上疏请求抓捕刺杀宰相的贼人，但因此得罪了朝中权贵，遂被贬为江州司马。《琵琶行》这首诗是在作者仕途失意的背景下创作的。诗人对琵琶女美好形象的塑造以及悲惨经历的描写，既是对她不幸命运的同情，也是对自己人生遭遇的感慨。

同时，我们也应该关注到本诗文学方面的背景。白居易《琵琶行》的创作手法是在元稹《琵琶歌》的基础上改进而来的。元稹的《琵琶歌》创作于元和五年（810），这一年元稹被贬江陵，有着和白居易创作《琵琶行》时相似的处境。此外，白居易《琵琶行》亦受到刘梦得《泰娘歌》的影响，但此说法仍有待考证。《泰娘歌》亦是刘梦得被贬时所作，且与《琵琶行》类似，都是"以遗妾比逐臣"。

　　《琵琶行》的一个重要艺术特征是将歌咏者与被歌咏者的思想感情合而为一，你中有我、我中有你，正如诗中所言："同是天涯沦落人，相逢何必曾相识。"琵琶女的遭遇实际上是作者遭遇的影射，作者在表露对琵琶女的同情之时，也抒发了自己被贬谪的愤懑之情，并从侧面揭露了官僚腐败、人才被埋没等社会问题。

　　讲起《琵琶行》的艺术成就，几乎大家都会想到白居易用视觉形象描写琴声与情感而带来的无限美感。现在就来探究此美感产生的所以然。


　　　　转轴拨弦三两声，未成曲调先有情。

　　　　弦弦掩抑声声思，似诉平生不得志。

　　　　低眉信手续续弹，说尽心中无限事。

　　　　轻拢慢捻抹复挑，初为霓裳后六幺。

此刻，琵琶女正在调琴，拨弦试音，还没有正式开始弹，但光是那调琴之声都可以感染听众。调琴的声音和乐谱是半点关系都没有的，可当琵琶女操作琵琶的手法展示出来时，白居易就已经听到其中的情感了。有了这一句，我们再往下看到描述演奏过程的片段，就会很容易地融入诗人的情感之中。没开始弹尚且如此，要是她正式弹起来，那将有多么动人呢？接下来，诗人描写了几个弹琴的动作，"弦弦掩抑声声思"，"低眉信手续续弹"，它不是单纯的声音，而是通过这些声音，以"诉平生不得志"，"说尽心中无限事"。这样，听众就从单纯的"情"迈入了带着"情"的"故事"之中。

　　大弦嘈嘈如急雨，小弦切切如私语。
　　嘈嘈切切错杂弹，大珠小珠落玉盘。
　　间关莺语花底滑，幽咽泉流冰下滩。
　　冰泉冷涩弦凝绝，凝绝不通声暂歇。
　　别有幽愁暗恨生，此时无声胜有声。
　　银瓶乍破水浆迸，铁骑突出刀枪鸣。
　　曲终收拨当心画，四弦一声如裂帛。
　　东船西舫悄无言，唯见江心秋月白。

"大弦嘈嘈如急雨，小弦切切如私语。嘈嘈切切错杂弹，大珠小珠落玉盘"，大弦就是琵琶的主弦，小弦就是次弦。诗大弦的嘈嘈之声如同暴雨落地，小弦的切切之音好似耳语。大弦、小弦的声音变换交错，就好像人把手上捧满的大大小小的珠子撒到玉盘中一样。此处的比喻十分生动，将本来难以言喻的抽象的声音，通过这种具有画面感的动态物象模仿出来，让人赞不绝口。

"间关"是一个象声词，用来模仿"莺语"的鸟鸣声。诗人描述"间关"，仿佛花丛里黄莺的鸣叫声慢慢滑走、慢慢消失一样。大家可以想象声音由近及远，颇具空间感。"幽咽"则是指不通塞的状态。曲声似断非断，断断续续的，就像在冰下的泉水一样不流畅。乐曲就在这样的状态下慢慢结束，紧接下句的"泉流冰下滩"，滩，一作难，声音方才还是冰下的流水，现在就已经完全结冰了。"冰泉冷涩弦凝绝"，诗人将声音的结束想象为水结冰的过程，曲子就这么慢慢地、断断续续地转向不通，彻底没了声音。然而，"此时无声胜有声"，虽曰无声，但诗人却听到了另一种声音，"无声"的背后是弹琴者无限愁绪的凝结，正好比欲说还休、一言难尽的背后总是有一大堆说不清的委屈，而这种无处发泄的"心声"，却在"无声"之中被诗人捕捉到了。

正当大家以为曲子结束了，突然之间，这"心声"一下子爆发开来，好像银瓶撞破，水浆迸出；好像铁骑冲阵，持戈而哮，把乐曲的张力完美地展现出来。这一阵震撼的喧哗之后，她对着琴心一收弦，像绢帛被撕裂开一样，万般声响合而为一。一瞬间，万籁俱寂，不仅是琵琶的静，也是周围听众的静。所有人都沉浸在这曲子的余音里，感动得无法用语言来表达，只能在沉吟之中，看着江水中那皎白的月影。

这一部分，诗人不仅刻画各种具体意象的运动来表达不同声音的变化，还运用各类比喻渲染音乐的表现，可谓是出其不意，惊喜连连。

### 韩愈《听颖师弹琴》：琴声掀起情感冰火两重天

元和十二年（817），韩愈出任宰相裴度的行军司马，参与讨平"淮西之乱"，升刑部侍郎。两年后因谏迎佛骨一事被贬为潮州刺史。唐穆宗即位后被召入朝，官至吏部侍郎，人称"韩吏部"。病逝后追赠礼部尚书，谥号为"文"，故称"韩文公"。

苏轼《潮州韩文公庙碑》留下了历代赞颂韩愈必引的名言："文起八代之衰，道济天下之溺"，意指韩愈一生最伟大的成就有二：一是他的古文振兴了八代以来日渐衰颓的文风，二是他排斥佛老、弘扬儒家道统，从而拯救了沉沦已久的人心。我认为，韩愈的丰功伟绩如此定位，虽然极为精准，但也有欠缺之处，那就是忽略了韩愈诗歌堪可称雄的成就。这忽视韩诗成就的倾向，自宋代延续到清初，直到叶燮率先将韩愈与杜甫、苏轼相提并论，言"杜甫之诗，独冠今古。此外上下千余年，作者代有，惟韩愈、苏轼，其才力能与甫抗衡，鼎立为三"（《原诗》），并极为精辟地给出理由："韩愈为唐诗之一大变；其力大，其思雄，崛起特为鼻祖。"（《原诗》）我认为，韩愈的五古最突出地展现了其诗力大思雄的特点，而他五古之中最力大思雄者，莫过于《听颖师弹琴》和《调张籍》二诗。

元和年间，长安来了个善琴的印度僧人颖师，其琴技高绝，倾动一时，不少诗人赠诗给他。韩愈也慕名前来欣赏颖师弹琴，作五古《听颖师弹琴》。

> 昵昵儿女语，恩怨相尔汝。
>
> 划然变轩昂，勇士赴敌场。
>
> 浮云柳絮无根蒂，天地阔远随飞扬。
>
> 喧啾百鸟群，忽见孤凤皇。

跻攀分寸不可上，失势一落千丈强。

嗟余有两耳，未省听丝篁。

自闻颖师弹，起坐在一旁。

推手遽止之，湿衣泪滂滂。

颖乎尔诚能，无以冰炭置我肠。

诗的开篇就对琴声进行象征性的描写。"昵昵儿女语，恩怨相尔汝"，指琴声像小儿女的窃窃私语，又像他们相互埋怨的情话。他只讲一个声音，诗句中没有出现乐器，只有标题提了听弹琴，读者才会把诗的内容和声音相联系。要是把这个标题去掉，那读者可能会觉得不知所云。接下来，"划然变轩昂，勇士赴敌场"，指琴声从缓慢细腻骤然转为急促激昂，仿佛从绵绵细语化作壮士奔赴战场的慷慨之声，形成了很强烈的对比。下一联"浮云柳絮无根蒂，天地阔远随飞扬"，则描写了一种能引人遐想的声调，给人感觉轻飘飘的，仿佛无根的柳絮在天上到处飞扬一般。"喧啾百鸟群，忽见孤凤皇"，指不同的声音的相互交错，就如同山丘上的百鸟朝凤，但突然间声音变得单一而独特。这里的比喻很有画面感，凤凰发声的时候，其他鸟应该是不敢出声的。

下面一联就写得很精彩了，"跻攀分寸不可上，失势一落千丈强"，此处是一个静态描写还是一个动态描写呢？诗中明说"一落千丈"，它有没有真的掉下来？我们可以想象一下，你抓着悬崖峭壁的一块岩石，上是千层长坡，下是万丈深渊，爬不上去又不敢放手，危在眉睫。这"一落千丈"不见得是真的掉下来，而是讲这扣人心弦的音乐表演，能够让人有十分紧张的心理体验。这种解释从下面的诗句中可以得到证明："嗟余有两耳，未省听丝篁"，虽然我有两个耳朵，但是我太外行，不会听音乐，不懂欣赏丝篁音乐的动人。但自从颖师开始弹琴，我在他旁边坐立不安，一下站起来，一下坐下去。人在什么时候会坐立不安？当然是紧张的时候，这也正好就呼应了刚才讲的"失势一落千丈强"。

听到最后，诗人受不了了，他巧妙地用自己的情感反应来表达音乐的效果："推手遽止之，湿衣泪滂滂"，你不要再弹了，我已经情不自禁听得眼泪汪汪。"颖乎尔诚能，无以冰炭置我肠"，他对颖师说：你把冰、炭这两种一冷一热的情感放在我心肠里，一下让我激昂高发，一下让我低沉悲伤，这样来折腾我，我怎么受得了呢？

韩愈用自己激烈的情感反应来间接呈现出琴声的艺术感染力，如此描写音乐表演，可以说是别出心裁，另辟蹊径了，这和白居易在《琵琶行》中用模拟声音的方式描写表演的方法是完全不一样的。

在结构上，这首诗跌宕不断，大起大落。先讲男女之间的温存，再讲战场上的激昂，再转到自然景物，再回到他自己的感受，最后是和颖师的对话，各个部分之间的跳跃很大。

## 韩愈《调张籍》：五言句组配成跳跃片断

韩愈的《调张籍》当作于唐宪宗元和十年（815）后。当时，李白、杜甫尚未受到人们普遍的尊重。在韩愈以前，李白名高于杜甫；到韩愈那时，又有人尊杜抑李。例如，元和八年（813），元稹《唐故检校工部员外郎杜君墓志铭》提出尊杜抑李的观点："则李尚不能历其藩翰，况堂奥乎！"两年后，白居易在《与元九书》中评李白说："索其风雅比兴，十无一焉。"评杜甫说："然撮其《新安》《石壕》《潼关吏》《芦子关》《花门》之章，'朱门酒肉臭，路有冻死骨'之句，亦不过三四十首。"因元稹、白居易的诗歌风格与李白、杜甫大异，其持论亦相左如此，而张籍乐府诸体亦近元、白，因此韩愈写此诗，竭尽全力弘扬李白、杜甫，以启发张籍。

李杜文章在，光焰万丈长。

不知群儿愚，那用故谤伤。

蚍蜉撼大树，可笑不自量。

伊我生其后，举颈遥相望。

夜梦多见之，昼思反微茫。

一转 徒观斧凿痕，不瞩治水航。

想当施手时，巨刃磨天扬。

垠崖划崩豁，乾坤摆雷硠。

二转 唯此两夫子，家居率荒凉。

帝欲长吟哦，故遣起且僵。

剪翎送笼中，使看百鸟翔。

平生千万篇，金薤垂琳琅。

仙官敕六丁，雷电下取将。

流落人间者，太山一毫芒。

三转 我愿生两翅，捕逐出八荒。

精诚忽交通，百怪入我肠。

刺手拔鲸牙，举瓢酌天浆。

腾身跨汗漫，不着织女襄。

四转 顾语地上友，经营无太忙。

乞君飞霞佩，与我高颉颃。

"李杜"大家都知道，是李白和杜甫。他们"光焰万丈长"，成就无比之高，名垂青史，这是比较中肯的评价了。"不知群儿愚，那用故谤伤"，此处的"群儿"似乎是在批评白居易和元稹。韩愈说批李杜者是"蚍蜉撼大树，可笑不自量"。此开头一改韩愈诗句的深奥，简单易懂又有趣。"伊我生其后，举颈遥相望"，我生在李杜之后五十年，无法目睹他们的风采，只能伸着脖子远远地眺望他们。"夜梦多见之，昼思反微茫"，我梦里总是看到他们，但醒来之后又忘得差不多了，现实中我肯定达不到他们的水准。

下面急转，忽然又讲到大禹治水，突然来了一个巨大的跳跃。"徒观斧凿痕，不瞩治水航"，大禹治水开天辟地的工程，而现在只留下"斧凿痕"，要看他们当时"治水航"的详细情况，我们只能透过这些"斧凿痕"来想象。李杜早已逝去，但文章尚在，这不是一个道理吗？此处的比喻非常巧妙，不仅指出了批李杜者的局限性，还间接把李杜比作大禹，称赞他们艺术创造上的鬼斧神工。

接下来于是又是一个转折，从李杜开天辟地的艺术创造转到了他们的人生境遇上。韩愈不直写他们的人生境遇，而是创造了一个"帝"，仿佛在无形之中主宰着李杜的命运，让他们忽而"遭起"，忽而"僵"。为什么呢？后来欧阳修说的"诗穷而后工"总结很到位。诗人要历尽磨难才能写出好作品，天帝想要看他们写的好诗，所以才如此捉弄他们。韩愈还把捉弄的过程写得十分具体逼真，"翦翎送笼中，使看百鸟翔"，把美丽的鸟儿剪下羽毛放在笼子中，还让他们看笼子外的鸟自由飞翔。这仿佛就是在讲李杜一生寂寞，看着别人飞黄腾达。

接下来韩愈又写了另一种想象，"平生千万篇，金薤垂琳琅"，"薤"就是藠头，一种和大蒜很像的植物，它有一个很尖的顶。所以"金薤"后来被用来描述篆书，也成为文章的代名词，用来形容文章的琳琅多彩和贵重。"仙官敕六丁，雷电下取将"，天帝想要他们的作品，所以就派神将下凡，把他们的好作品统统拿走。"流落人间者，太山一毫芒"，他们在人间的作品不过是泰山一毫、冰山一角和一些残羹冷炙而已。

最后，韩愈不只讲李杜的诗歌造诣，他还要学习李杜。"我愿生两翅，捕逐出八荒"，我愿意追随他们到八荒之外。"精诚忽交通，百怪入我肠"，通过感通李杜，把各种各样的奇想纳入自己的精神中，获得一种超凡的能力。"刺手拔鲸牙，举瓢畅饮酌天浆"，可以手把鲸牙，举瓢畅饮天浆，上天遁地，并且"腾身跨汗漫，不着织女襄"在浩瀚的宇宙中自由飞舞，连织女给我的衣服也看不上。这一段描述，可以说比李白还要浪漫、瑰奇了。韩愈用了一个游仙的母题，来表达李杜诗歌的艺术感召力。

最后四句也是典型的游仙诗句式，都是写从天上看地面、看人间疾苦，这是一种常用套路。但韩愈对这个母题也进行了创新。他把自己想象成了仙，又游回人间，对他的好朋友张籍讲："经营无太忙，乞君飞霞佩，与我高颉颃"，不要一天到晚学诗学得这么辛苦，还不如和我一起步李杜的后尘，到真正的诗歌天地中遨游颉颃。

这首五言古诗独具一格。一般来讲，五古长诗是很容易拖沓的，因为五个字能给出的信息量并不充足，使得一个情节、故事往往需要很多句诗来组成才能完整。重复讲一件事情，就会过于啰唆，但是这首却大不一样，每几句就形成一个片段，不同的片段之间转变的跳跃甚大，读来让人惊心动魄。他把五言短而急促的长处发挥出来了，一口气交错呈现了三种鬼匠神工，即大禹开山辟地、李杜诗歌想象以及韩愈本人感通李杜而"刺手拔鲸牙，举瓢酌天浆"之壮举。韩愈把短促的五言句组配得炉火纯青，创造了一种特殊的气质和力量。此诗排山倒海的气势，是没有哪一首五古能比得上的。

# 阴柔之美的名篇是如何生成的

古诗的名作，尤其是长篇，以阳刚取胜的为多。古诗篇幅长，容易板滞，为了克服古诗体这一制约，很多诗人采用了纵横捭阖、大起大落的结构，并加以第一人称的强烈抒情。这样，写出来的诗篇自然就有一种阳刚的特征。论阳刚之强度，李白的七言歌行《将进酒》无疑高居榜首，抒情有势不可挡的万钧之力。韩愈的五古《调张籍》次之，且五古体古诗中没有出其右者。阳刚为主、阴柔为辅的作品的数量应是更多，刚读过杜甫、白居易、韩愈描写文艺表演的诗作就是这类古诗的典范。在我们读过的古诗中，以阴柔取胜的大概只有杜甫的《梦李白》和《石壕吏》。现在就让我们再来读三首尽显阴柔之美的名篇。

## 王维《蓝田山石门精舍》：线性结构为何引人入胜

讲起诗佛王维的名作，我们马上想到的都是绝句和律诗，古体诗恐怕难举例出来。王维写的古体诗，以乐府体为主，比起李白和杜甫的古体诗逊色不少。然而，在他所写的古体诗中，有一首记游诗《蓝田山石门精舍》，超群拔类，在结构创新方面甚至可与李白的记游名篇比肩。可惜的是，此诗精湛的造诣没有引起人们的注意，寂寞了千百年。此诗描述了诗人隐居辋川时出游蓝田山佛寺之行，可能写于天宝十二载（753）前。

观　落日山水好，漾舟信归风。

　　探奇不觉远，因以缘源穷。

　　遥爱云木秀，初疑路不同。

　　安知清流转，偶与前山通。

见　舍舟理轻策，果然惬所适。

　　老僧四五人，逍遥荫松柏。

听　朝梵林未曙，夜禅山更寂。

说　道心及牧童，世事问樵客。

见 闻　暝宿长林下，焚香卧瑶席。

　　涧芳袭人衣，山月映石壁。

想　再寻畏迷误，明发更登历。

说　笑谢桃源人，花红复来觌。

六朝谢灵运山水诗几乎全是记游之作，他的记游诗几乎全用对偶句，通常分成总叙、写景、抒情、说理四大板块，层层转折，颇有气势，因此博得王夫之的盛赞（参蔡宗齐《语法与诗境：汉诗艺术之破析》，第262-266页）。这种结构对唐代记游诗影响很大，上面已提到，李白《庐山谣寄卢侍御虚舟》把谢灵运的四重结构精简为转折有力的三重结构，而他的《梦游天姥吟留别》结构更变化多端，飘然而来，忽然而去，那种上天入地、出其不意的转折跳跃，豪气逼人。但王维《蓝田山石门精舍》出乎意料，采用了线性结构。其实，一首比律诗篇幅更长的诗，记游也好，描写也好，若用长线结构很容易造成拖沓，流于平铺直叙，像流水账一样。王维此长诗全用散句，结构似乎也平淡无奇，然而读来却没有单调感，这是为什么呢？

"落日山水好，漾舟信归风"，王维在落日时分，去寻找蓝田山石门精舍。风光很好，风吹着他的轻舟，任由它荡漾漂泊。"探奇不觉远，因以缘源穷"，轻舟浮动，跟随奇景深入，不觉得自己已所行甚远，一直到了尽头。这些诗句采用线性的结构，也没有用对偶句，显得直接又自然。"遥爱云木秀，初疑路不同"，一看到那边是苍翠的树林，云雾缭绕，当时就怀疑了，这个水路好像通不到蓝田山石门精舍。"安知清流转，偶与前山通"，哪知这江道突转，没想到这弯弯曲曲的水道竟然和前面的山是连通的。

"舍舟理轻策，果然惬所适"，下了船之后，诗人感到很高兴。这一句似乎和谢灵运"舍舟眺迥渚，停策倚茂松"一句十分相似，大概是受到了它的影响。但接下来，他不像谢灵运那样直接写景，而是写景也写人。王维没有直接讲寺院里的曲径通幽、禅房草木，而是讲树林下有几位逍遥自在的老僧，他们"朝梵林未曙，夜禅山更寂"。梵，即早期佛经所用梵语，这里"梵"作动词用，指念佛经。"朝梵"和"夜禅"是正对，一个白天，一个晚上。天还没亮，僧人们就开始念经了；到了晚上，僧人们又开始参禅，空山更显得万籁俱寂。在这里，王维用两联，就把精舍里的僧人们宁静又有规律的生活总结出来了。从开始的写景到发现精舍，再到记载僧人生活，王维将这种转折写得很自然而平和，丝毫不见强迫之意。

接下来这句，就更妙了。"道心及牧童"，禅僧的觉悟境界是如此的高，连附近的牧童在他们的潜移默化下，也进入了和僧人一样的境界。王维不直接写僧人生活上的超越，而是间接讲其对牧童心灵的感染。那牧童超越的心境是怎么表现出来的呢？他就举了一个例子："世事问樵客"。这一句用了《桃花源记》的典故。在《桃花源记》中，渔夫进入了桃花村，村民就问他：现在是什么朝代，世事如何。桃花源中，村民与世隔绝，世俗之事只好向渔夫打听。

在蓝田山，牧童淡泊宁静也不闻世事。人世间的事人们只能向"我"这个"樵夫"打听了。禅意的影响力之深由此可见。

写完僧侣、牧童之后，王维接下来转向写自己："暝宿长林下，焚香卧瑶席"，入夜后在高林下留宿，焚香铺席而卧下。此时，"涧芳袭人衣，山月映石壁"，涧水之声仿佛清香袭来附着在衣襟上，久久不去；石壁又清澈如水，将月亮映在其中。这是多么让人宁静的景色！

然而，"再寻畏迷误，明发更登历"，像桃花源一样，如果再寻回来，恐怕也会"不复得路"，找不到了吧？所以等到天一亮，我就启程再走一次，这样便不会忘了。最后结尾，自然而然，"笑谢桃源人，花红复来觌"，谢别了僧侣、牧童，等到明年花开之时，再来此桃源之境。

此诗的线性结构，再明显不过了。王维很平淡地讲述了出游的整个经过，从傍晚荡舟出发到次日早晨返回，每一个细节都按时序书写。为何这首采用线性结构诗能如此引人入胜，让我们也流连忘返？有三大原因，第一，诗的线性结构中其实藏有许多转换：观、见、听、说、闻（气味），这唤起了一种种不同的感知体验，无不轻松愉悦。第二，每一转无不是荡涤心灵的一步，景越来越静谧幽远，心灵愈加清净而充实，仿佛桃花源又胜似桃花源之游，带我们进入超验的精神世界。第三，王维此诗呈现了与他的律诗和绝句不同的禅意。如果说他在五律《终南山》将禅语融入景中，而在辋川绝句中静观景物瞬间变幻而得顿悟，那么此诗更像是记录了诗佛修行渐悟的过程，读者追随着作者的脚步观景，其中的精神体验亦然。这两类不同禅诗的写作方式，和王维与渐悟北禅、顿悟南禅宗派密切来往的生活经验可能不无关系。在古诗里写记游的不少，很难写得像谢灵运山水诗一样精彩，但王维这首《蓝田山石门精舍》精彩更胜一筹，可谓是登峰造极。

### 李贺《金铜仙人辞汉歌》：鬼仙出没的怀古之作

　　李贺的《金铜仙人辞汉歌》严格上讲属于怀古诗，它写的是对历史沧海桑田的悲伤、对人间世道产生的反思，但是古今没有什么人把它当作怀古诗。原因在哪里呢？传统的怀古诗是按照常用的"感物写情"的模式来写的。怀古诗中之"物"，不是一般感物诗所描写季节变化之物色，而是历史的古迹，或是古战场，或是伟人旧居，或是都城遗址。感物主体一概是诗人本人，所以"写情"则多沿着这一进路：目睹历史残迹，回想昔日恢宏盛景和气吞山河的英雄，面对世道和命运之巨变，感慨万千，写下尽显阳刚的诗篇。这些怀古诗的显著特点，在李贺《金铜仙人辞汉歌》中统统都找不到，那为什么我们还可以认为它是一首怀古诗呢？

> 茂陵刘郎秋风客，夜闻马嘶晓无迹。
> 一转　画栏桂树悬秋香，三十六宫土花碧。
> 二转　魏官牵车指千里，东关酸风射眸子。
> 　　　空将汉月出宫门，忆君清泪如铅水。
> 三转　衰兰送客咸阳道，天若有情天亦老。
> 　　　携盘独出月荒凉，渭城已远波声小。

开头一句，"茂陵刘郎秋风客"，对全诗的定调非常到位。"茂陵刘郎"就是汉武帝，不可一世的帝王，然而他也只是秋风中的一个过客而已。诗人称汉武帝为"刘郎"，"郎"是平辈人讲的，没有任何的尊敬之意。对历史的感叹，这一句话就表达了出来。"夜闻马嘶晓无迹"即夜里会听到幻觉声，好像有马车经过，但天亮之后，就消失不见了。威震天下的汉武帝，不过也只是个夜间才会驾马车出现的鬼魂而已。李贺，后世也称之为诗鬼，他的诗中有很多对生、死、鬼、神的描写。"子不语怪力乱神"，他却是以写怪力乱神为己任，展现中国诗史上独一无二的鬼神的想象和书写。

此诗中的"鬼"用得十分高超，李贺完全摒弃第一人称抒情，而是让汉武帝的鬼魂来充当怀古主体，趁着夜色悄悄地回到自己昔日的宫殿。

紧接着一转到汉宫当下的实景。"画栏桂树悬秋香，三十六宫土花碧"，从前的宫殿里依旧散发着桂花的秋香，碧绿的青苔长满宫殿的台阶，无人清理。由于前面刚讲了鬼魂的暗访，我们完全可以把鬼魂看作这里的观物者，是它目睹汉宫凄凉美丽、衰败不堪的惨状。这样来读，此联之转就不那么突兀了，从情感方面婉转地承接了首联。

正当我们期待鬼魂开始抒情，下联却又转到了汉武帝之后的另一段历史："魏官牵车指千里，东关酸风射眸子。"此联用曹操的孙子魏明帝曹叡的典故。时人认为天上的露水吃了之后可以长生不老，所以曹叡就把武帝所建的承露盘拆了要运回自己的宫殿里。据说拆了之后还是太重，运不到洛阳。"东关酸风"讲的是衰败景象，酸风携着酸雨，直射到铜像的眼睛里，铜像流下了眼泪。这眼泪仅仅是酸雨刺激所致吗？下一联"空将汉月出宫门，忆君清泪如铅水"，创造了历史传说中没有的情感因素。"忆君"二字是第二人称的角度，明白地告诉我们，这是铜人禀告武帝：我的眼泪并非酸风所致，而是我思念您才流下的如泪铅水。此处，李贺"移情"的手法再进一步，把怀古之幽情从武帝鬼魂又转移至铜人身上。李贺不以自己为抒情主体想象过去，而是一而再地创造神话故事，让它们代自己怀古。

正当我们期待铜人展开抒情，笔锋又一次急转，"衰兰送客咸阳道"，送的客不再是汉武帝，而是汉武帝曾经拥有的金铜仙人，于是有此感叹："天若有情天亦老"：上天要是有感情，也会因悲伤而变得苍老吧！再伟大的事物，最后都会变成一抔黄土。这不只是人的悲伤，就连无情之物金铜仙人也会流泪。听到这一句，我们隐隐约约地觉得，大概是李贺要站出来抒情了，但紧接的却是凄凉的景物描写："携盘独出月荒凉，渭城已远波声小"，金铜仙人带着盘子独自出行，走在荒川月下，长安越来越远，渭水声也越来越小，似乎要把"忆君"的无限凄苦带到天涯海角。

《金铜仙人辞汉歌》这首诗可以说是完全颠覆了数百年阳刚为主的怀古传统。从前的怀古诗都是看着一个古迹，然后诗人想象古迹过去如何，思索自我、国家、人类的命运。这里，李贺却借鬼神故事、奇幻的传说来怀古，通过叙事写物的细节，抽出一丝丝伤感和无法言传的情感移入神秘诡谲、鬼魅出没的意象世界之中。如此奇想，绝妙至极。用怀古题材写出阴气逼人的凄婉诗篇，无疑是李贺在文学史上一个极为重要的贡献。

## 白居易《长恨歌》：颠覆性的创新杰作

中唐白居易倡导新乐府运动，为唐诗的发展增添了浓墨重彩的一笔。白居易虽出生于安史之乱平定之后，但其幼年时期的唐朝社会依然存在种种危机。贞元（785—805）以来，腐败的唐朝统治者"尤欲以文治粉饰苟安之政局"（陈寅恪《元白诗笺证稿》），在此时代背景下成长的白居易针砭时弊，通过文学创作表达自己的政治主张。白居易的《长恨歌》是写唐玄宗与杨贵妃生前身后的爱情故事，而大家对诗人写作目的则有完全不同的解释。一般的解读是，诗人希望把这种重色误国的事件作为历史教训流传后世，以求起到警戒统治者的作用。然而，有鉴于此诗无与伦比的艺术成就，若仅作如此浅薄的理解，是一种亵渎。若一定要与当时政治挂钩，不如像有的学者所说，是白居易对当时昏庸腐败的统治者失望，故同情起早年励精图治、功业勋高，到晚年才变得昏庸的唐玄宗，借讴歌他与杨贵妃的爱情故事来表达对当今君王的不满。

《长恨歌》千百年间传诵天下，雅俗共赏，赢得读者无限的喜爱，完全是其感人至深的艺术造诣，与好事者的政治解读毫无关系。此诗使用接地气的语言，讲述接地气的故事，照亮人人都藏有的爱情之心，从而让文人诗歌走向万千大众，取得了无与伦比的成功。然而，此诗的成功绝非仅仅是赢得大众的共鸣，更重要的是，它在诗歌艺术上实现了全面的、颠覆性的创新，包括主题、结构、文体诸多方面。

在叙述唐诗发展史时，很少人注意到《长恨歌》方方面面的颠覆性创新，我们只有把这首诗放在文学史的语境中才能清晰地观察到所有这些颠覆性的创新。

让我们先看主题的颠覆性的创新。在中国诗史中，用一首长诗来描写帝王，而且是本朝帝王的爱情史，是史无前例的。就题材处理而言，同样是前无古人的。唐玄宗一生，符合西方对悲剧的基本定义：一个伟人因判断错误而身败名裂，不得善终。唐玄宗建立开元天宝盛世，何等丰功伟绩，但因爱美人而丢江山，最终绝食而死，何等悲惨！然而，这等惨烈的悲剧题材，在白居易笔下却成了柔情缠绵的爱情史诗。如此完全彻底的主题颠覆，在从前的文学史上是没有的。

怎样才能用阳刚的悲剧材料，写出阴柔缠绵的爱情史诗？白居易在古诗结构方面下大功夫，找到了解决此难题的办法。下面我们慢慢来分析。

汉皇重色思倾国，御宇多年求不得。

杨家有女初长成，养在深闺人未识。

天生丽质难自弃，一朝选在君王侧。

回眸一笑百媚生，六宫粉黛无颜色。

首先，为什么讲唐玄宗是"汉皇"，而不是"唐王"呢？此处是一个典故，"汉皇"即汉武帝。汉武帝有几个王后。第一个王后陈阿娇是他青梅竹马的情人，"金屋藏娇"便是汉武帝承诺如果娶了阿娇就建一所金屋送给她。虽然汉武帝兑现了诺言，但阿娇最后被打入了冷宫，没有善终。汉武帝的第二个王后卫夫人自杀身亡。最后一任皇后李夫人对他的感情最深，但正是他们爱情之火最炽烈的时候，李夫人病逝了。据说她死后，汉武帝特别伤心，所以请别人把她生前的画挂在那儿，每天都要看到这个画，伤心不已。开疆拓土，一统中国，奠定儒家独尊的地位的汉武帝，尚且爱江山也爱美人，那唐明王又为何不可呢？所以"汉皇"这个典故，用在开头是很妙的。此典故还间接地做了一个对比。汉武帝痛恨自己爱妻的先逝，是一种长恨，相比之下，唐玄宗的长恨可谓是"更长更痛"的离别之恨了。

开头别有深意地写唐明王，接下来写此段的主角"杨贵妃"，"天生丽质难自弃，一朝选在君王侧"，叙述她入宫之事。"回眸一笑百媚生，六宫粉黛无颜色"，介绍她的容貌。美貌是一个无形的东西，我们可以感觉，但很难用文字表达。所以这里通过写人们对杨贵妃"笑"的反应来激起审美感受，再以六宫妃嫔的容颜与之相比，衬托杨贵妃的美，并为其蒙上一层神秘的面纱。这一段的描写是沿着一种隐蔽的因果关系展开的：唐玄宗"重色思倾国"为因，绝代美人杨贵妃入选进宫为果。

> 春寒赐浴华清池，温泉水滑洗凝脂。
>
> 侍儿扶起娇无力，始是新承恩泽时。
>
> 云鬓花颜金步摇，芙蓉帐暖度春宵。
>
> 春宵苦短日高起，从此君王不早朝。
>
> 承欢侍宴无闲暇，春从春游夜专夜。
>
> 后宫佳丽三千人，三千宠爱在一身。
>
> 金屋妆成娇侍夜，玉楼宴罢醉和春。
>
> 姊妹弟兄皆列土，可怜光彩生门户。
>
> 遂令天下父母心，不重生男重生女。

段细节的组织也是沿着因果关系来组织的，不过此处的
系更为复杂，是两重交叠、互为因果的关系。上半
贵妃迷人姿色为因，唐玄宗晏朝为果。首先写华

清池中杨贵妃娇滴滴的样子，点出她刚得宠时的状态。"云鬓花颜金步摇，芙蓉帐暖度春宵"写杨贵妃走路的姿势、和君王缠绵的景象。但春宵一刻还不够，所以就有"从此君王不早朝"之果。下半段中，因果关系颠倒了，唐玄宗的宠爱为因，而杨贵妃家族得势为果。"春从春游夜专夜"一行中含有两个题评句。"春"，被宠爱的她和皇帝同游；"夜"，皇帝只临幸她，将后宫三千佳丽都排斥在外；下一联"后宫佳丽三千人，三千宠爱在一身"，实际是对上一联的评论。接着，诗人又换一个角度来强调唐玄宗宠爱之果："姊妹弟兄皆列土，可怜光彩生门户。""可怜"古代汉语是可爱，令人羡慕妒忌之意，即别人向她家投来万分羡慕的眼光。此句又引入了一个新的主题：天下父母开始变得重女轻男。此联栩栩如生地展现出，杨贵妃一家在玄宗宠爱之下"鸡犬升天"的得意形态。

骊宫高处入青云，仙乐风飘处处闻。

缓歌慢舞凝丝竹，尽日君王看不足。

渔阳鼙鼓动地来，惊破霓裳羽衣曲。

九重城阙烟尘生，千乘万骑西南行。

翠华摇摇行复止，西出都门百余里。

六军不发无奈何，宛转蛾眉马前死。

花钿委地无人收，翠翘金雀玉搔头。

君王掩面救不得，回看血泪相和流。

如果说上两个段落所写杨贵妃美色权势和唐玄宗宠爱之间互为因果的关系，这一段则写这种关系在皇室和国家命运层次上产生的严重后果，即痛失美人、险丢江山。在描述此后果时，诗人极为明显地表现出舍阳刚、取阴柔的倾向。安史之乱，叛军攻入长安，皇室亡走蜀道，杨贵妃马嵬坡人头落地，这一连串重大历史事件，若常人执笔，必定是一幕幕阳刚惨烈、充满血腥的场景。然而，从歌舞升平到刀光剑影，这样翻天覆地的巨变，诗人只轻轻地一笔，"渔阳鼙鼓动起来，惊破霓裳羽衣曲"，鞭挞和讽刺的意图溢于言表。同样，京城陷落，仓皇出逃的场面也统统删去，只用"九重城阙烟尘生，千乘万骑西南行"来提示。"西出都门百余里"，走出长安城百余里后，唐玄宗的御驾就停下来了。"六军不发无奈何，宛转蛾眉马前死"，连禁卫军都停驻不动，不杀杨国忠、杨贵妃就不走，唐玄宗也奈何不了。诗人写杨贵妃被处死情节的笔法，同样让人叹为观止。他避开血腥的场面，"宛转蛾眉"，轻轻一笔描写杨贵妃死去的妆容，让她的死亡变得十分凄美。"花钿委地无人收，翠翘金雀玉搔头"，杨贵妃死后，满地的贵重头饰竟无人收拾，让人不胜唏嘘。结尾一联写唐玄宗涕泪纵横，为他进入诗篇成为主角做好铺垫。

> 黄埃散漫风萧索，云栈萦纡登剑阁。
> 峨嵋山下少人行，旌旗无光日色薄。
> 蜀江水碧蜀山青，圣主朝朝暮暮情。
> 行宫见月伤心色，夜雨闻铃肠断声。
> 天旋地转回龙驭，到此踌躇不能去。
> 马嵬坡下泥土中，不见玉颜空死处。
> 君臣相顾尽霑衣，东望都门信马归。

从现在开始，唐玄宗和杨贵妃相互交换角色。唐玄宗成为前台的主人公，而死去的杨贵妃则变为文本之后的一股神秘力量，影响控制了唐玄宗的一举一动，以及他全部精神生活。这短短的一段有很大的时间跨度，从唐玄宗在杨贵妃被杀后逃往四川，直至最后回长安的旅途，其间所描写景物无不用于展现他哀伤的心境。"黄埃散漫风萧索，云栈萦纡登剑阁"，一路险道，经过了剑门关。"峨嵋山下少人行，旌旗无光日色薄"，峨眉山并不在此时唐玄宗的经行处，而是在更西的地区。这里是用峨眉山来代替说明川蜀大山的崎岖难行。"蜀江水碧蜀山青，圣主朝朝暮暮情"，皇帝朝朝暮暮对着蜀地山水之美，却情寄他处，欣赏不来。"行宫见月伤心色，夜雨闻铃肠断声"，不仅白天伤心，晚上也是。月亮和夜雨都是其思念断肠的信号。接下来一转，"天旋地转回龙驭，到此踌躇不能去"，讲回去的路上，时运变化，安禄山被镇压下去了，所以唐玄宗才能"回龙驭"。但是走到"此处"便突然踌躇不前，从上下文就知道，这是走到了马嵬坡，杨贵妃赐死的地方。再也见不到佳人容颜，只有一抔黄土，君臣相顾，泪湿衣衫。

归来池苑皆依旧，太液芙蓉未央柳。
芙蓉如面柳如眉，对此如何不泪垂。
春风桃李花开日，秋雨梧桐叶落时。
西宫南内多秋草，落叶满阶红不扫。
梨园弟子白发新，椒房阿监青娥老。
夕殿萤飞思悄然，孤灯挑尽未成眠。

如果说前面的部分是现实世界中的"长恨"，那么这一段是写唐玄宗面对宫中景物变化时的复杂情感。江山都收回来了，唐玄宗却高兴不起来。物是人非，他所看到的一切都唤起了对杨贵妃的怀念。这里写得很妙，"芙蓉如面柳如眉"，看着芙蓉，他就想到杨贵妃的脸庞；看到柳，就想到杨贵妃的蛾眉。怎么会不泪垂呢？春秋已过，花开花落，宫中也变得萧条。"梨园弟子白发新，椒房阿监青娥老"，所谓梨园，就是在皇宫里面表演乐曲，学习乐器的地方。梨园的子弟都长了白发，后宫的女官也垂垂老矣。时间消逝，曾经宫中的繁荣不复存在，但唐玄宗仍然在孤独之中。孤灯挑尽，无法入眠。接下来，又写去寻找杨贵妃。

> 迟迟钟鼓初长夜，耿耿星河欲曙天。
>
> 鸳鸯瓦冷霜华重，翡翠衾寒谁与共。
>
> 悠悠生死别经年，魂魄不曾来入梦。
>
> 临邛道士鸿都客，能以精诚致魂魄。
>
> 为感君王辗转思，遂教方士殷勤觅。

这里从前文的"未成眠"自然过渡到"讲梦"。唐玄宗疑惑：为什么贵妃都不进入我的梦呢？这一部分最后一联，又引出了下一段：临邛的一个道士很有名，被唐玄宗的爱情所感动。他"为感君王辗转思"，开始到处去寻找杨贵妃的魂魄。就全诗结构而言，临邛道士的出现属于横插一笔，但确实是神来之笔，来得自然，也去得自然。来，为治唐玄宗梦中不见杨贵妃魂魄之症而来；去，把唐玄宗的痴情从现实世界带到神秘的超验之域。同时又实现了唐玄宗和杨贵妃角色的第二次转换，让后者再次成为诗中主角。

> 排空驭气奔如电，升天入地求之遍。
> 上穷碧落下黄泉，两处茫茫皆不见。
> 忽闻海上有仙山，山在虚无缥缈间。
> 楼阁玲珑五云起，其中绰约多仙子。
> 中有一人字太真，雪肤花貌参差是。

这段讲寻找的过程。上天找不到，下黄泉也找不到，最后在海里的仙山中找到了。山里面有一个仙子，这个仙子字叫"太真"。为什么叫"太真"呢？因为杨贵妃入宫之前，他先是唐玄宗儿子的一个妃子。唐玄宗由于喜欢，但又不好明着抢，所以先把她送到道观里，她在道观里的称号就是"太真"。所以这里也就明示是杨贵妃了。

> 金阙西厢叩玉扃，转教小玉报双成。
> 闻道汉家天子使，九华帐里梦魂惊。
> 揽衣推枕起徘徊，珠箔银屏迤逦开。
> 云鬓半偏新睡觉，花冠不整下堂来。
> 风吹仙袂飘飘举，犹似霓裳羽衣舞。
> 玉容寂寞泪阑干，梨花一枝春带雨。

含情凝睇谢君王，一别音容两渺茫。

昭阳殿里恩爱绝，蓬莱宫中日月长。

回头下望人寰处，不见长安见尘雾。

惟将旧物表深情，钿合金钗寄将去。

钗留一股合一扇，钗擘黄金合分钿。

但教心似金钿坚，天上人间会相见。

这一段，讲的是"贵妃"在天宫中的情况。"金阙西厢叩玉扃，转教小玉报双成"，道士在金阙之前敲门，门口的仙女又将此事转告给了宫中的侍从。听说汉家天子派使者到来，惊醒了仙帐里正在睡梦中的"太真"。她揽衣推枕，一路上推开各种各样的珠门银屏，头发都没整理，就急忙下堂而来。接下来讲她的形态，"风吹仙袂飘飘举"就像她曾经跳"霓裳羽衣舞"的时候。"太真"含着泪请道士向君王转禀，生死一别后音容早已不再。"昭阳殿"是人间的宫殿，"蓬莱宫"是天上的宫殿。"昭阳殿"中断绝了爱情，在"蓬莱宫"中更是日月难挨。"回头下望人寰处"，从天上看到人间，找不到长安的方向。所以只能送上金钿来表达自己的深情。"钗"和"钿"都是女子的头饰，但是在这里，她把"钗"掰开两半作为信物，自己留一股，又给唐玄宗一股。"合一扇"，不是合起来，而是一扇分成两扇。

"但教心似金钿坚，天上人间会相见"，希望唐玄宗的心能像金钿一样坚固，坚信天上人间终会有相见的一天。

> 临别殷勤重寄词，词中有誓两心知。
> 七月七日长生殿，夜半无人私语时。
> 在天愿作比翼鸟，在地愿为连理枝。
> 天长地久有时尽，此恨绵绵无绝期。

较之道士入场，他退场细节的描写更是神来之笔。首先，开头"寄词"的设计合情合理，极为自然。从故事上来讲，道士很需要这份"寄词"。历史上有很多道士因为说谎，没找到仙境而被杀的故事，所以道士要杨贵妃给一句与唐玄宗的私话，道士把这句话讲给玄宗听，玄宗就会相信自己了。"临别殷勤重寄词，词中有誓两心知"，杨贵妃让道士带的寄词，是只有杨贵妃和玄宗两个人才知道的誓言内容和发誓的时间、地点。七夕佳节，长生殿夜深无人之时，他们两个默默订下了誓词："在天愿作比翼鸟，在地愿为连理枝。"然而天地长久都有其终时，二人的长恨却绵绵不绝，永无止期。

寄词这一细节的引入是此诗最后一次大转折，又把我们带回到有具体时间、地点的现实世界，而语言也变得尤为浅近。通过这个转折，诗人显然要告诉我们，玄宗与贵妃的爱情具有史诗般的意义，不仅因为它超越了现实世界，展现了史诗必有的超现实的维度，更因为这种超现实的爱是建立在今世生活之中的。因此，这个转折能让我们每一位读者产生无限的共情，由衷地感悟到，精诚所至的爱情是超越时空的、是永恒不灭的。

此诗的结尾，可谓余音绕梁，让人不胜感慨，这就是艺术的力量，一种让唐玄宗和杨贵妃借以获得救赎的艺术力量。当然，唐玄宗本来就是一个伟大的帝王，在开元、天宝年间带领唐王朝走上鼎盛。只是天宝之后，因为迷恋杨贵妃，拜其堂兄杨国忠为相，任由外戚专断朝政，险些葬送了唐王朝。然而，唐王朝急剧衰落，这也不完全归咎于他和杨贵妃，其中也有当时国家政治暗流涌动、藩镇割据等内部原因。不管怎样，这两位污点重重、遭人唾弃的历史人物，有幸能够经过文学巨匠的重塑拔高，赢得了千百年读者的宽恕和同情，乃至成为忠诚和永恒爱情的楷模。

《长恨歌》记录的是一个备受争议的帝王与宫妃的私生活，却能够打动平民百姓的心，绝对是一个前所未有的文学和文化现象。此现象的产生，无疑要归功于白居易颠覆性的结构创新。这首长诗的布局谋篇，精妙绝伦，遵循了阴阳交替的原则，让玄宗和杨贵妃轮流担任主角和配角，此显彼隐，相济互推，来回穿越于现实和想象世界之间。在此结构框架中，一切刚烈血腥的场面，能删就删，不能删就尽可能缩减。同时，一切能呈现万般柔情的细节能用就用，叠加变换，不厌其烦。在主要的场景转换之处，白居易细针密线，功夫尤深，以确保各处衔接天衣无缝，而又富有蕴藉的诗意，如从舞曲到战鼓的过渡、道士出场和退场的安排。经过这些软处理，原本阳刚为主的题材和情节，却成了一首委婉缠绵、感人至深的爱情史诗。

放在更宽阔的文学史的视域中，《长恨歌》对文体的艺术创新甚至具有更大的颠覆性。首先我们注意到，贞元年间元稹、李绅分别创作传奇《莺莺传》《莺莺歌》，与元和年间白居易《长恨歌》、陈鸿创作《长恨传》，都是在古文运动影响下出现的"歌"与"传"紧密结合的新兴文体，有备具众体的优点，其中白居易《长恨歌》尤为突出。它就是一首"跨诗体"，甚至可说"超诗体"的作品。它具有很多不同诗体的特点，但又不完全归于哪一种诗体。

这首诗用这么长的篇幅，讲一个人物的一生，我们自然会想到"叙事诗"。在这以前，长篇叙事诗是不多的。著名的就两篇，一个《孔雀东南飞》，一个《木兰辞》。他们都属于民间的口头文学作品。其人物特点都比较单一，都是一种美德模范。在什么情景之下，做出怎样的决断，美德范式其实都是比较固定的。所以从人物刻画的方面来讲，传统叙事诗并不是那么丰富，没有揭示人物性格的方方面面，也不怎么描述人物心理。所以，如果称《长恨歌》是一首叙事诗，那会出现两个问题。第一，它和我们传统上所期望的叙事模式是完全不同的。第二，前面提到，白居易写这个作品的时候，他的三个朋友觉得这个故事也很值得一写，所以有所分工，有很自觉的文体区别之意。叙事诗一般以事件为中心，但《长恨歌》中唐玄宗和杨贵妃的爱情生活事件本身却被一笔带过，叙述的重点成了对心理活动的描写。我们也可以说，它只有一个叙事的框架，但没有传统叙事诗的特点。

说到"爱情诗"，《长恨歌》也是非常特殊的一首。首先，在中国传统的爱情诗中，对爱情本身的描述并不是重点。虽然《诗经》也写女子对待爱情的迫切的心情，焦急的等待，等等。但后来的爱情诗，往往有一种所谓的隔离感，比如"游子"和"怨妇"之类。渐渐地，爱情诗就演变为讲君臣、主仆关系的一种模式。所以传统爱情诗的写作，总是会掉进这个窠臼。有的爱情诗虽然写得很好，但没有把爱情的心理本身作为叙述的主体，《长恨歌》则把爱情的心理作为其重要的叙述部分。而且《长恨歌》中对人物的描写有一半以上都是写男方对爱情的心理状态，这个在传统爱情诗歌中是极少的。传统爱情诗歌中，能够比较深入地挖掘爱情中女子心理活动的都不多，男子的那就更少了。另外，这首作品中的男女方是同时出现的。当一方成为主要人物，另一方就会成为其叙述的背景，哪怕那个人不见于诗句表面，我们也可以感觉到他或她的影子。

要是从"历史"的角度来看，《长恨歌》跟"怀古诗"也有关系，也有怀古的成分。但是它和后来晚唐咏史诗的讽刺风格，比如李商隐、杜牧的咏史诗是没有什么共性的。相比之下，这首诗更为复杂。既有讽刺，又有批评，同时也有很多同情和歌颂，褒和贬在此诗中是同时存在，是难以区分的。这又是白居易在这首诗中超越、创新传统诗体的一个特点。很多人认为白居易偏向对唐玄宗的同情，是因为安史之乱后的时政日继衰败，相比之下人们反倒怀念唐玄宗的时代。但诗人的怀古是比较含蓄的，并没有在诗中以自己的口吻直接表达出来，而是借助诗中的人物形象，通过对唐玄宗和杨贵妃的爱情生活进行正面为主的描写，来流露自己思古之幽情。正是有了这种超越简单道德评判的共情，唐玄宗和杨贵妃的爱情故事才能深深地打动人心。诗人不再是怀古的抒情主体，他成为一个描写人物情感世界、具有同情心的第三者。这种怀古的书写，在绝句和律诗中是无法实现的。

《长恨歌》还具有"唐传奇"的色彩，类似于短篇小说。它讲爱情，不光讲现实中的爱情，还讲来世的爱情。虽然双方阴阳两隔，但是两者的爱情仍然在持续，这是一种富有想象性的描述，是传统爱情诗里没有的。虽然《离骚》中也有很多对爱情想象的描写，但那是纯粹的想象，而且《离骚》里面的人物性别也很复杂，有的段落让人觉得叙述者是一个女子，有的时候"女子"又是一个男性理想君主的形象；《长恨歌》就很连贯，它构造的生与死两个世界之中，男女方始终是主角，可以进出阴间和阳间，并且能在两个世界进行沟通。这种写法甚至影响了后来的戏剧，元白朴《梧桐雨》、清洪昇《长生殿》等剧的艺术想象空间，均源于这首唐玄宗和杨贵妃的爱情诗篇。《长恨歌》大大丰富了中国文学的诗歌传统，不读《长恨歌》，还真不知道白居易的贡献有多大。中国诗歌假若没有白居易《长恨歌》这一篇，将会大大失色。

# 结语：与唐人三境说的对话

　　上面，我已与大家一起细读了七十二首唐诗名篇，涵盖了唐诗的三大部分，律诗、绝句、古体诗，而这三大部分又各自包括五言和七言两个类别。在每首诗的讲解中，一方面，我继承了历代诗话的传统，注重诗歌篇法、章法、句法的分析；另一方面，我又运用现代语言学，将古人无法言明的时空结构、意象互动、语言特色清楚地阐释出来。实际上，所有这些细读分析旨在帮助大家充分感受和欣赏每首诗所产生的意境美，并掌握其所以然。

　　谈起"意境"，想必这个词大家已经很熟悉了。但是要说清楚什么是"意境"，以及这个词是从何而来的，我想很多人会觉得模糊不清。用比较通俗的话来说，我认为，所谓"意境"就是一首诗歌通过语言和音韵唤起我们脑海中视觉和声觉的景象，而这种内在视听感受越精妙愉悦、越能唤起超经验的感悟，其意境就越好，对我们的影响就越深远，即所谓余音绕梁，耐人寻味。

现在，我们从"境界"这个概念或审美原则说起，借以总结这部书的诗歌解读。

"境"之一字，在中国典籍中有很长的历史。在佛教引入中国之前，"境"字主要讲的是地域、边界，有时也用来描述纯粹精神活动的区域，但没有涉及哲学内容。或说，在传统的儒、道两家文献中，"境"不属于一个概念范畴，也没有深刻的哲学含义。佛教引入中土后，"境"的含义也随之发生改变，原先中土对"境"的理解就是一个客观外界或纯粹的心理活动范围。佛教的"境"则是从因缘这方面入手讨论的，"境"包括主、客观两方面，既非纯粹的外界，也非纯粹的内心，而是两者互为因缘的一种事相。六境（色、声、香、味、触、法）与六根（眼、耳、鼻、舌、身、意）是缘起而生的。由于"境"不能离开根而存在，所以不是一种纯粹的客观，而是与主观互为因缘的一种存在。一切世界的现象都是六境和六根的缘合，是主客观相互缘合而产生的。用这样的概念来描述我们对诗歌作品的审美感受，是十分精妙的。因为作品唤起我们脑海中的形象，既不是纯粹的客观现象，也不是纯粹的主观活动，而是靠语言符号呈现出来的主、客观互动结合的结果。因此用"境"来表达诗歌艺术，可以说是中国美学史发展的新突破。

"境"在唐代诗学中已经大量出现，唐人已经开始用
"境界"论诗。王昌龄的《诗格》提出了"三境说"，不仅
对"境"作了分类，还对每一类作了很精妙的阐述。王昌
龄已经是我们阅读的熟客了，作为唐代如此成功的诗人，
他当然对诗歌创作以及欣赏十分有心得和发言权了。我们
一起来看他的"三境说"：

　　　　诗有三境。一曰物境。二曰情境。三曰意境。
　　　　物境一。欲为山水诗，则张泉石云峰之境，极
　　丽绝秀者，神之于心，处身于境，视境于心、莹然掌
　　中，然后用思，了然境象，故得形似。
　　　　情境二。娱乐愁怨，皆张于意而处于身，然后驰
　　思，深得其情。
　　　　意境三。亦张之于意，而思之于心，则得其真矣。

首先，他将"境"分成三大类，在他的分类中，"意境"只
占一种，如此说来，我们讲唐诗之意境，岂不是只涉及
一种"境"——意境？其实不是这样的。我们今天所说的
"意境"是一个宽泛的概念，它可以囊括王昌龄说的"物
境""情境"和"意境"，可以说，到明清之后，意境、境
界这些词已经变成了一个宽泛的概念。在审美理论的层次

上，王昌龄这里所说的"三境"实际上都同属现在普遍使用的广义之"意境"。三境之别仅在于构成的"原材料"和创作方法的不同。如果按照王昌龄"三境"来理解诗歌，那么当我们将一首诗归到"物境""情境""意境"其中一类时，就已经知道这首诗主要是景物描写、情感描写，还是纯粹的心理想象的描写，是十分直观的。

分完了三境，王昌龄先讲第一类——物境，"欲为山水诗，则张泉石云峰之境，极丽绝秀者，神之于心。处身于境，视境于心、莹然掌中，然后用思，了然境象，故得形似"。首先，"神之于心"是指诗人一种超经验的直觉观照，而"莹然掌中"则表明，"张泉石云峰之境"经过观照就变为一种幽远的、玲珑透彻的、掌中明珠般的境界。换言之，王昌龄使用"莹然掌中"的比喻，是从视觉经验来说明诗人心中"物境"与外境不同之处。"掌中"说明，静中的直观是从幽远的距离观物，故能纳入万境，呈现出世界的全相。用远景彰显直观所呈现的万物之境，是王昌龄所习惯使用的手法，其《文镜秘府论·论文意》有更加细致的阐述：

　　夫置意作诗，即须凝心，目击其物，便以心击之，深穿其境。如登高山绝顶，下临万象，如在掌中。以此见象，心中了见，当此即用。

看到"物"便要"以心击之"，用"心"来与外物互动，方能做到万象"莹然掌中"，把所有景物融合在心里面，超越景物的实相，达到"形似"。这里的"形似"和《文心雕龙·物色》中"故能瞻言而见貌，印字而知时也"不一样，王昌龄所说的"形似"，并不是语言描述之准确，以至于我们看到文字就准确地联系到具体画面，他指的更多是对宇宙的体悟，这种描述也能解释王维诗歌入禅的现象。

在我们讲过的五绝山水诗中，巅峰之作当数王维的《鸟鸣涧》："人闲桂花落，夜静春山空。月出惊山鸟，时鸣春涧中"，这首诗并不像精雕细琢的工笔画将景物的细枝末节全部刻画出来，但却让人感受到一种极致的"静"。这种"静"，正是王维通过那落下的桂花、惊飞的山鸟，心领神会而到达的禅境。他的五律《终南山》："太乙近天都，连山接海隅。白云回望合，青霭入看无。分野中峰变，阴晴众壑殊。欲投人处宿，隔水问樵夫"，同样进入了禅境。这些说明王维在观察景物的时候，做到了"莹然掌中"，将世界万物融合在心里面，了然它们的起落盛衰，最后呈现出来的作品当然是十分精妙的。

接着讲情境，王昌龄说："娱乐愁怨，皆张于意而处于身，然后驰思，深得其情。"这一段话，很多人都摸不着头脑。"张于意而处于身"是什么意思？"深得其情"是什么意思？这些问题，在我们读了这么多诗歌后，应该能够试着去深入理解了。我们读杜甫的诗，最能体会到王昌龄的"情境"之含义。"娱乐愁怨"，杜甫的诗歌沉郁顿挫、忧国忧民，当以"愁怨"为多，偶尔有像《闻官军收河南河北》有"漫卷诗书喜欲狂"的"娱乐"。而"处于身"可解为诗人对"娱乐愁怨"亲身的经历体验，"张于意"则是对个人体验的超越。"意"是艺术的重新创造，诗人要主动下功夫进入想象世界，通过一系列语言技巧，达到"语不惊人死不休"的感觉，这也就引申到了"驰思"或说"思之于心"。比如，我们读杜甫《登岳阳楼》，他"驰思"的过程，就是通过对偶、炼字，以及长句倒装，写出震古烁今的名联"吴楚东南坼，乾坤日夜浮"，与发生在自己身上的"愁怨"之事（亲朋无一字，老病有孤舟）相对比，即最大程度上"张于意"。他在抒发自己痛苦的时候，还不忘记忧心自己的国家，将自己生活的痛苦和对国家命运的担忧牢牢结合在一起，故可称"深得其情"，说出旁人不能道的深情，且引起我们深深的情感共鸣。

最后讲意境，这里王昌龄说得十分简短："亦张之于意，而思之于心，则得其真矣。"由于他说得太简略，所以这一部分让很多诗论家都很困惑。王昌龄其实想告诉我们，

"意境"，是针对内容全源自艺术想象的作品而言的。"张之于意，而思之于心"，一切都是心中虚构出的，而凭着艺术的加工，即"意"的营造，诗歌能够通过虚幻的事物揭示出万物的真相。我认为，最好的例子不外乎是李商隐的《锦瑟》。

> 锦瑟无端五十弦，一弦一柱思华年。
> 庄生晓梦迷蝴蝶，望帝春心托杜鹃。
> 沧海月明珠有泪，蓝田日暖玉生烟。
> 此情可待成追忆，只是当时已惘然。

这首诗既不是观物，也不是情感的记载，一切都是或真或幻的思想活动（张于意），这就是王昌龄所说的狭义之意境了。李商隐的艺术构思是何等之高超，才能把这种心理活动寄托于"意"呢？前面讲解《锦瑟》时已经指出，这首诗每一联之间的空间都很大，颔联、颈联是十分精妙的对偶句，每一个意象的选择也很美、很有意味，说明并不是率然写就的，而是在心里思考很久、认真构思，才能将复杂的心理活动描述出来。为什么说他所描写的情感是复杂的呢？《锦瑟》所描写的感情，不像喜、怒、哀、乐那么具体而单一，它是十分复杂的心理活动，从前没人描述，但李商隐能够通过艺术的构思"张之于意"，以近乎意识流的写作手法，揭示出我们能感而不能言的一些心理感受。这就是王昌龄说的"故得其真"了，境是幻境，情却是真情。我们读李贺古诗《金铜仙人辞汉歌》，所感受的也是仅存于想象的意境。

读了这么多诗歌，我们不仅欣赏了唐诗境界的伟大，陶冶了自己的性情、艺术修养，还通过实际分析破解了王昌龄"三境说"的真正含义。回想一下之前对诗的分析，我们更能体会王昌龄对诗歌境界总结的精妙之处。参照王氏"三境说"，我们不仅可以发现唐诗不同题材、体裁的特性，还能发现所有好诗的共性，叶燮这段话是最好的总结：

> 诗之至处，妙在含蓄无垠，思致微渺，其寄托在可言不可言之间，其指归在可解不可解之会；言在此而意在彼，泯端倪而离形象，绝议论而穷思维，引人于冥漠恍惚之境，所以为至也。（《原诗》）

的确，大家想一想那些千古传诵的好诗，是不是都达到了这个境界？杜甫、李白、王维就是通过对句法、章法、篇法的妙用，取得感觉与超感、诗歌艺术与儒道佛世界观的完美结合，达到了"至虚而实，至渺而近"的审美绝境。

读到这里，我想问问大家，你们觉得王昌龄的三境说有什么缺陷吗？本着对古人的怀疑与批评精神，我认为，王氏所说的"三境"全是从视觉想象的经验展开的，我们读王维的诗歌已经知道，他的诗里面声音描写十分精妙，可以说离开听觉描写，王维诗就难完美地入禅。实际上，很多诗歌都是如此，没有声音就失去了光芒。而除了诗歌内的听觉描写之外，近体诗本身就是一种完美的声觉感受，每一首都遵循平仄格律。